两个人的成长

王鸿鲲 著

北方文艺出版社

图书在版编目（CIP）数据

两个人的成长 / 王鸿鲲著. -- 哈尔滨：北方文艺出版社, 2019.3
ISBN 978-7-5317-4291-3

Ⅰ.①两… Ⅱ.①王… Ⅲ.①纪实文学 - 中国 - 当代 Ⅳ.①I25

中国版本图书馆CIP数据核字（2018）第114099号

两个人的成长
Lianggeren De Chengzhang

作　者 / 王鸿鲲

责任编辑 / 王　丹　　　　　装帧设计 / 宗彦辉

出版发行 / 北方文艺出版社　　网　　址 / www.bfwy.com
邮　编 / 150080　　　　　　经　　销 / 新华书店
地　址 / 哈尔滨市南岗区林兴街3号　发行电话 / （0451）85951921　85951915
印　刷 / 三河市腾飞印务有限公司　开　本 / 710mm×1000mm　1/16
字　数 / 292千　　　　　　　　印　张 / 17.75
版　次 / 2019年3月第1版　　　　印　次 / 2019年3月第1次印刷
书　号 / ISBN 978-7-5317-4291-3　定　价 / 49.80元

写在前面的话

一个每门功课都不及格的学生想要迎头赶上,是一件非常不容易的事情。如果在中学,老师会说已经晚了。甚至可能在小学五年级,老师都会同样说已经晚了。因为这些孩子的思想早已完全不受他们自己控制了。

家长一直不停地跟孩子讲:"好好学习,将来才会有出息。"

他信了吗?不信。

他想的是:"不读书照样可以挣大钱,照样开公司、当总裁。"

他为什么不信?因为你跟他说得太晚。

同样的话,我女儿就信。为什么?

因为我跟她说得早。在她上幼儿园之前,这样的话我就已经跟她说过了。直到现在,她也从来没有怀疑过。

女儿上小学的时候,有的家长问老师:"这些孩子成绩都差不多,是不是到了中学才能看出不一样呢?"

老师回答说:"其实现在就已经能看出不一样了。"

类似的问题如果去问幼儿园老师,他也会同样回答你:"其实现在就已经能看出不一样了。"

如果你想得到不一样的回答,只有去问产房的护士,她们才会告诉你,这些孩子都一样。

一个孩子的素质教育，如果从上学才开始，说实话，有点晚了。素质不是品质，比如刻苦勤奋、目标远大，这些往往是决定一个人前程的关键。想要造就这样的素质，越早越容易。如此说来，早期教育可谓是教育的捷径。同一句话，你对一个3岁的孩子说一遍，他就信；但是对一个10岁的孩子说一百遍，恐怕他也不会相信，因为他首先考虑的是，如果听了你的，会不会占用他玩游戏的时间。所以，不太严格地说，孩子在学校的成绩，早在他上学之前的这段日子就已经注定了。

这本书讲的就是——一个普通孩子的学前故事。

也许我是最适合写这样一本书的人，因为我极其普通——没有雄厚的财力和显赫的社会地位。我们家里遇到的事情，想必大多数家庭同样会遇到，因此，书中的这个孩子或许可以代表大多数人的孩子。

我的孩子也极其普通，绝不像传说中"别人家的孩子"那么优秀！那个"别人家的孩子"，听说过，没见过。据说他们生性聪明、天赋异禀，上课能够好好听讲，还能提早完成作业；该玩电脑玩电脑，该打游戏打游戏；尊敬师长，品学兼优，门门功课考满分；甚至2岁识千字，3岁唱小九九，7岁上中学，12岁顺利考入清华。

在我的孩子身上发生的那些事情，在您的孩子身上也许同样会发生，只要您的孩子也不是"别人家的孩子"。

我不是教育家，教育家说的话，我很少相信。他们往往跟你举例说明，比如孩子有个坏毛病，狠心的父母有一天突然给了他一个深刻的教训，然后孩子的毛病就彻底改掉了。他们还会千篇一律地这样说——从此之后他（她）再也不……了！看似很有说服力，事实并非如此。对一个孩子来讲，想要彻底改掉一个坏习惯，是一个异常艰难和反复的过程。别说一次深刻的教训，就是十次，能够奏效也是万分难得的。

尽管没有取得什么令人瞩目的成就，教育仍是一个我从未停止思索的问题。唯一值得欣慰的"成果"是，孩子很听话。不是因为她聪明，或者我聪明，而是一些话我跟她说得很早。您可能因此把她定义为一个乖孩子，呵呵，不瞒您说，上幼儿园的第一天，这小家伙就曾被园长怀疑有多动症，遭到婉言拒绝。我们没有走，留了下来。接下来老师看到的却是一个聪明、听话、好学的孩子。想听一听这个曾经让老师大跌眼镜的小家伙的故事吗？一个个滑稽搞笑的桥段在等着您。

这本书的阅读人群较为广泛。几乎所有抚养过孩子或没有抚养过孩子的人，都可以，也应该来读一读这本书。如果您是一位教育家，那么就更应该读一读这本书了，因为这里面给您提供了诸多翔实的第一手素材。

那些过于年轻的人，如果你忘记了自己当年是如何长大的，也可以看看这本书，看看当初年轻的父母是多么滑稽，孩子们是多么可笑，老师们有多么哭笑不得，社会有多么拥挤。

至于那些年长者，您也可以读一读这本书，重温以往那些尴尬的、温馨的、执着的、无奈的、甜蜜的回忆，重新判断一下您的功与过、得与失，衡量一下您当初的付出到底值不值得。

还有那些半大不小的，你们勉强算是成熟，就差最后一道门槛没有迈过。当然也可以读一读这本书，以便在你们的头脑里早早做好防御工作，给最后的决定——是否要跟自己的爱人建立家庭，是否要孩子作出参考！

目 录

上卷　宠物时代——摸爬滚打，我哭你笑

003　　准妈妈的改变

005　　初生的小猴

009　　不白之冤

011　　宝贝回家了

014　　人生第一次创伤

017　　怕孩子长不高

020　　易受惊吓的宝宝

022　　同名的宝宝

024　　大脚丫的故事

026　　女儿的第一个玩伴

029　　宝宝长得像谁

031　　勤奋的宝宝，勤奋的妈妈

035	孩子为什么要来
037	宝贝给了我尊严
040	打点滴好疼
042	宝宝也会欺负妈妈
044	是谁总让我伤痕累累
046	总有一些意想不到
049	宝宝的第一辆车
051	爸爸需要继续努力
053	人生第一个春节
056	第一次回外祖母家
059	人生第一个生日
061	宝宝断奶了
063	小家伙,来认认自己的家
066	局面混乱的开端
068	"倒桩夜"的故事
071	猴子跟人学事
073	那对男女哪儿去了
075	"小扒手"的故事
078	街舞小明星
081	与雪糕擦肩而过
083	四大名著最简版本
086	宝贝,当心
092	那些尴尬事
097	公交车上的故事
101	难忘的开裆裤时代
106	一肚子坏水
111	看你还敢不敢再骂人

114	宝宝的大玩具
117	难舍的布娃娃情结
120	婴儿好比一台电脑
123	该为孩子读点书
126	老鼠不能吃大象
128	床上的故事
131	反复不停的解释
135	这话说得有点早
138	不该总吓唬小孩
141	难忘那次的意外伤害

下卷　女儿的幼儿园——跌跌撞撞，一路前行

149	在幼儿园，第一天的尴尬
156	我们还是要回来
160	骤然间的转变
164	第一次远游
169	宝贝，劳驾再吃一口
174	爸爸也曾如此难堪
177	卡布达情结
182	小猪去哪儿了
185	一起玩游戏的日子
187	幼儿园门前的"关卡"
190	幼儿园同学
195	那夜惊心
199	幼儿园不只是看孩子的
202	宝宝爱读书

205	宝宝的新座驾
208	让我难忘的女人们
214	尴尬的家长开放日
218	备受难为的老师
222	今天我执勤
224	爸爸妈妈跟你玩
230	丢孩子的故事
234	我要学
239	不要跟陌生人说话
242	楼下那帮狂徒
245	幼儿园里的生日庆典
247	我上电视啦
252	"百姓春晚"
257	言传不如身教
259	孩子只有一种
262	返还的信息费
266	我们毕业了
270	谁是第一责任人
273	后　记

○○○

上卷
宠物时代——摸爬滚打，我哭你笑

准妈妈的改变

妻子怀孕的时候正是初夏，算一算预产期，恰好是来年的上半年。她做准妈妈的时候，人改变了许多。再也不把自己当小女孩，很少撒娇，用她一位朋友的话说，更像个小女人。

那时候，她开始懂得谨慎地照顾自己，换上一双平底鞋子，穿上一套宽松的衣服。上街买东西的时候，如果遇上商品比较走俏，便自己躲在购买队伍的后面，耐心等待，避免跟别人拥挤。她的饮食起居也变得格外有规律，营养搭配合理，而且一到晚上就早早地上床休息，很少看电视。

我记得那时她下班，经常会提回来一袋新鲜的桃子，因为听别人说，多吃水果对孩子有好处，孩子会长得格外水灵，且聪明。她还让我陪她去书店，买来一本本"孕妇必读"之类的书。到了晚上，她便一个人坐在沙发上，或者靠在床头上，安安静静地看书。陪她出去逛街的时候，她对那些女性服饰不再感兴趣，而是经常光顾那些平时不屑一顾的孕婴商品专卖店。她买过一个孕婴套装，具体是什么我也忘了，反正只记得人家赠送了一盒胎教音乐磁带和一个专用的听筒。那时候，胎教已经被人广泛接受，说是有助于胎儿的智力发育。胎教的形式也主要以音乐为主，大多是那些旋律柔和的小提琴曲和钢琴曲。回到家里，妻子便煞有介事地准备给宝宝进行胎教。她把听筒放到肚子上，好像是音量开得大了些，孩子反应有些强烈，不停地在里面扑腾，结果弄得她整个晚上都没有睡好。第一次胎教不算成功，以后她便对那种时尚的教育形式不再感兴趣。那个漂亮的听筒被闲置了很长时间，后来成了我家宝宝的玩具。

我的一个朋友，家里添了小宝宝。我便拽着妻子去逛街，寻摸着给人买点合适的礼物，总得给人意思意思。跑了一上午，突然妻子肚子里一阵扑腾。

"哎哟！"妻子捂着肚子说，"这小家伙有怨言了——又不是给我买东西，还带我这一通跑！"

那时候，我们日子过得充实又悠闲。吃完晚饭，我便陪妻子去外面的小花园散步。我们并肩慢慢地行走，彼此交谈，幻想着孩子美好的未来。那种感觉，比当初谈恋爱时手挽手的样子还要浪漫。都说女人爱幻想，可是一个突然要做妈妈的女人又一下子变得非常实际。妻子考虑的大都是一些比较现实的问题，比如孩子将来出生，她要休半年还是一年的产假。如果将来帮忙看孩子的那些人选都比较顺心，那么她可以考虑少看半年孩子，出去多挣点钱。还有孩子将来的安置，我家卧室布局将会发生哪些变动。这些她考虑得比我周全。甚至她早早地让我去她两个表姐家里，拿来一堆又一堆的小孩衣服，还有一张小木床。于是，我们的房子顿时变得拥挤起来，说实话，也让人感到无比的温馨。主卧室的床边多了一张小木床，宽60厘米，长度仅120厘米，小床三面围着护栏，护栏上罩着一圈柔软的布套。床上铺着褥垫，放着一摞摞小孩衣服，还有毛绒玩具。

望着那个温馨的角落，又瞅瞅体态臃肿的妻子，我心里好一阵嘀咕，真的有一天，这张小床上会躺上一个小孩？那么，那个小孩，将来的小宝贝，他真的会喊我爸爸吗？虽然我时常为自己做了准爸爸而感到自豪和欣慰，但是一时难以扭转自己的角色，这恰好与妻子形成鲜明的对比。我手足无措，不知该做些什么。除了眉飞色舞地跟妻子畅想未来，其他基本什么也没有做过。直到现在，偶尔跟妻子拌嘴，她还会说，我怀孩子的时候你哪里管过我？是的，不记得管过她什么。那时候的我，这方面工作做得的确很少。

初生的小猴

当初,我守在产房外面,听到婴儿第一声啼哭,声音那么大,肯定非常健康。

可是当我第一眼看到自己孩子的时候,一下子就跟她们娘儿俩站在了一起。我仿佛突然一下子明白了,自己真正想要的是什么。

女儿的那种娇小、柔弱、无助又滑稽的姿态,一下博得了我的同情、亲情加喜爱,从心底唤起我作为一个父亲的责任与自豪。我顿时觉得自己的一切已经跟她绑在了一起。

妻子躺在一张带轮子的小床上,身上盖着被子。

我故作姿态、满怀钦佩地回应:"你厉害,两个小时搞定!"

妻子进去的时候是午夜十二点,现在恰好两点,外面还下着小雨。我看到在她的被子上面,两条腿之间的地方,放着一个红色的襁褓。我凑过去,俯下身,看到一个熟睡的婴儿。

我感到万分惊奇,她居然会是那种样子!在此之前,我从未见过刚出生的小孩。小家伙睡在襁褓里,只露着一个小脑袋,那个小脑袋,脸红红的,像是有些皱褶,紧闭着眼睛,几绺黑黑的头发贴在脑瓜顶上。那张小脸,大概有一个馒头大。而且我清清楚楚记得,她的两只小耳朵,紧紧贴在脑袋两边,看上去十分滑稽。

说实话,新生儿的样子,确实不太像人类,或者换句话说,几乎所有的哺乳动物刚生下来的时候，都有几分相似。

"像只小老鼠！"我说。

"哪有这样大的老鼠！"大夫说。

担架车被推进一间病房里，孩子被放进一张类似长盒子的小床里。那张小床有桌子那么高，大约1米长，周围是有机玻璃做成的围栏，完全是一个陈列柜的样子。但是，孩子待在里面，看起来很是舒适。

我一下子爱上了那个小家伙，出于一种自然的亲情和对自己的尊重。还有就是，我觉得她是那样的弱小，看着让人可怜。她任人摆布，一出生就被划入了弱势群体之列。怜爱弱小，是人的本性。

那天夜里，我趴在婴儿床边，一直仔细地瞧着，觉得心里特别充实。我脑子里不停地思索着，简直就像个傻瓜。

"这小家伙究竟是哪里来的呢？"

"这小家伙真属于我的吗？"

"医院允许我把她抱回家吗？"

就这样，我一直在那里胡思乱想。

虽然我的思绪异常兴奋与杂乱，但是我的眼睛出奇地专注。我目不转睛地盯着那个小家伙，仿佛想要用火眼金睛盯出她的原形。那个时候，在病房里，我时常盯着孩子的脸看。我是想记住她的模样，以防万一洗澡的时候被人抱错了，我也好认得出来。以前我粗略地认为，刚出生的孩子都长一个样儿，根本没有任何差别。其实不然，他们也是一人一个模样。

孩子睡着的时候异常安静，胸口居然看不出有任何的起伏。有时候，我会感到担心，便弯下腰，把耳朵尽量贴近她的小鼻子。当我终于听到一丝轻轻的喘息声，这才放下心来。

后来我才知道，做过类似傻事的不止我一个人。听妻子的一位姨妈说，她刚有第一个孩子的时候，见孩子躺在那里没一点儿动静，便伸手去她鼻子底下试试还有没有呼吸。

初为父母的人，做事情都免不了有一些滑稽！

我当晚在病房里的表现，说实话，真的是可圈可点。连临床的一位产妇都说："你看他呀，真是稀罕孩子呀！"

当然，我丝毫没有为此而感到骄傲，因为第二天护士查房，这一顿数落，便让我一整晚的付出和我初为人父的尊严，都化为乌有。

护士要抱孩子去洗澡，刚一打开襁褓，我的个天啊，这小家伙也不知什么时候拉臭臭了。拉得那个多啊，两条小腿都黏糊糊地裹了臭臭，连脚趾头都粘在一起了！

"哎哟天啊，你们这是怎么照顾的孩子呀！"胖护士运用美声唱法的女高音冲我叫喊。"阿姨，你看你看！"她招呼临床一位陪护的老太太，"你看这孩子，成什么样了！有你这样当爸爸的吗？干什么呀你这是！"

"我……我……我……"我都蒙了，还能说什么呢！再说，就小家伙当时那模样，要想两手不被沾染就把她抱出来，基本是不可能的！人家抱怨两句，咱也不吃亏！

孩子被人带走了，不知什么时候再送回来。

真是奇怪，你说这小家伙刚生下来，奶没吃过一口，她怎么会拉臭臭呢？臭臭是哪里来的呢？

看着懵懂的我，妻子温柔地说了一句："去，叫咱妈来！"

临床老太太跟我讲："那叫脐屎，是从妈妈肚子里带出来的。奇怪，我一晚上也没见你们抱过孩子啊！"

这么小的孩子，都拿不成块儿，怎么抱呀！

孩子洗完澡，送回来了，甭提多干净了，而且还睁开了眼睛。因为她半夜出生，正好是睡觉的时候，所以一直没见她睁过眼睛。我瞪大眼睛仔细瞧着，没错，还是昨天晚上那个小孩！

那时候，我女儿特别爱哭。"数你最大，就数你能哭。"她的妈妈这样抱怨。

病房里有三个小孩，有一个是二胎，他妈妈已经挨了两刀。还有一个，更是来之不易。据孩子爸爸讲，先前孩子妈妈怀的两个孩子都流产了，具体什么原因，我也没好意思问。三个孩子同一天出生，但是我的女儿来得最早。其他两个小孩都比较安静，相比之下，我的女儿算是能哭能闹的了。她常常半夜哭醒，妻子便从婴儿床上把她抱下来，给她喂奶粉。

等她又睡着了，妻子便赶紧招呼我："快点，快点！"意思是，赶紧偷空睡一会儿。她躺在床上，我趴在床边。

婴儿出生后，大夫会给家长一种药水，说是降黄疸，要按时给孩子喝。黄疸是什么东西，有什么危害，我们也没顾得上问，反正大夫让做什么就做什么，我无权选择。我们把药倒进小勺里，然后喂进孩子嘴巴里。小家伙张嘴就喝，还发出"吧唧吧唧"的声响。那样子跟喂小动物没什么区别。我见孩子喝得津津有味，以为肯定特别甜，便偷偷尝了一口。我去，这么苦！于是，那时候我知道，小孩刚出生的时候，舌头根本尝不出滋味，或者说，没有味觉。

黄疸降不下来，大夫总拿话吓唬你，说将来会影响孩子智力，弄不好要送观察室，听说那里面的费用每天都得上千。大夫每天都拿仪器来测，结果女儿的黄疸一直走高。这要是股票就好了！我们虽然着急，但是除了按时喂药，也没有别的办法。妻子喂药很有一套，也不知道从哪儿学来的，要我可下不去手。孩子不老老实实吃药，她便趁孩子哇哇大哭的时候，趁机把药水灌进她的小嘴巴里。

"你不怕把她呛着！"我表示抗议。

"没事，"她说，"小孩子呛不着。"

没错，她说得对，孩子从来没被呛着过。这让我一直都好生纳闷。

婴儿刚生下来，五官发育还不完善，没有味觉，眼睛也看不清东西。但是有一点我敢肯定，他们是有痛觉的。医院对新生儿有一项检查叫作足下验血，说是检查苯丙酮尿症和甲状腺功能低下症。我清楚地记得，当护士拿起针头扎女儿脚后跟的时候，小家伙哇哇大哭！

不白之冤

生下女儿的第二天上午,妻子的一个好姐妹红艳来看望孩子,带着她家那位仁兄。这两口子天生的缘分,连名字也像兄妹。他们有一个儿子,比我女儿大一岁。

"阿姨,您有福气啊,一个孙子,一个孙女!"我妈有个孙子,是我哥哥的儿子。

恰好我是头一次给女儿换尿布。襁褓打开了,可是无从下手。这光溜溜的小家伙,我怎么才能把她弄起来呢?她的身体是那样柔弱,捏哪儿也不合适!

女儿躺在一条小棉被上,那是她的襁褓。我揪起一端的两个被角想要拖动,好让她离我近些。这一拖可不得了,仁兄不干了。

"你看你,这是干什么呀!"

他过来,抓起我女儿两只小脚,轻轻一提,轻而易举就给小家伙换上一块干爽的尿布。哦,原来如此简单!

我送客人来到电梯口,仁兄劈头盖脸对我一通数落。

"你不能这样,这是干什么呀!记住,对人家娘儿俩好一点,人家不容易!"……

这一通把我说的,身上背了一座五指山似的。

我一句也没有反驳,也没法反驳。

可是,我又觉得无比冤枉。我不就垫着被子把小家伙拖了那么一下吗?你抓我女儿的两只脚丫往上提,我还舍不得呢!

受点委屈不算什么,人家是好意。感谢仁兄,你教会了我如何给孩子换尿布!

但是,有一点我必须说明。国外的文化传承,我不了解,但在中国人的传统观念里,一个人是永远不可以改变的。

如果十年前我见你时,你很木讷,那么十年之后,我见到你,你必须还得木讷。昨天你自暴自弃,那么这辈子你必须永远自暴自弃下去。否则,似乎就不成体统。

境遇的变化是可以改变一个人的,而且这种改变一般都来得异常迅速。比如,虽然我爱脸面,可是如果有一天我失去了工作,而本身又没什么特殊技能,要技术没技术,要力气没力气,那么难保我不会沿街乞讨;再比如,一个人穷困潦倒,可是偶然中了500万大奖,你能保证他不会立马变得趾高气扬?

我在市第三医院遇到的大夫给我的印象大都不是特别理想,她们不是训斥我不会照顾孩子,就是不准许我们出院。其实,我第三天就想出院,但是那个女主治大夫硬是不让,说妻子虽然顺产,但是侧切,挨了一剪子,需要住院观察。经过再三申请,我们约定只再住两天。主治大夫对我不是特别有耐心,不过我觉得她旁边一个戴眼镜的女大夫对人还比较和善。

我曾问过眼镜大夫:"为什么我女儿黄疸一直降不下来?"

她问我:"给孩子喂多少奶?"

我说:"一次十毫升。"

她说:"太少,至少三十毫升。"

把我吓了一跳。不过,我回去给孩子加大了奶量,没想到第二天早上黄疸就降下来了。出院的时候,主治大夫不在,眼镜大夫给护士说了一声,就给我办理出院手续了。

我们出院的时候,在电梯门口碰到过眼镜大夫,她好像是中午下班回家。我没去跟她打招呼,因为我这人天生木讷,不善交际,再加上手里提了好多东西不太方便。眼镜大夫个儿不是很高,人长得很清秀。我现在依然隐约记得她的样子,因为我总觉得她给我们的帮助完全属于医生岗位职责以外的领域,我们那个病房其实跟她毫无关联。

一个好人曾经帮助过你,你会永远记得,也会偶尔想起。

宝贝回家了

孩子回家那天，可热闹了。连同妻子的几个姐妹，我们五六个人，里里外外忙活了半天。

"看，你还跟小皇帝似的，这么多人伺候你一个！"妻子的一个姐妹小房开玩笑地说。

宝贝躺在床上，换上了一套崭新的宝宝装，还戴上了一副小手套。那副手套是套装里带着的，目的是防止宝宝抓伤自己的脸。我还记得，等宝宝睡着了，妻子把她的手套摘下来，拿着她一双小手说："你看，这么大的一双手！"

我过去一看，这叫"大"呀！我以前没见过刚出生不久的小孩。关于他们身体各部位的大小更是没有什么概念。心里说，大什么呀，比我的小多了！

关于女儿手脚的大小，我没有太多的计较，也很少拿这个跟别人家的孩子去比较。但是当妈妈和奶奶的不这样，她们总有这么一个共同的爱好，端详孩子手脚的大小，再跟别人家的孩子去比较。为什么会这样，我后来才明白。

自从宝宝入住的那一刻，我们家里便立即多了好多情调，多了一种味道，多了一种声音，多了许许多多的杂乱无章。

"胎毛未褪，乳臭未干"，这是中国最有名的一句老话之一。我想我们家多出的那种味道应该就是乳臭吧。它来自婴儿的身上，她的头发，甚至小手和小脚丫，都会有这样一种味道。那是一种特别可爱的味道，是一种特别温馨、绵软而持久的奶腥味。女儿只是在我们的卧室躺了一个晚上，结果我们家各个角落，甚至连阳台和厨房，便都充满了这种味道。

至于多出的那个声音，就是婴儿的啼哭声了！婴儿的哭声特别好听。在一个刚刚升级做了父亲的人耳中，婴儿的哭声，是这个世界上最和谐的音乐。它会让你记起，这是一个多么惬意的世界，多么温馨的家。那时候，我仔细分析过婴儿哭声的节奏，大概有两种，一种是一个音符一拍，中间换气，"啊——啊——啊"；另一种是三个音符一拍，"啊啊啊——啊啊啊"。

后来女儿长大了些，我便告诉她，她刚出生那会儿，躺在床上，总不停地嚷："我饿——我饿——我饿"！

哈哈，其实没错，婴儿的啼哭就是一种语言，无非是告诉你，她饿了，她尿了，或者她想拉臭臭，不过有时候也没有什么事，纯粹是为了练嗓！

我对"乳臭未干"的理解勉强说得过去，那么胎毛是什么？我没特意学习过，所以不太清楚。也没见女儿褪过毛啊！但是，我见过小家伙蜕皮。

大概两天之后吧，小家伙脸上渐渐地起了一层皮，薄薄的、碎碎的。脸上、手上、脚上，最后遍及全身。我们只能任其自由发展，没敢拿手去给她揪。

我感到纳闷，没听说过小孩要蜕皮的呀。于是，上班的时候，我见人就询问，找的当然是那些早已经当了爹妈的人。他们居然都没有这方面的记忆。后来，我的一个段长，他回家问了他母亲之后，才回来告诉我，是的，他家孩子小时候的确也蜕过皮。

哦，我这才把心放到肚子里，这算是正常现象。

妻子有一个姨妈，住得离我们不远，女儿出生的当天，她就去医院看望过我们。女儿回家，过了10天，她又来看望这小家伙。那天，姨妈陪妻子待了整整一天。

现在想想，我都在心底里感谢她老人家。那天姨妈特意在家做好了饺子馅，来我们家包饺子，目的是想给外甥女换换口味，补一补身体，好早点下奶喂孩子。妻子一听姨妈要给她包饺子，忙不迭地点头。家里人都知道，姨妈包饺子，那是少有的绝活。饺子能包成她那样的，至今我还从未见过。她包的饺子漂亮，皮薄，鼓鼓地挺着个大肚子，还不露馅。我一直纳闷：她是如何能够包进那么多馅的呢？

据说，姨妈包饺子的时候，给她擀皮是一件非常轻松的事情。不用使劲儿擀，轻轻压几下就行。她拿过去，放上馅儿，手指一撮、一捏，就成了圆鼓鼓的一个饺子。说来甚是奇怪。

"给孩子洗过澡了吗？"姨妈操着浓重的胶东口音问。

"没有啊，她还这么小，能洗澡吗？"

"怎么不能，来，我给她洗个澡吧！"

出生不久的婴儿，娇弱无比，脖子都挺不起来。你要抱她，得一手托着她的头，还不能太用力。这种情况，怎么给她洗澡！咱也知道，洗洗澡，孩子肯定舒服，可万一把她给弄伤了呢！另外，保暖措施搞不好，再把她给冻着！其实，孩子出生的第二天，在医院里就洗过澡了。可是，那些人是护士，人家都是专业的呀，一人抱俩孩子，跟拎小玩具似的。

姨妈家有三个女儿，个个貌美如花、事业有成！所以说，就抚养孩子这方面的经验而言，完全值得信赖。于是我们便按照姨妈的指示，忙碌起来，准备给孩子洗澡。

我准备好干净的尿布、褥子、婴儿装，接好一大盆水，又拿了两个小盆，烧好满满一暖瓶热水，拿进卧室里，然后带上门出来。宝宝洗完澡，甭提多干净、多精神了！瞪着两只小眼睛，伸出小胳膊到处抓，小脚丫把襁褓蹬得晃来晃去。她是在告诉你，我舒服，我爽！

从那以后，我和妻子就学会了给宝宝洗澡。得准备两个盆，要先给她洗头。小脸盆放在小板凳上，妻子把孩子放在怀里，一手托住婴儿的脖子，一手撩起水来，轻轻地给她洗头。小家伙很是配合，极力地昂着头，两手紧紧抓住妈妈的前襟，生怕被人给扔了似的。每次看到她这种样子，我都忍不住会笑。呵呵，这小家伙自我保护意识还挺强的呢。

人生第一次创伤

把孩子抱回家的时候,我们发现这小家伙只动她的左手,右手要么平放在床上,要么放在她自己身上。

"她怎么会是个左撇子?我们家可没有左撇子啊。"我时常这样问。孩子妈妈也觉得挺有意思,但是大家都没有把这件事放在心上。

"左撇子聪明。"我这样说。

大概过了半个月之后,我们又发现这小家伙的右手也频繁地动了起来。她会抬起手来抓我的头发和脸,还蛮有劲儿的呢。

"原来不是左撇子,这小家伙!"我说。

有一次,给孩子洗澡的时候,我摸到她右边锁骨中间有一个突起,这引起了我的注意,因为我最在意的就是孩子的健康,生怕她会有什么问题。

"没事。"孩子妈妈说,"大不了,等她大了,动个小手术,割了去就行。"

她还告诉我,她同事亲戚的一个孩子好像也是这样,最后动了一个小手术就没事了。说是割出了一个什么东西。

从那时开始,我心里便有了一个阴影。是不是孩子有什么畸形还说不定,可孩子妈妈这么轻描淡写。顾及一下我的感受,行吗?

不到满月的时候,医院派人做过一次回访,顺便推销了一罐奶粉。我们把孩子的情况跟那位护士说了一下。

"我也不知道是怎么一回事，"护士说，"要不，满月复查的时候，你们带她顺便去检查一下吧。"

满月复查的内容不是特别复杂，量一量身高，称一称体重，打了个乙肝疫苗，再拍张照片，把孩子的资料做成一个光盘拿回来。

复查之前，得先去住院部给孩子洗一个澡。当时在浴室门口，我听到女儿在里面哭，于是我按捺不住，在门口徘徊不定。门下边有一个通气隔栅，我便俯下身，想从隔栅处一窥端倪。我的举动引来其他家长的一阵嬉笑。不过我没看到孩子，只看到护士们的鞋子。

孩子洗完澡，一脸的惬意。离开的时候，在电梯里，有人惊讶地说道："你们家的孩子长得好大呀！"

我们说："满月了，我们是来复查的。"

"哦，我说呢！"对方恍然大悟道。她还以为这小家伙刚出生呢！

复查结束后，我们带着孩子来到儿童骨科做检查。遵照医生的指示，要给女儿拍一个片子。孩子躺在一张小床上，仪器从上面照下来。当然，孩子是不肯老老实实地躺在那里的，医生让我和妻子把孩子按住。孩子妈妈按腿，我按头，也顾不上她哭不哭。孩子哇哇大哭，反抗是人类的本性。

大夫拿着我女儿的片子看了一会儿，然后问我妻子，孩子出生时多重，是不是顺产，孩子妈妈有多高。我女儿出生时七斤四两，顺产，我妻子身高1.60米。

"是骨折。"大夫最后确诊，"有时候呢，孩子体型比较大，妈妈的身材比较矮小，孩子出生的时候受到过大挤压，便会出现这种情况。不过没事，现在已经自己长好了。骨折的地方会产生大量的骨痂，比别的地方要高，这就是为什么摸着会有些鼓。没关系的，三个月之后就会自动消退的。"

我听了之后，感觉像是冷不丁被人打了一个耳光。我赶紧追问："三个月之后，真的会跟原来一样吗？会不会对以后有什么影响？""您以前也遇到过这样的情况吗？"

大夫面带微笑，一一做出了回答。

其实我妻子应该算不上是身材矮小，可是那位大夫也实在太高大。

从医院出来，我眼睛有些湿润，歪头再看看那个小家伙。她趴在自己的妈妈怀里，看上去十分安静。不知怎的，我感觉自己右边的肩膀好像隐隐有些疼。再想想她当初在医院里的哭声，觉得那真算不得吵闹了。

在出租车上，孩子妈妈轻轻碰了我一下，说："哎，你看。"她指指孩子的额角。我看到那里有一个红红的印记，想必是在拍片我摁住她的时候，大拇指不小心留下的。

"真狠呀，你！"孩子妈妈说。

从那以后，每当我再抱起女儿的时候，心里便会有一种说不出的歉疚。我时常想起，她当初在医院里的哭声；也时常想起，她右手平放在自己身上，只抬起左边的一只小手到处去抓的样子。

高个儿大夫说得没错，大约三个月之后，她锁骨上的那个突起就不见了。在给她洗澡的时候，我时常拿手轻轻捏一捏她两边的肩窝，然后笑嘻嘻地说："咦，真的耶！"小家伙不明就里，却也跟我一起嘻嘻地笑。

女儿出生后第一次理发，也是在医院回访的时候请护士给理的。那天傍晚下班，我进门就喊："宝贝！"

发现妻子抱着孩子坐在阳台上，便过去找她们。

"变成小和尚了！"妻子用细柔的声调说。

我探头一看，果然看到一个光溜溜的小脑袋。小家伙还扭头看了我一眼，让人觉得甚是滑稽，万分可爱。

女儿出生的时候，头顶上有一块青痕，面积比较大，占据大半个头顶，呈两个尖角状，伸向两边额角，乍一看就像两个牛角。现在小家伙剃了个小光头，那片青痕便越发清晰。说来也怪，头发剃了之后等再长出来的时候，居然是有选择性的。那片青痕上长出了黑黑的头发，但是其他的地方依然不见动静。所以有好一阵子，女儿胖乎乎的小脑袋看上去十分滑稽，头顶上一块儿黑一块儿白的。

我们好生纳闷，难道说发青的地方营养格外丰富、土地格外肥沃吗？纳闷归纳闷，我们也没有去深究，知道这都是婴儿成长过程中的正常现象。

又过了一阵子，慢慢地，小家伙整个头顶上都长出了黑黑的头发，看上去就是个小美女了！

怕孩子长不高

孩子出生前，我让我母亲给孩子起个乳名，她说，"林林""明明"。不过，这些名字都不能用，因为我舅舅叫"修林"，我妻子一个表姐夫，排行第二，跟我们常来常往，叫"晓明"。名字和长辈太像，有点让人叫不出口。我女儿的名字是当初我父亲躺在病床上给起的，不过具体他什么时候想好的，我就不知道了。

那时我说："爸爸，您给我将来的孩子起个名字吧。"

他随口就说："就叫'静逸'，你觉得怎么样？性静情逸。男孩女孩都可以用。"

我说："行。"

父亲在床上躺了两年，然后就走了。还好，他看到了他最没出息的小儿子结了婚，还给他第二个孙辈，留下了一个名字。女儿出院，填写名字的时候，我脑筋稍稍歪了一下，便把"静逸"改成了"静怡"，我特别喜欢那个字，知道它代表着快乐。如果我父亲还活着，我会找他商量。事后，我也是问过我妈妈的，她也表示同意。

过了几天，我到体育场派出所给女儿落户。接待我的那位女户籍警察听到我女儿的名字，便转回身问她身旁的一位同事："咦！昨天不是刚刚落了一个王静怡吗？"

女儿的名字不是特别出彩，跟她同名的还有很多。当初我听到父亲告诉我这个名字的时候，就觉得比较普通。不过我是理解父亲的，他老人家看中的是平实。

当我母亲见到孙女的时候，喜欢得不得了。记得当初就是她把我女儿从医院抱回家的。那天，在医院住院部一楼大厅里，我妈妈抱着小孙女，坐在一张竹椅子上，等着儿媳妇从楼上下来。等人来了，老人家从椅子上起来的时候，那把椅子差点朝前倾倒，幸亏旁边有人伸手扶了母亲一把。我那时手里提满了东西，什么忙也帮不上。在此感谢那个无偿伸出援手的人！

等回到家里，把孩子放在床上。"瞧这孩子这两只大脚丫，将来一定长得高。"孩子的奶奶说。

孩子奶奶所说的，其实也正是我担心的。我妻子身高1.60米，对于女性来说，不算高，也不算矮。可我只有1.68米，在男人里边也就勉强算得上是正常身高。所以我一直都很担心，怕我的孩子将来会和我一样长不高。

医院派人回访的时候，顺便推销一种罐装奶粉。说得天花乱坠的，又什么促进骨骼生长，促进脑部发育，把我妈说得非买不行。奶粉说明书上有一张婴儿成长表，分三个等级标记着婴儿的正常身高和体重，从一到十二个月。每个月我都拿着卷尺去给女儿量身高，然后再去查那张表对比。卷尺放在孩子身下，我和孩子妈妈一人抻一头。

"你把她的腿按直了。"我叮嘱妻子，然后问："抻好尺子了吗？"

"好了！"妻子每次都不耐烦。

我惊喜地发现，每次女儿的身高居然都属于上等水平，有时候甚至还会超过那个范围的上限。所以我就姑且认为，孩子奶奶的话还算是有道理吧。

妻子休了一年的产假。女儿一岁之前，孩子大都是我们自己看的。女儿出生还不到满月的时候，妻子就抱着女儿到楼下吹风。

那天下午，我下班回家，看到妻子抱着孩子站在楼下。我觉得很意外，因为在我的意识里，这么小的孩子是不可以抱出来的。

"你怎么把她抱出来了？"我问。

"没事，可以抱出来了。"她说。

邻居们跑来围观，看看孩子长得像谁。年轻的妈妈们，看到邻居家的孩子，一般都喜欢去抱一抱，可是不到满月的女儿，还没人敢抱。她极其柔弱，脖子还挺不起来，只能斜着身子躺在妈妈怀里。

一个女邻居见了我女儿说："真想抱一抱啊，可是都忘了这么小的孩子怎么抱了，呵呵！"

女儿躺在妈妈怀里，睁着无辜的眼睛，看看这个，看看那个，估计她那时连我都不认识，充其量也只是看着有些面熟！

那天是女儿第一次出门。家里添了小宝宝，总忍不住向邻居们展示展示。

那个阶段，还闹过一个笑话。是我一个女同事跟我讲的。我们住一栋楼，但不是一个单元。

那天，下班回家。女同事看到我的一个同乡在和一个女人聊天，那女人怀里抱着一个刚出生不久的小女孩。因为女同事知道我和我那位同乡关系走得近，又知道我近来刚添了一个孩子，由此便铁定认为，那个女人就是我媳妇，那孩子就是我那刚出生的女儿。于是她凑过去，看那孩子一眼，便说那孩子长得像我。当时，我那同乡顿时傻了眼。她后来才反应过来，极力跟人解释，认错人了。

她跟我讲完这个故事，我便煞有介事地骗她说——我说那天怎么看到一个男的，手里拎把菜刀，在我们楼下到处打听我的名字呢！

那位同事遇到的小女孩，名叫耿一诺，后来成了我女儿人生中第一个玩伴。

易受惊吓的宝宝

宝宝三个月之前,大多的时间是躺着的,躺在床上或者家人的怀抱里。抱也是横着抱的,因为她的脖子还不足以撑起自己的小脑袋。有的家长特别喜欢抱孩子,造成孩子对大人有过多依赖。吃在大人怀里,睡在大人怀里,抱着就睡,放下就哭,甚至三更半夜,几个大人轮流起来抱着颠孩子。有人说,这其实就是溺爱的开端。

女儿躺在床上,连翻身也不会,偶尔抓一下小手,蹬一下小脚。我扒在床沿上看她,想跟她开一个玩笑。

"爸爸变没了!"我喊了一声,藏到床沿下面,绕着床沿悄悄爬到另一边。

"咦!"我露出头来。宝宝一下扭过头来。那时候她的表情还比较单一。不过我觉得她肯定会想:我爸爸好有本事啊,还会隐身法呢,是不是跟孙悟空学的呢?

妻子禁止我跟孩子做这种游戏,怕孩子会受惊吓。

三个月之后,宝宝可以竖起来抱了。刚开始的时候,她瞪圆了两只小眼睛,脖子一前一后地晃,样子特别滑稽。我还以为小家伙在跟我做鬼脸儿呢,其实她是紧张。

孩子睡着了的时候,样子特别招人爱怜。我有时候会偷偷去亲她的脸蛋儿。妻子也是百般阻止。

"小心孩子会做噩梦!"

我心里说,这家伙思想还没健全呢,会做什么梦!不过不可否认,这小家伙睡着的时候，有时哭有时笑，难道真的是在做梦吗？

有时候妻子会在卧室里小声地叫："你来看呀！"

那时候我们夫妻俩经常这样，看到宝宝一个新奇的动作，便招呼彼此共同欣赏。我悄悄地走过去，小家伙正睡着呢。睡着睡着，嘴角忽然往上一翘，慢慢地重新恢复平静，紧接着嘴角又突地往上一翘，样子滑稽又可爱。

"她梦见什么了？"我问。

"不知道，呵呵！"妻子回答。

有一天晚上，趁着小家伙睡着了，我私下里想跟妻子略微亲昵一下。小家伙突然"扑哧"一下笑出了声。吓得我赶紧趴在床上再不敢动。慢慢抬头看看，没情况啊，小家伙睡得正香呢！

"人家在笑话你呢，呵呵！"妻子说。

有时候妻子的担心不无道理。女儿小时候，特别容易受到惊吓。有时候，你冷不丁叫她一声，会吓得她一哆嗦。有时候，大人说话，嗓门忽然放大，她也会这样。一遇到这种情况，或者小家伙偶尔打一个喷嚏，孩子妈妈都会立即跟上一句："一百岁！"我也不知道这是哪里的封建习俗。

记得有一次，女儿在卧室里睡着了，我想进卧室拿点东西。我蹑手蹑脚，忽然脚踝处"咯嘣"响了一下，眼见这小家伙一哆嗦。没想到她这么敏感呢！

还有一次，小家伙也正睡着，我跟岳母在一边看着她。忽然小家伙放了一个响屁，比往常声音大了一些。小家伙居然也哆嗦了一下。弄得旁边我们娘儿俩甚是纳闷。

"不是她自己放的吗？"孩子外祖母说。

我说："是啊。"

"那怎么会把她自己吓一跳？"

"我哪儿知道啊！"

同名的宝宝

宝宝长到三个多月大的时候，便赶上了盛夏。那年夏天特别热，宝宝热得不好好吃奶，不好好睡觉，张着小嘴呼哧呼哧直喘气。当妈妈的心疼极了，咬咬牙，买了个壁挂式空调装在卧室里。安装空调的大哥那天不太走运，打碎了我们家阳台一块窗户玻璃。免不了，他得自己掏钱赔偿了。

空调装好了，吹出徐徐凉风，小家伙渐渐安静下来。妈妈一边把女儿抱在臂弯里晃，一边嘴里轻轻说着："卖腊肉了，卖腊肉了！"宝宝被逗得咯咯直笑。

我们家附近有一家超市叫作"政通"，虽然不是很大，但也颇具规模。最初，一楼是食品和日用品，二楼是服装和玩具。女儿在六个月大的时候，就已经光顾那里了。在一个我和妻子共同休息的日子里，我们带上孩子的奶奶，抱上宝宝，去那里消遣。超市里有购物车，购物车上设有宝宝椅，我们把孩子放在宝宝椅上推着她在货架之间自由地徜徉。

对那些琳琅满目的商品，小家伙主要还是纯粹地欣赏。对一个还在吃奶的娃娃来说，她此时的个人占有欲还没有被开发出来。

一天下午，在超市二楼，忽然听到有人喊："静怡！"

四处观望，也没见到一个熟人。闹了半天，不是熟人叫我们，而是人家那里也有一个叫"静怡"的小娃娃。

我们看人家，人家也看我们，随后便不由自主地往一起凑。那个小静怡也坐在一辆购物车里，旁边是她的妈妈和奶奶。

"你们这个也叫静怡啊？"我们问。

"是啊。"人家回答，"你们也叫静怡啊？"

"是啊，我们叫王静怡。"

"我们叫牛静怡。"

两家大人经过进一步确认，名字里面那两个字居然也分毫不差。大人们觉得有缘，不免多交流几句。牛静怡家也在附近，比我女儿大半年。

这个小牛静怡自从那天见了之后，好久都没有再遇到。直到女儿上小学一年级的时候，回家跟我们说，他们班上有一个叫牛静怡的。后来经过跟小牛家长多次确认，她就是当年我们在超市遇见的那个牛静怡。两个静怡很有缘分，小学做了五年同班同学，一直是好朋友，就学习成绩来说也是棋逢对手，同样是名列前茅。

大脚丫的故事

　　常常让奶奶津津乐道的，是孙女的一双大脚丫。

　　"看这孩子的一双大脚丫，这么长！"她拿手比量着，无比的自豪。

　　按照她老人家的说法，脚丫大，将来一定长得高。对我来说，一切没有科学根据的结论都是不可信的。但是，对孩子奶奶的说法，我也巴不得那是真的。因为长这么大，深深感到身材对一个人的重要性。身材比别人高大，首先会从气势上压住对方，让人不敢小瞧。对一些惯于以貌取人的人，这尤其重要。从某一方面讲，身高代表了威严，甚至是尊严。你看阅兵式上的仪仗队，还有国旗班，1.85米的都不算高。

　　大多数人都希望自己的孩子能长得高一点，特别是对那些身高基因不占优势的人来说，比如我。我爸我妈个儿都不高。我哥1.75米，算是不矮。但是我侄子突然窜到1.85米，让我妈有了炫耀的资本。等到我女儿出生，单凭一双大脚丫，老人家断定，我们家族注定人高马大。问题是，她老人家特别爱在孩子外祖母跟前炫耀，说孩子长得大，是随了我们家。我们都不好意思揭她的短，我岳母一家的身高，比我们家平均高出一个脑瓜顶。

　　女儿的大脚丫不仅被奶奶关注，也常常引起外人的关注。孩子两三个月大的时候，还没有穿鞋子，只穿了一双袜子。妻子常抱孩子在我家附近一个小花园里玩。一到下午，大约宝宝们完成午觉功课之后，就会被妈妈们抱着聚在一起聊天。有一次，一个年轻的妈妈对我女儿有些好奇，伸手捏了一下小家伙的脚丫，惊讶地说："你闺女的脚这么大呀！还以为她穿的袜子大呢。"

女儿八个月的时候，妻子的姐妹红艳毛遂自荐，要给小家伙做一双鞋子。红艳的手特别灵巧，她儿子小时候的鞋子都是她自己做的。

"哟，麻烦你多不好意思啊，可是俺那么笨……"我媳妇说。

"哎哟，麻烦什么呀，说不定将来成我儿媳妇了！"

"哦，这么说，你这做婆婆的受点辛苦也是应该的了。不过得告诉你，俺闺女脚可大！"

"小女孩家，脚能大哪去！我做大点就是了！"

等第一双鞋拿了来，妻子给姐们儿打电话说："小啊！"

"啊，是吗？我再做一双，再大一点。"

第二双鞋子拿了来，妻子又给姐们儿打电话："还是小啊！"

"啊？你闺女脚多大呀！算了，把我儿子那时候的鞋子拿去给她穿吧。"

鞋子拿来了，穿上了，还是顶脚。

从那以后，红艳再不提做婆婆的事了。可能她寻思，女孩儿家脚这么大，将来长大了得多高啊！

孩子奶奶打趣地说："将来可不能找这样的婆婆，孩子才这么小，就给咱穿小鞋！"

有时候我也寻思，这孩子脚是不小，可要是将来长不高呢，再拖拉着两只大脚丫，会成什么样啊。每当我透露出这种意思的时候，妻子便会不屑地瞅我一眼："去，什么也不懂。"

我的猜测是有事实根据的。马拉多纳，1.69米，43号鞋子，比一般人至少大两号。我转念一想，这么说，大脚丫还是足球天才呢！万一孩子将来长不高，送她去女足得了，说不定还出一个"马拉多娜"呢，哈哈！

女儿的第一个玩伴

女儿的第一个小伙伴，名叫耿一诺，就是前面刚刚提到的那个小女孩。我们小区紧挨着区二中。耿一诺的妈妈是二中的英语老师，家住学校后面的教师宿舍楼，这楼和我们的楼房并排，中间只隔一条小路。那时我们所在的小区还没有垒起院墙，所以我们两家就相当于住在一个小区，非常近便。

说实在的，也不怨我的那位女同事当初认错了人。耿一诺小时候又黑又瘦，单从这方面来讲，的确像我，而我女儿又白又胖。小一诺比我女儿大一个月，但是不论身高体重都比我闺女小一号。

孩子的奶奶抱着孩子在小区里游逛，看见一个老太太抱着一个一般大的小孩。于是两人相视一笑，便往一起凑。

"您这个多大了？"

"三个月了。你这个呢？"

"我们这两个月。"

"啊，你们的还比我们的小啊！这人可不小。男孩女孩？"

"女孩。"

"还是小妹妹呢！我们也是女孩。"

"哦，原来是小姐姐呀！来，跟姐姐打声招呼。你好！"

老太太是耿一诺的外祖母，是一个很热心的人。就这样一来二去，两家便成了熟人。我们家都知道有个叫耿一诺的，他们家也都知道有个叫王静怡的。只要是好天气，抱孩子出来的时候，都会彼此苦苦寻找。

"走，宝贝，我们去找耿一诺玩去。咦，哪儿呢，今天没出来吗？"

如果找不到对方，不免会有一丝失落。

有时候会有人按我们家门铃，一问，原来是耿一诺的外祖母。

"王静怡在家吗，出来玩吗？"

"在家，在家，马上出来！"

于是孩子的奶奶先给孩子包裹、打扮一番，带上水和一些小娃娃出门的必备物品，抱着孩子下楼。

现在一家一个孩子，孩子出生后，没有哥哥姐姐陪着玩，所以大人们巴不得找一个年龄相当的玩伴。谁也不想自己的孩子觉得孤独。男孩女孩倒无所谓，这又不是相亲。当然，同性别是最好的，生活习性相似，大人交流起来话题会更加随意。

其实孩子孤独不孤独，大人们不得而知。才几个月大的孩子，意识极其有限。真正孤独的是大人。她们整天抱着个孩子，能去的地方备受限制。如果没有人跟她们说说话，她们必定会觉得很闷。

碰上一个和自己孩子一般儿大的玩伴，是一件非常不容易的事情。所以大家彼此都很珍惜。如果耿一诺的妈妈或者爸爸偶尔碰见我女儿，都会面带欣喜把孩子逗弄一番。我遇见人家的孩子也是一样。

两家大人，一人拿一个板凳，找一个避风的地方，坐下来，一边哄孩子，一边聊天。聊的话题都是孩子。比如，什么时候睡觉，一天吃几次奶。随着彼此接触的深入，也聊聊彼此的家庭。家里都有什么人，在哪里发展，在哪里上班。

孩子们彼此目空一切，很少顾及对方的存在。她们不会说话，也不会思考。一个不会思考的人，或许根本就不觉得孤独。只要有奶吃，有水喝，有人给换尿布，她们就能优哉游哉地过日子。

耿一诺的父母不论平均身高和体重，都要超过我和我妻子。偏偏他们的女儿比较娇小。相比之下，我女儿个头比较大一些，让耿一诺的外祖母羡慕不已。的确，论饭量和水量，我闺女都相对突出。

那一次，两人给孩子把尿，引得耿外祖母好一阵惊怪："你闺女好大一泡尿啊！"

小一诺只尿出了一个小水洼，而我闺女哗哗哗尿出一条小河。

我妻子抱孩子去过耿一诺家，耿一诺娘儿俩也来过我们家。不论谁到谁那儿，都是被当作上宾来接待。

秋去冬来，孩子们长到七八个月大，个头长了，身子骨比以前强多了，但是依旧不会说话。外面天气渐渐冷了，孩子们很少出去了。大人们不甘寂寞，偶尔抱着裹得厚厚的宝宝到彼此家里去玩。

有一天上午，耿一诺来我们家。两个孩子在床上玩，一起喝水，一起喝奶，一起让大人把尿。那种情景让人看上去心里备感温馨。我不禁想："这要是家里有两个这么大的孩子，该有多好！"

大约十点，两个孩子打起了盹。于是给她们盖上小被子，并排着躺在床上睡着了。耿一诺外祖母一直说我们家暖气不如她家的热。她们家的暖气的确很热，在家不用穿毛衣。我们家的暖气一直都不冷不热，有时候还得披一件棉袄。

大概由于暖气的原因，耿一诺从我们家回去，第二天便感冒了。从此以后，人家再不敢上我们家来了。

不过，遇上一个艳阳高照，气温柔和的日子，她们还是会相约而出，拿上小板凳，找一个避风向阳的角落，一边哄孩子，一边聊天。

宝宝长得像谁

宝宝两三个月大的时候,奶奶在餐桌上给我们讲了一个故事。那时宝宝本来上不了餐桌的,但是为了吃饭、工作两不误,妈妈有时候也抱着她一起上餐桌,一边哄孩子,一边自己吃饭。

"很久很久以前,在一个古老的村子里。"奶奶开始讲。其实久也没很久,就是她年轻的时候。古老也没有多古老,也就是二十世纪六七十年代。

"话说村子里有一户人家,儿子长期在外,媳妇跟婆婆在家。媳妇十月怀胎一朝分娩,给家里添了一个男丁。一家人欢天喜地,喜出望外。日子过了没多久,婆婆起了疑心。有一天趁儿子回家,偷偷跟他说:'这不是咱家的孩子!'儿子不以为然,说:'妈,您老人家多心了。'老人家固执己见,儿子疑心渐起,于是逼问媳妇。果不其然,媳妇招供,是不是屈打成招咱不知道,孩子父亲确实另有其人。"

故事后来怎样了呢?儿子有没有揪住媳妇头发一顿暴打?小两口有没有离婚?咱不知道。俺妈就讲到这里。讲完故事,老人家笑呵呵又加了一句:"做奶奶的都有一种感觉,是不是自己家的孩子,一眼就能看出来。"

听我妈说完之后,我指着抱在妻子怀里的小家伙煞有介事地嚷道:"这不是咱家的孩子,一看就不是!"此举纯为调节气氛。我这种善于自黑的性格,家里人都了解。

"这就是我们家孩子,没错,一看就是。"老人家笑嘻嘻地说。

妻子一边哄孩子，一边吃饭，压根儿没搭理我们娘儿俩。本来我也没多想，只当我妈偶尔来了兴致，给晚辈们讲故事听。但是听了我母亲刚才那一句话，我才觉得，原来老人还留了这么一个心眼儿呢。

后来我想，大概好多当奶奶的当初都有过这种想法，就是看看孩子到底是不是自己家的。唉，老人们本着为家族负责的心，有这样的想法也无可厚非，不是吗？

其实我妈妈说的"奶奶的那种感觉"，无非是看看自己的孙女长得到底像不像自己的儿子。从这方面讲，奶奶是最有发言权的。别人看孩子长得像谁，是拿早已成熟了的大人做比较，但是孩子的奶奶熟悉孩子爸爸小时候的模样。

自孩子出生后，关于孩子长得像谁，一直是我妈所热衷的一个话题。不管是面对孩子外祖母，还是我妻子的朋友、同事，她都会问人一句："你看她长得像谁啊？"

孩子外祖母当然说："长得像她爸。"人家犯不着得罪人，哈哈！

不过，妻子的姐妹和同事都说像她妈。像她妈就像她妈吧，我妈还一个劲儿跟人解释："其实，孩子像她爸，她这脸型像她爸。"

人家瞅瞅我，说："没看出来。"

"不会看事。"我心里说。

我女儿的确长得像她妈，最起码她妈妈脸上的肉比我的多。认识我们的人，大多说孩子像妈妈。不过，说像我的也有。妻子的大表姐，一个大美人，当初在医院里，看孩子第一眼就说孩子像我，不知道她的根据是什么。我侄子第一次见我闺女就说，跟我一模一样。他说的一模一样，不是我现在的样子，而是我小时候。我的百日照片一直在他奶奶家放着，这家伙没少见。我小时候圆圆乎乎，呆头呆脑，人见人爱，可以跟熊猫盼盼媲美。这就是我家里人都说孩子像我的根本原因。他们的意思是，孩子很像我小时候。另外，我女儿跟我侄子也特像，小时候像，长大了也像。

对于我来说，至于孩子像谁，真的无所谓。像我才好？我又不是特帅。像她妈才好？她妈也不是很俊。要我说，小家伙像奥黛丽·赫本才好呢，将来是个大美人，哈哈！

勤奋的宝宝，勤奋的妈妈

人勤奋不勤奋，大概从小就看得出来。我女儿应该就是一个勤奋的孩子，至少我是这么认为。

开始的时候，我妻子没有奶水，这倒是我们一家人没想到的。那时候，妻子的体重不低于65公斤，看上去白白胖胖的，而且，她体质一直都很好。刚做了妈妈的她，很是着急，大概因为做妈妈的都希望能亲自用自己的母乳去喂养自己的宝宝吧。不过着急也没用，没有就是没有，没办法，只能先喂奶粉。但是孩子的妈妈依旧不时会抱起孩子让她去吸奶头。哺乳期妇女的乳腺需要外界的刺激，吸一吸或许还真可能有。女儿总是含着妈妈的奶头用力吸，也不管有没有，或许她也能够吃到一两口清水奶。

"瞧！多懂事的宝宝！太支持妈妈的工作了。"孩子妈妈总是这样心怀感激地说。

"她不会是个傻子吧！"当然，我只是在开玩笑。

"去，一边去！"自从有了自己的宝宝，这女人对我的态度越来越不那么友好。一边去就一边去，还省得麻烦不是。

小孩吃奶，应该很费力的吧，反正我自己是记不得了。要不，文人总用"吃奶"和"九牛二虎"这两个词来形容费力呢！如果是这样，那么，吃没有奶水的奶，应该是"甭提多费力"了。吃上几分钟，小家伙额头上便冒起了汗珠儿。

妈妈心疼地把孩子抱起来："来，宝贝，歇会儿。唉，这孩子真是懂事！"然后，她揉一揉自己早已被吸瘪的奶头，咧咧嘴，"这小家伙！小嘴儿还挺有劲儿的。"

我去过一个中医诊所，抓过两剂药。那个年纪不算太大的大夫还煞有介事地跟我唠叨："穿山甲，王不留，妇人吃了乳长流。"

妻子吃了中药，还是一点不管用。鲫鱼、猪蹄儿，据说也是可以催奶的，这大概是每个新生儿的爸爸妈妈上过的第一课。可是吃的时候，不能够放盐。以前，妻子是不吃猪蹄的，嫌腻。那次在餐桌上，我见她拿筷子把猪蹄插住，一口口往嘴里送，不觉"呀"了一声。

"瞧她爸爸馋的！"我妈妈说。

我妈妈这个人，文化水平不高，她有时候想开一开风趣的玩笑，活跃一下气氛，但总不知道该怎么说。其实，我哪儿是羡慕人家啃猪蹄，嫌弃还来不及呢！煮熟的猪蹄，不放酱油，不放盐，那怎么吃啊！

"平时她不吃这个的。"我略带感慨地说。

妻子无声地落下泪来，依旧把猪蹄儿一口口往嘴里送。

和我们同住一座楼的一个小男孩叫壮壮，比我女儿大一年半。他的妈妈跟我妻子说："没事，不出三个月，肯定就有奶水。"这人平时说话云山雾罩的，不过这次偏偏让她给说着了。正好三个月，一天都不差，妻子的奶水突然来了。

或许因为孩子天生嗓子眼儿小，又或许她干吸了将近三个月，一时还不太适应，小家伙有时会被奶水呛得直咳嗽。

"也太夸张了点吧！"孩子妈妈轻轻拍着孩子的后背说，"哪儿会有那么多！"

大概，小孩吃东西不知饥饱，开始大人也没有数。有时候，我妻子喂完奶，心满意足地把孩子抱起来，一脸的成就感。可过不了一会儿，小家伙小嘴一张，"哇"的一声，便把刚吃进去的奶水全吐了出来。

"哎哟，宝贝！妈妈下点奶可不容易哦！"妻子一脸惋惜地说。

小家伙经常吐奶，到后来，她妈妈也顾不上心疼自己那点奶水了，"哎哟！宝贝，你老这样，以后还怎么长啊！"

看来，这小家伙不太懂得珍惜自己和别人的劳动成果，长大了很可能是一个性格上大咧咧的人。

再下班回家的时候,我赶得比以前要急,因为心里又多了一层牵挂。尤其下中班的时候,正值夜深人静,一些思绪会一下子钻进我脑子里,让我冷不丁会想明白一些事情。

我轻轻打开门,然后又轻轻关上。我摁亮餐厅的灯,灯光照进北边那间卧室,隐约能够看见有人躺在床上。我脱掉鞋子,蹑手蹑脚地走进去,不敢弄出一丁点声响。大床上安安静静躺着两个人,就算是两个吧。那个大的此时再引不起我的注意。我绕到床的另一边,俯下身,两手按在床边,低头去看那张熟睡的小脸。

小家伙仰面躺在床上,枕着自己的小枕头。那个小枕头是专为她做的,里面用小米填充。听人说,这样小孩子不容易把头睡偏。婴儿睡觉很有意思,他们总是把两只胳膊高高伸向头顶,两腿尽力分开,蜷曲着平躺在床上。大概当初他们在妈妈肚子里就是这种姿势,来到了外面的世界,一时还改不过来。我再稍稍低一下头,听到了小家伙轻微的鼾声。她躺在那里,非常安静,一副心安理得、满不在乎的样子。我嗅到了一股奶腥味,其实一进门就闻得到,只不过这会儿更加浓郁。这味道是从小家伙身上,或者她的衣服上散发出来的。我喜欢这种味道,希望它能充满整间屋子。因为,我觉得那样,这间屋子才让人觉得更像是一个家。

对我来说,这变化来得太快,有些让人无所适从。仿佛一夜之间,便发现有一个小家伙莫名其妙地来到我的床上,硬挤在了我和妻子的中间。她到底是从哪儿来的呢?我不止一次地问过自己。以前,我也想过,如果我这辈子没有孩子,那将是一件不可思议的事情。但是,现在,我突然间有了孩子,我仍然觉得不可思议。我觉得孩子对我来说是陌生的,因为我对她的了解实在是太少,甚至我觉得,她那种柔弱的外表下面到底隐藏着什么,我根本就不得而知。或许是高贵,或许是贫贱;或许是高昂,或许是低靡;或许是顽劣,也或许是辉煌。这些我都不得而知。有时候,我居然一下弄不明白我和她之间的关系,彼此都负有哪些责任,或者,她的未来,她的人生,是否跟我有关,或者,关系有多大。那些以往的传统和礼教,在我这里好像一下子都失去了依据。不过,我还不算是特别糊涂,还能够清楚地明白一件事。那就是,她是我生命的延续,但绝非替我而活。那么,究竟是她属于我,还是我属于她,还有,这个家现在应该属于谁?她的,还是我的?或许这个并不重要。其实我心里清楚,别看小家伙完全一副弱不禁风的样子,在这个家里却有着不可忽视的地位。这间卧室里的三个人,如果有一天非得有一个被从这个家里排挤出去不可,那么,这个人绝不会是她。可是,为什么?我一时还想不清楚。

迷茫是清醒的开始,我想慢慢地,有些事我会自己弄明白的。

孩子为什么要来

孩子是应我的召唤而来的，我为什么要召唤她呢，原因有太多。延续家族的香火；防止我和妻子将来老了无依无靠；避免两个人的家庭过于冷清，过年过节好变得热闹一些；为了两个人将来再没空吵架，让家庭维持得更长久一些；打发一下在家里闲暇无聊的时间；还有一些在每个家庭里都普遍存在的理由。

孩子出生时的一声啼哭惊醒了我，我那时才突然想到，是不是她不愿意来。于是，我终于发觉原先在这方面所有的想法竟都是为了自己，从来没有真正为孩子想过，没想过她究竟愿不愿意来。孩子的到来，在我们家是一件喜事，许多人都来我们家道喜，送来了礼物，还有礼金。可是对那个刚刚出生，甚至对此事还一无所知的小家伙来说，来到这个世界，来到这个家庭，究竟是不是一件喜事呢？当她稍稍平静下来，我常常思考这个问题。这是一个什么样的世界呢？先不说人生有多么的艰难，单只生老病死这一无法抗拒的自然规律，就是一个巨大的痛苦。我的孩子将来也要经历这些痛苦吗？毫无疑问。一想到这些，我便会坐立不安。我来到她的襁褓前，看着那张熟睡的小脸，几乎要落下泪来。是我的一己私念强行把她带到了这个世界上，她根本没有选择的权利。护士那双洁白的手，毫不顾忌孩子的啼哭与反抗，强行把她拽到这个世界上来。现在想想，其实那时我们是在"狼狈为奸"。

自从她出生起，我就已经欠了她太多，甚至无法用语言来形容。那么，接下来，我要做的，是尽量去弥补自己的过失。这，我也没得选择。

　　到底我该做些什么呢？毫无疑问，我会全心全意地去疼爱她，尽量去满足她的每一个愿望，给她我所能给的一切。可是，这就足够了吗？最重要的，我要想办法叫她觉得不虚此生才行，以免她将来会对我说，把她带到这个世界上完全是一件没有意义的事。于是我想啊想啊，忽然想明白了那个我活了三十多年，几乎有一半的时间都在思考，却一直没有想明白的一个问题，就是人究竟怎样活着才算最有意义。我一直认为，一个人的一生，如果能够对自然或者人类社会的某一方面做出一定的贡献，那才算是有意义。我所说的就是艺术和科学。如果这个世界会因为一个人的到来而多出了一些东西，由此发生了一些小小的变化，或者是发生根本的改变，那么这个人真可谓不虚此生，比起那些只是把世界上的一些物品或者是财富挪一挪地方的人，不知要强多少倍。当然仅仅是我自己这样认为。

　　蒙台梭利说："孩子是社会工作者，他们到这个世界上是来教育父母的。"的确，女儿的到来，让她的爸爸变得更加懂事，同时也更加忙碌起来。我重新又拿起书一本一本地认真阅读，为的只是将来能引导她去做一件最有意义的事。

宝贝给了我尊严

虽然,孩子的妈妈老担心孩子的个头,可是小家伙明显见长,尤其在外人眼里更是这样。

刚做了妈妈的女人其实挺有意思的。她们抱着自己的孩子出门,总会碰上另外一个或几个人,怀里也抱着一个差不多大的孩子。孩子可以拉近大人们彼此间的距离。这些年轻的妈妈只要是互相看上一眼,便会情不自禁往一起凑。

"几个月大了?"

"男孩女孩?"

"瞧这小宝宝又白又胖的,好可爱啊!"

只要这样聊上几句,彼此之间便像是很熟悉了。她们之间的话题基本上离不开孩子。吃得怎样,睡得怎样,打什么针,吃什么药,还有妈妈的奶水够不够之类的。当然,若是真的熟悉了,还会牵扯孩子的爸爸、彼此的婆婆什么的。我家孩子的妈妈曾经用苦瓜的汁给孩子抹过痱子,就是从跟她聊在一起的那帮人那里学来的。

大人们都成了朋友,孩子们自然也一样。不久那些小家伙相互之间都姐妹相称了。

"来,跟哥哥握握手。"

"来,亲一下妹妹脸蛋儿。"

话都是从妈妈的嘴里说出来的,至于那些小家伙,一个个傻头傻脑的,才不管谁是谁!

当然,年轻的妈妈,加上年幼的孩子,凑在一起,自然也少不了攀比。

"你这个有多高?"她们会这样问。

"你这个有多重?"这样问的也有。

我家的宝贝这样抱出去一比,才发现,小家伙居然个头长得还不小呢!

"啊?原来你们这个比我们的还小呢!"有的妈妈这样说,"人长得可不小!"

和我们同住一个小区,一个叫耿芳的,曾对我女儿说:"你爹妈都不高,到你这里要改朝换代呀!"

女儿小的时候,性格有点内向。在小花园里,别的小娃娃都知道转转小脑袋,眨巴眨巴眼睛,到处去看一看。可她总是靠在妈妈怀里,看着一个地方发呆。用她妈妈的话说:"像个小泥胎似的。"

这小家伙不管谁抱都行,像是根本不认识什么人似的。不过有一样,若是别人要抱她,她总是用两只小手紧紧抓着人家的衣服。那天,一位奶奶说:"生怕我把她扔了。"这小家伙还蛮知道谨慎小心的嘛。

我觉得这没什么不好。为人还是谨慎些好,这也正是我所欠缺的。

孩子小虽然可爱,可我还是盼着她能够快快长大。

我时常想,如果有一天,她站起来走路,那会是什么样子呢!她一定是一会儿这儿、一会儿那儿,没一会儿闲的时候。她走起路来一定是歪歪扭扭、摇摇摆摆,像一只小企鹅一样。我想,她也一定不会听我的招呼,到了该吃饭或者该喝水的时候,我还得去逮她。我突然想起小时候到农村去玩,跟小伙伴们满院子追着一只鸡跑。不过,她肯定跑得没那么快。

如果再大一点呢,我就可以牵着她的一只手出去了。手里牵着一个小孩,吧嗒吧嗒在旁边跟着你走,想起来心里就有一种说不出的满足。那时候我就可以向人们炫耀,瞧!我也有孩子啦,我也当爸爸啦。到底有什么值得炫耀的呢?我觉得,当了爸爸,人就又多了一种自豪。说不清为什么,大概,这说明我终于成熟了,是一个有繁殖能力的人。不好意思地说,这往往是大多数人最看重的问题。

我会带她逛公园、逛超市,只要是我能想得起来的好玩的地方,我就都会带她去。

她想要玩什么，我就让她玩，碰碰车，蹦蹦床，什么都行。她肯定还要让我给她买玩具，要什么，我给买什么，绝对不讨价还价。我还会给她买水果，就买西瓜，她吃完了，我再啃啃皮。

打点滴好疼

孩子六个月大的时候,有一天晚上忽然发起烧来,看看时间已经将近零点。家里恰好没有退烧药,我只好从家里出来,骑自行车到外面去买药。这个时候所有的药店都已经关了门,只能去医院了。

我从中心医院回来,看到妻子正抱着孩子在路口等我。她说孩子越烧越厉害,吃药恐怕不管用,还是去打针吧。我探头看看襁褓里的孩子,小家伙脸上有些发红。见我看她,她还扭头瞅了我一眼。她那无辜的小眼神有些蒙眬。小孩子发烧是很吓人的,轻松突破40度。我赶紧放下自行车,随后乘出租车和娘儿俩去了中心医院。

以前听人说过,小孩生病能吃药尽量吃药,最好不要打点滴,要是开了头,以后生病吃药就不管用了。但是,孩子发烧,大人心疼,那些也顾不得了,还是按照医生说的来吧。

晚上去医院看病,跟白天不一样。我们得在急诊室挂号,然后到住院部十楼找值班大夫,再回急诊室拿药。大夫的诊断是病毒性感冒,随后给我们安排了一间病房等待打点滴。

小护士给女儿打点滴的时候并不是很顺利。小孩胖,血管细,手脚都不好打,最后只好在头上试针。护士拿来一把剃须刀,先要剃去女儿额角的一缕头发。剃须刀在我女儿头上笨拙地蹭来蹭去,估计好久都没有换刀片了,一点儿也不锋利。小家伙应该是被弄疼了，张嘴哇哇大哭。为了早点把针扎上，也为了女儿的病早点好，我用力把她按住，让她动弹不得。针总算扎上了，清凉的液体慢慢流入小家伙的身体里面，她情绪渐渐稳定下来，不久就趴在妈妈怀里睡着了。护士告诉我们，打完点滴可以在病房里休息一会儿，等天亮再走。那天晚上，女儿什么时候打完的点滴，我不知道，因为我早已趴在一边儿睡着了。估计孩子妈妈也多少眯了一会儿。孩子始终抱在她怀里，她依靠在床头上，一直没有躺下。

打完点滴，大约三点半了。我们遵照护士的嘱托，挨到天亮才走。不论昨晚睡没睡好，看到新一轮的太阳，总会感觉浑身又充满了力量。

妻子指指孩子的头说："你看。"

小家伙额角上有一小片血印，是昨晚护士那把钝了的剃须刀在那里留下的痕迹。

我说："怪不得孩子会哭成那样！"

妻子说："我仔细看了那片印记，估计小护士当初下力气不小。"

不过我对此没有丝毫的埋怨，因为，人们总能对别人的孩子更下得去手。

结婚以前，我住的出租房的房东是位老中医。有一天在家里给自己的小女儿打针，扎了几次都没扎上。恰好来了一位朋友，是同行，一下就给扎上了，临走还笑话他："干了这么多年医生，连个针也不会打！"

等客人走了，老中医说："要是他的孩子，我也能一下就给扎上。"

是啊，拿针扎自己的孩子，跟扎自己的肉有什么分别！

宝宝也会欺负妈妈

女儿六个月的时候,能够不倚着东西坐起来了;八个月,可以在床上爬。孩子妈妈把一个小布娃娃放到她前面,叫她爬过去拿,快要爬到跟前的时候,却又把娃娃拿开。就这样,小家伙在床上来回爬了几个来回,仍旧没有拿到娃娃。但是小家伙好像乐此不疲,仍旧在爬。

孩子爸爸实在看不过去:"你别欺负小傻瓜了!"我把孩子抱起来,把娃娃放进她怀里。

"这小家伙还挺执着呢!"孩子妈妈笑着说。

虽然我嘴上那么说,但是心里很欣赏小家伙那种执着的性格。如此看来,她将来一定不是一个懒怠的孩子。说我女儿勤奋吧,有时候也懒惰。就说她尿尿吧,对,连这也偷懒,只尿一半。只要觉得不再憋得那么难受了,这家伙就不再尿了。

妻子给孩子把完尿,把她放在床上,端着小盆儿去倒尿:"宝贝,妈妈一会儿就来。"

倒完尿回来:"妈妈的宝贝哎!"把孩子抱起来,亲吻她的小脸蛋儿。可是伸手一摸,孩子的裤子居然是湿的,再往床上一看,床单上也有一片湿湿的痕迹。

"你这孩子怎么回事!"孩子妈妈急了,放下孩子去掀床单。

"尿尿尿一半儿,你。什么孩子,这是!"妈妈数落起来,也顾不得叫宝贝了,

"害臊不害臊你！还笑！你就气妈妈吧你！妈妈刚换的新床单呦！"

每当这个时候，孩子的奶奶总是面带得意，悄悄对我说一句："娘儿俩又打上了。"然后躲到一边，该看电视看电视，该洗尿布洗尿布。大概老人们都是这样，儿媳妇和孙女"打架"，她们都懒得干涉。我觉得，大概是因为她们都是过来人，经历过抚养子女的艰辛。现在看到儿媳遇到点麻烦，她们心理上多少也能找到一些平衡。或者，在有的老人眼里媳妇都算外人，而孙女是自己人。自己人欺负外人，管什么闲事！但有一样，得自己人不吃亏才行。要是做妈妈的照孩子屁股上来一巴掌，把她打得"哇哇"哭，你看做奶奶的管不管？

可是在这家里，受欺负的可不只她一个。当小家伙扯住我头发用力往下扯，我大喊救命的时候，也没人理我。即使是在这个家里有着不可侵犯的地位和尊严的奶奶，也好不到哪儿去。小家伙可不管这些，照样抱住奶奶的头，啃她的鼻子，弄得老人家"哎呀哎呀"直叫唤。看到自己的母亲被人折磨成那样，我这做儿子的，也装作什么都没看见，心里说："人家还没长牙呢！"

等孩子妈妈换好了床单，又给孩子换了一套干净的衣服，塞上一块干净的尿布，刚才的烦恼也随之烟消云散了。

"哎哟，妈妈的宝贝！来，让妈妈亲亲，嗯，嗯——呃！"

这人，跟有毛病似的！

年轻的妈妈，在把孩子尿尿的时候，要么哼起一首儿歌，要么吹一吹口哨，是想让小家伙明白，尿尿也可以当成一种消遣嘛。别说，真挺管用，小家伙会顺顺利利把尿尿完。

看来，寓教于乐，也不只适用于教学。

是谁总让我伤痕累累

当了爸爸的人是与众不同的,因为他们的脸上总是伤痕累累。其实别人家的爸爸我也不太了解,这里说的主要是我自己。

人们常说,伴君如伴虎,其实你跟一个小孩子在一起,也时时会遇到危险。小娃娃的手指甲很薄,这就意味着异常锋利。她挥舞小手不经意间往你脸上来一下,顷刻之间你就挂了花。如果女儿在外面碰到一位阿姨,人家会主动过来跟她打招呼:"哈喽,宝贝!"她向人家伸出一只小手,算是礼貌地回应。人家便会笑嘻嘻地赶紧接住她那只小手。看上去是表示亲热,其实是提早做出预防,以免受到无辜牵连。当然我们家的三个大人就没有那么幸运了,因为跟孩子接触机会多,总是防不胜防。

孩子抓大人的脸,是不需要任何理由的,或者是单纯觉得好玩,或者是心血来潮,也或者是不经意间的挥舞。反正孩子的小手是毫无分寸的,最好还是小心为妙。在我们家里受到最多伤害的是我,其次是我妈。说来也怪,大概我妻子跟孩子之间关系比较紧密,她几乎很少受伤。如果你认识我,在那个阶段里常常会发现我脸上有一道道的抓痕。同事们会打趣我:"跟老婆打架了?下手这么狠!"我便跟人家说,是给孩子抓的。人家不信。我在心里埋怨,孩子抓的,还是大人抓的,你们看不出来?蠢!

一次我跟孩子在床上玩,她拿起扫床的笤帚朝我捅了过来,我毫无防备,差点给捅瞎了眼。第二天上班,同事问我:"你得了红眼病?"我回答说:"是啊,看别人挣钱多，我急啊。"那件事过去了好长时间，有一天我到单位，同事又问我："你眼睛怎么了？是不是让老婆打的？说，是在床上打的，还是在床底下打的。"我好生纳闷，上次那个红眼病不早就好了吗？找个镜子一照，左眼下方有一道青痕。咦？我顿时觉得奇怪，怎么也想不起来到底谁曾对我下过手。绝不可能是我妻子，那几天我们夫妻俩一直相处得比较融洽。多半是那个小家伙干的。虽然我不记得她何时又敲打过我的眼睛，但是还能有谁呢？没有证据咱不可能胡乱冤枉人。算了，就当我实在闲得难受，冷不丁自己给了自己一锤。

夏夜里，我们一家三口睡在一张大床上。我会突然被一阵悦耳的流水声吵醒。睁开眼睛，映着窗外的月光，只见眼前一股清澈的水流朝上跃起。短暂的懵懂之后，我便马上明白了是怎么一回事，于是赶紧伸手去接那一柱泉水。

晚上给孩子把尿，一般都是妈妈的活儿，偶尔一两次失误，做爸爸的也不好有什么埋怨。大概由于爸爸太过懒惰的缘故，所以那次才会受到狠狠的惩罚。

那次我迷迷糊糊听见妻子要给孩子把尿。首先她得把孩子从床上抱起来。但是那天她抱孩子的姿势不太规范，大概是两手提着孩子腋下，于是小家伙两只小腿儿便悬空起来，四处乱蹬。怎么那么巧，这一脚就蹬在了我身体上那个最难以启齿的部位。把我疼得一声惨叫坐了起来。小孩力气是不大，但挡不住被攻击的部位太过脆弱。孩子尿完尿乖乖地睡去，妻子也没理我。我无处申冤，只好夹着双腿，脸朝外翻倒在床上，闭上眼睛默默安抚自己那受伤的心灵。

小孩子对大人偶尔制造的伤害，带给你的感觉是与众不同的。你的抱怨仅仅是口头上的，你会真心记恨这个孩子吗？不会的，因为这种伤害的另一端是一个无比纯洁的灵魂。

总有一些意想不到

尽管你对自家的宝宝呵护有加,但还是常常会受到他们的一些攻击。虽然他们所运用的武器和方式非常单一,但是绝对防不胜防。孩子的妈妈建议对宝宝们的此种行径应该表示迁就,这样才会有利于她的成长。比如,你正抱着宝贝逗她玩耍,突然觉得怀里的温度骤然升高,那你最好保持镇静,一直到小家伙把她的礼物完完全全赏赐给你。如果你大呼小叫,她可能会受到惊吓,从而受到某种程度的伤害。

有些孩子,他们具有天生的小聪明,偏偏会找一个非常不恰当的时机对你发动袭击,让你觉得无比尴尬。

头一年冬天,女儿穿上奶奶做的开裆棉裤。我抱着她在床上玩。那时候,她大概有七八个月大了,早已经能在床上坐起身来。我想锻炼一下她腿部的力量,好让她早日学会走路。我躺在床上,两手举着她,让她两只脚丫踩在我的身上。正当我张嘴冲她"嘿嘿"笑的时候,冷不丁这家伙冲我尿了泡尿。由于受孩子妈妈的长期教导,我所能够做的也只是闭上嘴巴和眼睛,把头歪向一边,等待她顺利把尿尿完。等小家伙尿完了,她妈妈便哈哈大笑着把她抱过去。她也"咯咯"地傻笑,像是自己刚刚完成一件了不起的工作。我从床上爬起来,冲她骂了一句:"你个小坏蛋!"然后向卫生间奔去。

大年三十的晚上,我抱着宝宝在沙发上看电视。孩子妈妈收拾完厨房,过来看了一下,说:"咦!小家伙怎么像是在使劲儿……"

我当然明白这言外之意，于是赶紧把她从腿上抱起来。可是已经晚了，满怀的一大片浅黄色。孩子妈妈赶紧把孩子接过去。我面带窘色，小心翼翼地把衣服脱下来，又去了卫生间。

当然，这方面孩子妈妈比我也强不到哪儿去，毕竟孩子待在她怀里的时候比我要多得多。有时候她抱着孩子坐在沙发上，要么看电视，要么跟人聊天，冷不丁你会听到一声惨叫——"哎呀！"用她自己的话说，一股温暖的水流在她的腰上流了一整圈。

虽然大人知道定时把屎把尿，但总难免有些意想不到的时候。每次得到孩子的恩赐，虽然我总是手指着她的小脑袋，说她："小坏蛋！"但是心里充满了得意。因为，我觉得她那种行为不仅是跟我开了一个善意的玩笑，而且还是表达她对我的感情。

以前常常听说，一把屎一把尿把谁拉扯大，意思是很不容易。直到现在，对于那句话我才算是深有体会。的确，孩子1岁之前，你大概会有一多半的时间围着她的小屁股转悠。

记得孩子出生第一天，妻子的姨妈和表姐来看望孩子。姨妈让我去给孩子买一种婴儿专用的湿巾，回来给孩子擦屁股。当然，那种湿巾价格比较昂贵。我还记得她老人家一边给孩子擦着屁股，一边说："你这个小屁股可值钱了。"那句话让老人家说着了，接下来大半年的时间里，我们真的就经常围着那个值钱的小屁股转悠，有时候甚至让人一筹莫展。

记得我女儿很小的时候，经常拉稀，而且频率非常高，所以她的小屁股也为此受了不少的委屈。那时候我们常说的就是"孩子屁股淹了"，就是由于那个部位长期保持过度的湿润，生了一些小红疙瘩。我女儿的小屁股上倒是没有生小红疙瘩，但是有时候会裂开一道小小的缝儿，鲜嫩鲜嫩的。小家伙疼得哇哇直哭，大人也看着揪心。那时候为了对付她那个不听话的小屁股，我们家人都没少操心。记得给孩子买过一种乳膏，孩子的屁股洗完之后，然后轻轻抹在上面。抹的时候还要耐心地揉开，直到乳液完全渗透到皮肤里面。那种乳膏总体来说是管用的，但是解决不了根本问题。女儿的小屁股，淹了又好，好了又淹，有时候会把大人弄得黔驴技穷、精疲力尽。

有一次，妻子的一位姐妹来我们家看望孩子。恰好刚给孩子洗完小屁股，我便煞有介事地拿起一把扇子对她的小屁股扇风，嘴里还得意地说："瞧，我多么尽职尽责呀，我是这个世界上最好的爸爸了！"

妻子撇撇嘴："你行了吧，我都是拿嘴给她吹。"

我一听傻眼了，说："那比起你我还差点！"

她有没有真的拿嘴吹过，我没见过，不过她另一样富有创意的举动，却是吓了我妈一跳。

妻子给孩子洗完屁股，把她放到床上。那时候的孩子就像一只螃蟹，只要你让她躺着，她的两条腿便总是蜷曲着劈开的。妻子打开手电筒放在孩子屁股后面，然后端着水盆去了卫生间。恰好孩子奶奶看到了，赶忙跑过来，伸手去手电筒前试了试，哦，不是很热！本来她还以为，离得这么近，还不把小屁股给烤焦了！

兵来将挡，水来土掩，一家人围着孩子，跌跌撞撞，吃苦受累，心里急切地盼望着，能够早日迎来她从四条腿爬行"进化"到两条腿走路的那一天。

宝宝的第一辆车

宝宝驾驶的第一辆车是学步车,没有发动机,没有方向盘,也没有导航仪,只有四个"哗哗"响的小轱辘。那时的宝宝七八个月大。

学步车是一种很好的成长工具,不仅有利于锻炼孩子的腿部力量,扩大她的活动范围,而且还减轻了大人看护孩子付出的辛劳。

那天上午,我跟妻子在外面转悠了半天,最后花90元钱买了一辆学步车,回来的时候已经将近12点了。那时候女儿本该睡午觉了,可是她好像知道我们给她买来一样不同寻常的礼物,显得格外兴奋。虽然孩子那时还不会说话,但是大人说的话有些她也能听懂。我们也很想看看女儿在学步车里到底会是什么样子,便赶紧将车装好,把她放了进去。小家伙两腿一蹬,车子往前滑动了一段距离。小家伙很有成就感,高兴得"咯咯"直笑。我们离开她一段距离,对她说:"宝宝来!"没多久,她便掌握了一些最基本的驾驶技巧,启动,刹车,转弯。

从那以后,女儿获得了另一种自由,整天驾驶着学步车在我们那间两室两厅的房子里四处巡游。"哗哗哗"的滚轮声在房子里四处飘荡。小椅子被撞得吱吱乱叫,壁橱门也被撞得哐哐直响。由于小家伙仍然处于实习驾驶阶段,技术掌握得并不是特别全面,偶尔钻进一个狭小的空间转不出来,便会急得"哇哇"大叫。每当这个时候,大人便赶快跑到那儿,把她拯救出来。

我在小卧室里看书，听到滚轮声由远及近，"哐当"一声，门被撞开了，小家伙驾驶着她的爱车闯了进来。"宝宝来啦！"我跟她打声招呼。随后，她开始在屋子里转悠，哗哗响的声音一会儿这，一会儿那。见我没理她，她就来撞我的椅子。"宝宝，到外面去玩，让爸爸学习一会儿。"我说。小家伙很听话，调转方向朝客厅驶去。

学步车前面有一个小桌板，可以放玩具，也可以放一些零食。所以那辆车既可以当她的办公桌，也可以当她的餐桌。宝宝的零食比较单一，不外乎旺仔小馒头和钙奶饼干。小家伙做事情跟大人不同，有时候会突发奇想，让一些再平常不过的事情也生出些许乐趣。她用来喝水的是一个精致的小不锈钢杯子。那时喝水总得大人喂，水喝完了，杯子却粘在了她的小嘴巴上。小家伙一扭头，小脚一蹬，跑一边儿去了。我跟上去，轻轻把杯子拿下来。

"咦，小家伙怎么弄的呢？"我寻思。

我私下里试了一下，把杯子放在自己的嘴上，深吸一口气，手一松，还是掉了下来。于是我明白了，小家伙胖嘟嘟的，腮边肉多，所以能够嘬得住。而我，就像当初菩提祖师对孙悟空的评价那样："你虽然像人，却比人少腮。"当初看到这句，心里这个郁闷，不就是瘦点，脸上肉少点嘛，怎么就不是人了呢？

虽然我们家并不算富裕，甚至可以说是贫穷的，但是我们给孩子买东西从来不买便宜货。那辆学步车质量算是上乘的，当它从我们家光荣退役的时候，身子骨依旧硬朗，浑身上下没一点毛病。妻子原本要留给她的一个姐妹，可是我妈妈不舍得，说要留给她未来的重孙。那时候我哥哥的儿子，也就是我的侄子才18岁。老人家的眼光就是长远，要我怎么也想不到。女儿两岁半的时候，有一次我哥哥开车从老家送我们回来，顺便把学步车带走了。

噢，说到这里我想起来了，买学步车的钱用的是我妈妈的专项拨款。

爸爸需要继续努力

或许，我生来就与别人不同；又或许，我一直没能找到自己的同类。别人认为极其简单的问题，而我往往会觉得很复杂，别人眼里的理所应当，到了我这里也常常会认为是不可思议的。当我得知自己将要有孩子的时候，短暂的兴奋过后，我开始踌躇。我找了好几百个理由，也没觉得自己有资格去做别人的父亲。于是，我忽然间有所醒悟。如果我自己的孩子将来不能以我为荣，那将是我的耻辱，或者是孩子的耻辱。如果她不能在我身上有所学，那么我这个父亲，其实毫无意义。所以，我头一次发现，自己的精神原来如此贫穷。我想要退缩，却已经没有了退路。眼前的事实已经无法改变，唯一能够改变的只有我自己。

要改变一个人的精神，唯一的出路就是学习。于是，去进修一门课吧，我这样想，也这样做了。其实，一直以来，我都不甘心就这样庸庸碌碌度过一生，也一直希望自己能够找到一件事情去做，但是人类天生的惰性，让我从未有过真正的开始。这次，做父亲的尊严，把我逼上了绝境。我毫不犹豫地又重新拿起了课本。那时候，那个小生命，在妈妈肚子里还未孕育成熟。

小家伙出生后不到半个月，我考完了自己的第一门课程。我认为那是女儿给我带来的幸运。没人想象得出我有多么忙碌，上班，洗尿布，一年四次考试，忙里偷闲还要去亲吻那两只小脚丫。

女儿九个月大的时候，嘴里开始冒话，"爸爸爸""妈妈妈"。毫无节奏可言。

那次，将要奔赴考场的时候，我问她："宝宝，爸爸要去考试了，你觉得爸爸能考好吗？能不能？"

"能。"小家伙回答。

我显得有一些兴奋。

"人家又不会说不能。"我妻子在一边说。妻子说得不错，那时，小家伙能发出的音不是很多。如果你问她一句话，她给你的回答总是最后那一个字。

你问她："你美不美？"

她会说："美。"

你问她："你丑不丑？"

她会说："丑。"

每次出去考试，我都会先问一问女儿："爸爸能考好吗？能不能？"她给我的总是肯定的回答。

然而小家伙就像是神机妙算一样，每次都能说得很准。

人生第一个春节

什么东西都是小的好玩。有一次，我在外面看到一个男人牵着一只很小的狗，说是叫"吉娃娃"，长不大，最大不过30厘米高。好多人看着新奇："咦？这么一点大的小狗，真好玩儿！"

孩子也是一样，小的时候好玩。你会觉得他们的小手、小脚丫、小屁股都是那么干净、新奇。我妻子在看孩子这方面很是值得表扬，时刻都把孩子弄得干干净净、利利落落。我特别喜欢亲宝宝的小脚丫，我觉得她那双小脚丫特别可爱。每次洗完澡，我总会抱着她的小脚丫乱啃上一阵，逗得她"咯咯"地笑。

一次，我抬头问孩子的妈妈："是不是等她长大了我就再不能这样了？"

"你想等多大呀？"

"18！"我随口说。

"那你就禽兽不如了。"虽然话说得难听，不过现实就是如此残酷。

我有时候会忘乎所以，给孩子起些外号，"小屁屁""小猴子""小王八"……我问她："王静怡，我们都只有一个名字，怎么你名字会有那么多？"

孩子妈妈对女儿说："你说，'你只有一个名字，是因为我现在还不会说话'。"

这女人说的还真是不假，等小家伙会说话了，我、我妻子，甚至我妈，真的就又多出了好多好多的名字。

我女儿在这个世界上过的第一个年三十，不是特别有意思。她太小，不懂过节的乐趣，而且又离不开人，大人还得总围着她转。那天晚上，孩子奶奶在一个小盘子里放了几个饺子，端到小孙女跟前，叫她伸手去抓："来，宝宝，伸手抓一抓，就算是吃过年三十的饺子了。"

于是小家伙伸出稚嫩的小手去抓饺子，抓起一个放到一边，然后就又去抓。她不知道那是什么，做什么用。小孩子在长牙之前，抓起东西不会往嘴里放；但是等他们长了牙，不论抓起什么，都会往嘴里放。

除夕一过，我们家就变得热闹起来，这跟新添的小宝宝有着必然的关系。因为孩子奶奶帮忙看孩子，住在我们家，所以，我哥哥姐姐过年的时候都会来我们家。按照当地风俗，大年初一，来我们家的是我哥哥一家，初二是我姐姐一家。由于家里刚添了一个新新人类，气氛显得十分热闹。看着来了这么多的人，而且人人都对她无比友好，小家伙情绪也异常高涨。虽然她不会说话，不会喊"大伯""大妈""姑姑""姑父"，但是，她会冲抱着她的人"咯咯"地笑，还会毫无节奏地挥舞两只小手。这就是小家伙欢迎客人的最高礼节。哦，还不是，这还不算是最高礼节，她的最高礼节应该是……

大年初二，我姐姐、姐夫带着我8岁的外甥来我们家。人们往往都会找跟自己年龄相近的人一起玩，这是一种天性。所以，那天我的小外甥就成了她格外关注的对象。我女儿对她的这个小哥哥表现出特别的垂青和友好，一看不到他，就会扭动小脑袋到处找，然后不停地向他挥舞小手。

吃完午饭，大家围坐在客厅唠家常。家里的沙发坐不开，所以会有人坐在小板凳上。妻子抱着孩子坐在一张小板凳上，小家伙显得焦躁不安，因为她的小哥哥坐在茶几对面的沙发上，离她比较远。

于是妻子就招呼我小外甥："松松，你过来坐。"

松松拿了个小板凳坐在了娘儿俩旁边。刚坐下不久，估计那条小板凳还没有坐热呢，我女儿，这个小坏蛋，哗哗地尿了泡尿。一道热情的水流，恰好落在小松松的裤子上。他坐的这个位置，不远不近，刚合适啊！

当时，我们都没有任何的防范，我小外甥呢，眼睛也正看着别处，所以等小家伙都快尿完了，大概小松松充分感觉到了温度，这才腾地一下站起来。

当时我们大家都高兴坏了，忍不住乐出声来！

"这就是你妹妹欢迎客人的最高礼节！"我跟我小外甥解释说。

小松松大半个裤腿都湿了，小家伙很爱干净，噘着嘴让他爸妈给他洗衣服。

我姐姐、姐夫跟他解释了半天，意思就是，尿跟尿呢，也不尽一样……

后来，小松松终于算是点头同意，穿着半干不湿的裤子回了家。

不错，这就是一个不懂事的孩子欢迎客人的最高礼仪。他们的这种礼仪，一般来说，只献给最亲最爱的人，也就是他们最瞧得起的人。

第一次回外祖母家

春节过后，妻子要带孩子回娘家住上一阵子。说实话，也该回去一趟了。按我们这里的习俗，孩子出满月是要回娘家的。由于孩子的外祖母家离得比较远，当初我们便私自把这道程序做了简化。因为姨妈家离得近，孩子出满月那天，我们去了妻子的姨妈家，权当回外祖母了。所以到现在，孩子还没有去过她外祖母家。妻子娘家那边有好多亲戚，她有五个姨，三个姑，一个二叔，一个大舅。家里新添了人口，总得向亲戚们展示一下。至于见面礼、压岁钱之类，都算小事。

娘儿俩离开家的时候，孩子就有些咳嗽，到了外祖母家之后，可能温度不太适宜，要么就是水土不服，咳嗽越来越厉害，还发起了烧。于是岳母一家人张罗着找乡村大夫给孩子看病。

记得有一天，妻子给我来电话。那时候我们还都没有手机，她用的是六姨家的座机。她在电话里说，孩子咳嗽挺厉害，一直不见好。话音里带着哭腔。我说："我过去一趟吧。"她说："不用。"第二天我就忍耐不住了，放心不下那娘儿俩，决定请假去一趟。但是去岳母家的公共汽车非常少，一天只有两趟。具体几点发车，我也忘了。于是我在我家座机上想找出六姨家的电话问一问。但是六姨家的电话我也不知道，只隐约记得他们那个地方是以312开头。我找了一个电话记录拨过去，恰好是妻子一个姊妹家的电话。就是那个当初去医院看望我女儿的红艳。我简单地做了解释，然后放下话筒继续拨拉。不多会儿，小房来了电话——她是我妻子另外一个好姐妹，而且她们还是同乡。你说，真是病急乱投医，我怎么把她给忘了。

小房听说我在找电话，所以问问我有什么事情。她们几个姐妹联系密切着呢！我说我要去岳母家一趟，孩子生病一直不见好。于是她告诉我到她们老家的发车时间。

我刚要走，妻子来电话，说我不用去了，孩子好多了。

我说："真的吗？"

她说："是真的，他们现在正用一种偏方给孩子治病。"

我问："什么偏方？"

她说："找一把铁勺子，炒菜用的那种就行，放在炉火上，把草药研成末，混合棒子面，弄成糨糊一样的东西，喂孩子吃。"

我问："管用吗？"

她说："挺管用。"

我的心情才慢慢放松下来。不由得感叹，有些土办法，还是很管用的。

当我放松心情，正准备独享一人世界的时候，妻子又来电话说："孩子烫伤了。"

我这个纠结啊！问："到底怎么回事？"

她说："不是拿着勺子给孩子喂药吗，孩子不老实，往前一凑，正好碰在勺沿儿上。"那可不是一般的勺子，那可是刚从火上拿下来的呀。

我那刚放松的心一下又提到了嗓子眼儿。"要不要紧？"我问。

"不要紧。"妻子说，"没烫在脸上，已经抹药了。"

我唯一能做的，就是在心里衷心地祝愿娘儿俩能够早日回来。

小家伙在外祖母家住了半个月，终于回来了。岳母跟她们一起回来的。妻子产假接近尾声，要上班了，岳母要来帮忙看一年孩子。

那天我在家鼓捣了一上午，打扫屋子，收拾玩具，烧水，买菜，跟迎接贵宾似的。门铃一响，我一溜烟跑下楼去。单元门打开，看到祖孙仨站在门外。妻子抱着孩子。我这一看，愣了。这还是我们家宝宝吗？是不是那娘儿俩偷偷拿出去给换了呀！这小家伙在外祖母家风吹日晒半个月，黑了也瘦了，脸上带着土色，脖子底下一块伤疤，戴着个绒线帽，看上去就像个农村小老太太。

"宝贝，你回来了！"我伸手去抱她，没想到这家伙扭头便往妈妈怀里扑。

孩子妈妈和外祖母都乐了："连爸爸都不认得了，哈哈！"

说笑归说笑，我心里难免有一丝悲凉。我养了她大半年，她对我的记忆居然难以保留半个月。

我们把小家伙放到床上，旁边摆着她的玩具。她摸摸这个、碰碰那个，居然觉得有些新奇。这也是你的家，小傻瓜！在家待了不到一个月，小家伙就又恢复了白白胖胖的往日风采。

那个时候，我常常想，这么大的孩子，如果要是送给别人了，等她长大了，她将永远都不记得自己真正的父母、真正的家。于是我暗暗下定决心，以后再不会让孩子离开我超过半个月。

人生第一个生日

等天气渐渐变暖和了,也就是这一年的5月,迎来了我女儿在这世界上的第一个生日。那天,我兴高采烈地去"蓝宝石"订了一个生日蛋糕,特意让蛋糕师在上面添了一个用奶油做成的小猴子。

我记得提着蛋糕走到楼下的时候,碰到我们同住一个单元的一个小男孩,问我:"叔叔,谁过生日?"

"是我们家的小妹妹。"我回答说。

我知道,谁过生日,他倒不一定真的关心,他惦记的是我盒子里的蛋糕。小孩都这样。

生日宴会上,除了我们一家四口,还有小房。她给我女儿买来一个摇摆车。那时小房跟小窦正在热恋之中。她让小窦把摇摆车送到楼下,然后便让人家自己回去了。我们一共五个人,占据了四把椅子。

小家伙大概也意识到,这是一个不同寻常的日子,情绪一直特别地高涨,两只小手毫无节奏地挥舞,要去抓生日蛋糕。也许她还不知道那是做什么用的,但是的确让她感觉新奇。

"别急,宝贝。"妈妈轻轻拢住她的小手,"还没点蜡烛呢"!蜡烛当然好点,就一根。

"我来替宝宝许个愿吧。"点完蜡烛,我两手捏在一起,放在下巴上,"祝宝宝长命百岁!希望宝宝过一百岁生日的时候,爸爸还能亲手为你点燃生日蜡烛。"

孩子的妈妈看了我一眼,道:"老祸害!"

小房当晚就住在我们家。我们家两室两厅,那晚的起居是这样安排的,姊妹俩和宝宝一个屋,我妈自己一个屋。然而她们的地方都不如我的宽敞,整个客厅都是我的,我睡沙发。

本来这样的安排趋于完美,无可挑剔,可偏偏我们家那个小没良心的,她不让小房睡在她的屋里。

妈妈说:"宝宝不乖,你忘了房姨给你买摇摆车了吗?"

这家伙哪懂知恩图报的道理,哼哼唧唧就是不愿意。大概小孩子睡觉的时候,只跟自己最亲最近的人在一起,其他人,关系再好也不行。

小房最后没办法,说一声:"房姨走了!"揿过被子把头蒙上。小家伙开始并不信,还要过去扒拉。妈妈把她搂过来:"房姨真的走了,来,宝贝,妈妈给你讲故事听。"

就这么一来二去,小家伙的注意力终于转移了,不久就睡着了。等这家伙睡着了,小房这才掀开被子,笑嘻嘻地对小家伙说:"你这小没良心的,呵呵!"

当然,这些我都没看见,听妻子说的。

小孩子的情绪有时候挺奇怪的,也许睡前是她最为低落的时候吧,所以就总是找别扭。但是我万万没想到的是,小房的命运有一天居然也会落在我头上。

记得女儿两岁多的时候,也是一个晚上,小家伙忽然跟妈妈说不让我跟她睡了。问她为什么,她也不回答。

"那你让爸爸去哪睡啊?"妈妈笑嘻嘻地问她。

"爸爸跟奶奶睡!"小家伙说。

孩子妈差点笑背过气去。

估计小家伙算术学得还不错。家里一共四个人,两两搭配才平衡嘛,为什么我们三个人挤一个屋,奶奶自己一个屋呢!也或者小家伙从另一方面推理,妈妈应该搂着孩子睡,那么奶奶是爸爸的妈妈,爸爸是奶奶的孩子,这样的安排才合理啊!

宝宝断奶了

女儿过完生日之后不久，便断了奶。开始我是不同意的。在我的概念里，吃奶时间越长，身体长得越壮。我曾经有个高中同学，身强体壮。他自诩他母亲奶壮，小时候吃奶吃到8岁。记得上小学的时候，学校里流传一个笑话。说一个学生家离得很近，课间时候回了家，结果下一节课迟到了。老师问他干什么去了，他说回家吃奶去了。

基于这种意识，我本不同意孩子这么早就断奶。可孩子妈妈另有一套说辞。她说："早断奶对孩子有好处，那样她可以早吃饭，增加抵抗力，少生病。"

"真的假的呀？"我有些犹豫。爱怎样怎样吧，索性我不管了，估计这方面她比我懂。再说，孩子是她亲生的，她肯定也是为孩子好。不过，她心真够狠的，说断就断，从那时起再没给孩子吃一口奶。

那阵子真是可怜了我们家宝贝，小家伙变得异常烦躁。她可能寻思，妈妈怎么不让吃奶了呢？既然妈妈不让吃，那我就吃奶奶的，我知道奶奶也有，于是伸出小手去掀奶奶的衣服。奶奶笑着说："宝贝，奶奶这早就没有了呀，呵呵！"哼，宝宝继续想，既然你们都不让我吃，那我到别人那里看看，有没有人能让我吃上一两口的。那时候宝宝虽然不懂事，但是能够辨别出母性的与众不同。一旦有熟悉的阿姨靠上前，她毫无例外地去抓人家的衣服。

有的阿姨会问："你家宝宝是不是刚断奶啊？"

"是啊,"我回答。心里说,"可要把你们里面的小衣服扎结实哦!"

那时候小家伙已经开始长牙了,断奶之后,便跟我们一起吃饭,饭桌上从此多出了一张小嘴。慢慢地,小家伙习惯了人间烟火,心里想,这人间的饭还是挺好吃的嘛,虽然味道比奶差点,但也省得我费那么大劲!于是渐渐地就把吃奶的事情给忘记了。那时候孩子的饭大多是稀粥、鸡蛋,几口馒头、几口菜,一天两袋鲜牛奶。

宝宝断奶了,猎食范围也从此扩大了。馒头、稀粥、胡萝卜,都是有营养的食物。那天奶奶蒸了几根豆角,说是几根,一五一十也得数半天。奶奶牙口不好,一些东西得蒸了才能吃,白萝卜、胡萝卜、豆角、苹果、梨,还有馒头。废话,馒头不蒸能吃吗!

奶奶拿根豆角给孙女,正合了小家伙胃口。小家伙咬着豆角,不一会儿一根豆角进去了一大半儿。吃着吃着,小家伙喉咙忽然发起呕来。

"呕,呕!"

好像发生了什么状况。怎么了这是,我寻思。还是奶奶聪明,揪住露在外面的小半截儿豆角往外一抻,吐噜吐噜,早先被吃进去的大半截儿豆角又都给抻了出来。豆角基本保持完整。我这个乐,小家伙只把豆儿嚼了,丝儿还连着呢!

从这方面来讲,小家伙的确随爸爸。我小时候特别爱吃豆儿。我母亲那时候经常蒸豆角。蒸好之后,敲点大蒜,放点麻汁儿、酱油、醋,一调拌,那个美味!不过,经常豆角刚出锅,我就迫不及待揪起两根儿往嘴里塞。有时候下咽不及,喉咙里也会给噎得"呕呕"的。

小家伙，来认认自己的家

结婚以前，我在外面租房子，是一个小院儿，院子里住着两三户人家。我女儿出生的时候，天气已经开始热了，等她开始走路的时候天气更热。听孩子妈妈说，女儿是一年零两个月学会走路的。女人的记忆力比男人好，这一点毋庸置疑。

女儿站在床中央，晃晃悠悠。她妈妈冲她张开手，说："来，宝宝，到妈妈这儿来。"女儿抬起两只小胳膊，吧嗒吧嗒走了起来，也就走了五六步，一下扑倒在妈妈怀里。

"噢，宝宝会走了！"年轻的妈妈把孩子抱起来，兴奋地去亲她的脸蛋。

"宝宝可以走了！"小家伙自己也挺兴奋，两只小手上下挥舞着，还咧嘴"咯咯"直笑。

人类学会了直立行走，解放了双手，从某种程度上说，获得了一种新的自由。我女儿也是这样。她睁大了好奇的眼睛，这儿转转，那儿走走，像是急于熟悉一下这个她已经待了一年多的家。

我很乐意带她参观我们这个家，再向她炫耀一下，当初爸爸妈妈建造这个家的时候，是多么辛苦。

我拉着她的小手，先来到南面那间卧室。

"这是王静怡的卧室。"我说，"卧室就是睡觉的地方。到了晚上呢，爸爸妈妈就陪王静怡在这里睡觉觉。"壁橱上有两层隔架，有一层隔架上摆着我和她妈妈结婚时的一张照片。

我拿起来问她："这照片上的人是谁呀？"

她便用手指着："妈妈，爸爸。"

"王静怡呢？"我问她。

"不知道。"她回答。

"爸爸妈妈结婚的时候呀，"我告诉她，"奶奶带王静怡去儿童公园了。因为呢，大人结婚，小孩是不能参加的。爸爸妈妈结完婚，到了晚上，奶奶和王静怡就又回家了。知道了吗？"

"知道了。"小家伙回答，一脸认真的样子。

随后，我又带她去北面那间小一点的卧室。

"这是奶奶的卧室，也是爸爸的书房。晚上奶奶在这里睡觉觉，白天，爸爸在这里学习。你看，我们家的房子还是小，等宝宝长大了，给我们买一个大一点的房子，那时候，宝宝和爸爸就都会有一间自己的书房了。你说好不好？"

"好。"

小家伙走到书桌前，扶着那把小椅子，抬起一只脚要往上爬。我弯腰把她抱起来，放到了书桌上。书桌的上方是一个书架，有两层隔板，放满了书。小家伙伸手一抓，一本书从书架上掉了下来，砸翻了笔筒，笔从笔筒里撒了出来。小家伙蹲下，捡起一支笔，放进嘴里就咬。

"宝宝呀，这可不是吃的。"我说，"这是用来写字的，来，你看。"我从旁边拿过一个本子，翻开一页，在上面写了一个"人"字。

"这个字念'人'。"我告诉她。

"人。"她跟着我念。

"不错不错。"我说，"什么是人呢？这个概念比较深奥，等你长大了才能够明白。"她伸手抢过我的笔，在纸上乱画了几道。

"不错不错，宝宝写得真好，宝宝很爱学习嘛！"她咧嘴冲我笑。谁都爱听好话，小孩子也一样。

我还带她去参观了厨房。

我说:"这是爸爸的厨房,是专门为宝宝做饭的地方。你看,这个是煤气灶,可以点火。上面这个是锅,东西放到里面,就煮熟了。"

我"啪"地打着火,看到小家伙往前凑。

我把她拽住,"火是不能靠近的,因为它很危险。"我拿手迅速往火上一放,然后立即又缩回来,"哎呀!好疼,好疼!"我一边甩手,一边咧着嘴说。

小家伙"嘿嘿"笑了起来。小孩大概都这样,大人笑的时候他们不笑,但是一见到大人们痛苦的表情,他们便开心得不得了。

局面混乱的开端

从此以后，我们家里的秩序比起以前也有了比较明显的改观。洗脸的时候，你会找不到肥皂。刷牙的时候，你会找不到牙膏。上完厕所，伸手拿卫生纸的时候，你会发现，它早已经掉入窗台下面的水桶里，被水一泡，像一个发起的面包。没有办法，你只好大呼小叫祈求外面的人给予支援。孩子的妈妈端起凉水杯想倒杯水喝，却发现里面泡着一个西红柿，还有一块抹布。

"王静怡！"她会近似咆哮，但是回头看看孩子那张天真无邪的小脸，也只好叹口气，"唉！"因为她发现自己居然找不到一个可以发火的理由。

那个叫耿芳的女人，很早以前就跟我们说过："等小孩子会走了，他就会到处跑，你一旦找不到他，那么他一定是在卫生间里。"此人说话，一向可信度不高，不过关于这一方面，我无法不表示认同。

宝宝出生以前，在妈妈的肚子里，其实就是生活在水里，所以说，他们是从水里来的。所以，在他们出生后的前几年，依然对水有一种大人无法理解的浓厚的兴趣。在他们眼里，水只会带来一种惬意，而不会有任何麻烦。但是大人不能放纵他们，为了孩子的健康着想，也为了避免频繁地洗衣服。

我家的卫生间里放着一个水桶，水桶里有一个水瓢。它之所以会存在，因为马桶的抽水设备早已经停止了工作。小家伙无意中发现了那个水桶，无异于牛顿发现了万有引力。于是她干脆把自己的乐园搬到了卫生间来，把她的那些小塑料玩具——小鸡、小鸭、小狗、小兔，全都扔进桶里。小孩都有强烈的模仿能力，看到大人拿水瓢去冲马桶，她也学着去做。两只小手抬起半瓢水，还没来到马桶边，便一下全洒在自己身上。尤其冬天的时候，你看到这种情况往往会火冒三丈，可是她用以回应的是咯咯的笑声。

我以前大概说过，孩子见到大人生气，总以笑声回应。其实真实的情况可能并非如此。她笑是因为她看得出大人其实并不是真正生气。如果大人真的发了怒，她也会害怕。

记得有一次，我跟妻子吵架。具体什么原因，无关紧要，您放心，反正也没什么大事。虽然不是大事，可是那次我真的很生气，大吼一声，拿起一把折叠椅子扔到了墙上。暖气罩上放着我跟妻子的一张结婚照，椅子恰好砸在上面。那张照片有半米多高，从上面翻倒下来，砸到了地上。恰好女儿从外面进来，看到这样的情景她没有笑，吓得全身发抖。她的样子我现在还记得，两眼直愣愣地盯着地上的照片，全身发抖，小脑袋不停地摆来摆去。一瞬间，我所有的嚣张气焰全都消失了，取而代之的是深深的懊悔。孩子的外祖母赶紧把孩子抱起来，去了客厅。对呀，那时我岳母也在我家，帮忙看孩子。那您可能要问，当着岳母的面你也敢跟老婆撒野？

没多会儿，女儿又从外面进来。那时候，照片已经被我从地上捡了起来。但是，小家伙看到刚才那个地方仍然浑身不住地颤抖。我觉得有些愧疚，有些心疼，把孩子抱起来，来到照片跟前。我给她讲，照片上的人是爸爸跟妈妈，那时候我们刚刚结婚，还没有小宝宝……直到再次听到孩子咯咯的笑声，我心里的那块石头才算是落了地。我怕自己的举动会在她幼小的心灵里留下抹不去的阴影。

"倒桩夜"的故事

小孩子的睡眠时间远远超出大人，三个月以前的宝宝，每天睡20个小时左右，好像整天都在睡觉的样子。三个月到一岁要睡15个小时。一岁到两岁，最少要把时钟睡一圈儿。所以，小孩子除了正常睡眠之外，还要小睡。小睡当然是在白天，上午、下午各一觉。一般来说，下午这一觉来得要长一些。凡事有利有弊，如果下午这一觉睡得过于充足，那么到了晚上，孩子们就不会像我们想象的那么安分。他们有时候会没完没了跟你熬夜，直到你精神崩溃。这种现象在我们那儿叫"倒桩夜"，意思就是，把觉睡颠倒了，晚上不睡白天睡。

"倒桩夜"，浅究其成因，只有一个，孩子白天睡得过多。深究其成因不外乎两个。第一个是不忍心。看着孩子在小睡时惬意安详的样子，做父母的多半不忍心把他们叫醒。况且，幼儿的生长多数在睡眠中完成，睡得少了难免耽误成长。第二是大人巴不得落得清闲。看孩子是一件极其繁重的工作，但是看一个睡梦中的孩子相对轻松，这道理再简单不过。

极其幼小的孩子，身边离不开人。孩子睡着之后，大人总算可以松一口气，可以舒一舒筋骨，可以磕一嗑瓜子，可以在群里抛一抛媚眼儿、抢一抢红包，就连去趟卫生间，也不用提心吊胆。

听一个朋友说，在他们家里发生过这样的故事：外祖母在家看孩子，突然需要去趟卫生间。刚刚蹲下，突然客厅传来"哗啦"一声，老人家什么也顾不得了，提着裤子就往外跑。故事结局倒也好笑，宝宝只是把玩具掉了一地。其实，这样的案例在每个家庭都有，我们家也有过。

女儿出生的第二年夏天，有一段时间就"倒桩夜"了。一到晚上小家伙便精神焕发，上蹿下跳，左蹬右跷，把我们夫妻俩折腾得一上班就打哈欠。

晚上，我侧躺在床上，背对着娘儿俩，为的是给那家伙腾出更多的空间。刚要进入梦乡，忽然腰眼儿上挨了一脚，猛地睁开眼睛，感觉伤害不大。刚刚闭上眼睛，又有人来抓我的头发。咬咬牙忍了，慢慢见到了周公，又有个家伙来啃我的脸。把我给折腾得跟坐过山车似的，一会儿明白一会儿糊涂，后来实在忍不住了，转过身来，照小家伙屁股上来了两巴掌："快点睡觉！"

"哇！"女儿这一哭可不得了，她母亲不干了，横眉立目，杏眼圆睁："你是不是有病啊！你打孩子干什么！"

我懒得解释，骨碌到一边儿，假装打呼噜。

虽然我的方法不可取，但的确奏效。小家伙被搂在妈妈怀里，抽抽搭搭，一会儿就睡着了。

第二天早上，老婆还不依不饶："你是不是有神经病啊，大晚上你打孩子干什么！"

我说："我，我，我……肚子有点饿，先吃早饭。"

从那以后，我忍气吞声，心想，既然改变不了别人，就得改变自己。我修身养性还不行吗？不管小家伙在床上怎么踢蹬，我尽量做出一副旁若无人的样子。不管小家伙拿脚踹我还是拿手挠我，我都在心里跟自己说，稳如泰山，雷打不动，死猪不怕开水烫。大概小家伙折腾的幅度有点大，小脑袋一下碰到我肩膀上，哇哇哭了起来。要知道我那肩膀，比生铁块软不了多少，平时没少锻炼。当然，主要原因是肉少。

听到小家伙一哭，我心里这个乐。心想，叫你半夜不睡觉！我不作任何反应，保持原有姿态。意思是告诉我妻子，看，我这次可连动都没动！果然，我妻子没再找我的碴儿，搂着孩子睡着了。

后来，大人们总结了经验与教训，对孩子的睡眠时间进行了适当调整。下午早一点把孩子弄醒，让她留点困意晚上再睡。孩子还没睡饱的情况下，把她弄醒是一件很不容易的事情。你得把她抱起来，用自己的脸轻轻摩挲她的小脸蛋儿。

因为我每周都有那么两天是半夜下班，于是妻子就安排给我一个光荣的任务，回到家先要给孩子把尿。咱一向言听计从，上级指示，责无旁贷。下了班，回到家，蹑手蹑脚地换上拖鞋，蹑手蹑脚地来到卧室，蹑手蹑脚地把小宝宝抱起来，去把尿。

给宝宝把尿，以前我都是跟提小兔子似的把小家伙拎起来放到"小鸭子"上面。后来，我老婆不止一次给我做过培训。要两只手将宝宝抱起来轻轻地放在"小鸭子"上，然后坐在床沿上，让宝宝趴在大人腿上，继续处于睡眠的姿态。哦，是这样啊，我说怎么每次提她的时候，她两只小脚总在不住地乱蹬。

宝宝有个动作特别可爱。我每次把她放在"小鸭子"上面的时候，她总要睁开眼睛看我一眼，然后叫声"爸爸"，这才趴在我腿上，随后便传来哗哗哗的响声。于是，我认为，这小家伙，有足够的警惕性，入室盗贼根本抱不走她。

在宝宝学会自己上卫生间之前，那个"小鸭子"一直是她卧室里亲密的小伙伴。那是一个宝宝坐便器，蓝色，"小鸭子"的形状。鸭头两边各有一个把手，宝宝坐在上面的时候，手可以扶着。

有一次心血来潮，给孩子把完尿，依然舍不得放下，便抱着她去客厅里转了一圈儿。我本来以为，孩子已经睡着了，现在就是把她抱出去卖了，也不会醒。没想到小家伙迷迷糊糊之中感觉不对，小脚乱蹬，嘴里直哼哼。她这一出声，我赶紧跑回卧室，是想在老婆惊醒之前把她放回原处。没想到，她已经醒了，温柔地对我说一句："你有病啊！"

猴子跟人学事

妻子休完一年产假便去上班了。岳母来帮忙看孩子。如果我妈想孩子了，也会偶尔来住几天。如果岳母有事要回趟家，我们也会把我妈叫来，临时替班。

岳母挺辛苦的。小家伙自打能够迈开腿之后，就不愿意老在家里待了，天一亮就吵着要出去，上午一趟，下午一趟，甚至晚上还有一趟。因为天渐渐热了，夜市上人也多了起来。我们家楼下紧挨着一条街，到了晚上那里便成了夜市。开始，孩子还爬不了楼梯，外祖母便每天背着她上下楼。这肯定是一个不轻松的工作，因为我家住六楼。外祖母背外孙女上楼梯，绝对是一幕温馨动人的场景。老人家身体尽量前倾，小家伙几乎是骑在她背上的，这样比较平稳。随后，老人两手向后兜住她的小屁股，她再伸出胖乎乎的小手搂着老人的脖子。就这样，一天上下三趟，从没听老人喊过累。小家伙第一次自己扶着栏杆爬上了楼梯，老人还说了一句："这空着手爬楼梯也没觉出有多轻快！"渐渐地，小家伙自己能上下楼梯了，尽管速度慢一点。

有一阵子，我发现这家伙爬楼的样子有些奇怪。她居然手脚并用，在楼梯上一级一级往上爬。那可真叫"爬"了。

"她是在学电视上那只小狗。"孩子外祖母说。

哦，我明白了。她是在模仿小时候的"淑女"。我在家经常放一些光碟给她看，有儿歌，也有动画片。其中有一部叫作《小姐与流浪汉》的迪士尼动画片。里面那条宠物狗"淑女"小时候爬楼梯的情景，就是小家伙现在模仿的这样。

爬就爬吧，我心里说，只要大人能省点力气，大不了回家给她洗一洗衣服。再说，小家伙每次从外面回来，衣服都难免要洗的。

小孩子的模仿能力是最强的。"猴子跟人学事"其实说的不是猴子，是小孩。

有一次，我看到这家伙坐在电视机柜的一个角上，一条腿跷在另一条腿上，一只手托着自己的下巴。小孩腿短，所以这样的动作还是很有难度的。她脸上肉又多，这样拿手一托，眼睛都给挤没了。

"咦，这小家伙在干吗呢？"我嘀咕。

朝她对面的沙发上一瞧，这才明白。她妈妈现在就是这个姿势，她是在模仿妈妈呢！于是我忍不住"咯咯咯"笑了起来。妻子抬头一看，也忍不住笑，走过去把她抱起来："你这小家伙，还挺逗的呢！"

还有一次，我们看了一个关于残疾儿童的电视片，她就拐啊拐地学人家走路。她妈妈带她去我们小区的小卖部，店主忽然说："咦，这孩子腿怎么了？"

孩子妈妈看都没看，回头就是一脚："叫你不学好！"

自从孩子学会了两条腿走路后，我跟妻子便在我们的自行车上各自安了一个宝宝椅，座椅上有一个安全带，安全又方便。把孩子往里面一放，可以去更远的地方。从此，小家伙便又多了一种"自由"。骑上自行车，我们可以带她去超市、去公园、去小商品市场和菜市场。

那对男女哪儿去了

女儿小时候,最喜欢去的地方是人民公园、小义乌商品城、大福源超市。大福源到了后来改名为"大润发"。在女儿咿呀学语的小嘴里,一些名字难免会有些偏差。于是"大福源"成了"大服务员","嘉汇文具"成了"嘉汇玩具"。经过不厌其烦的纠正,她才能改得过来。小孩子之所以喜欢这些地方,目的性是很明确的。超市里有好吃的,公园里有好玩的,"小义乌"有各种各样的玩具。

女儿第一次去大福源的时候,是刚刚学步不久。那天,我和妻子都休息,决定带孩子出去见一见世面。于是我们把小家伙梳洗打扮一番,穿上开裆棉裤,塞上尿布,放进后车座里,绑上安全带,向大福源进发。

坐在购物车的宝宝椅上,小家伙瞪大了眼睛,晃着小脑袋,四处观看。这里好大呀,她心里想,比我们家附近的政通超市可大多了呀!哇,这么多的人啊,还有跟我一样大的小宝宝,也坐在我这样的车里!哇,这么多好吃的,我到底要拿哪一个呢?那时候,女儿已经认识薯片、饼干和饮料了。于是我们选了些食品,然后又上二楼给她买了几个小玩具。超市里的玩具很贵,买玩具我们的首选是小义乌商品城。

离开的时候,快走到超市门口时,我们把小家伙放到地下,让她活动一下腿脚。前面有几个岛式货柜,上面摆着促销的衣服和鞋子。走过货柜拐角,小家伙忽然扭头往回跑,转到货柜后面去了。小孩子总喜欢到处乱跑,这个情有可原。我们刚想跑过去追她，小家伙却又从货柜后面歪歪扭扭地跑了出来，一边跑还一边咯咯地笑。在我们快要捉住她的时候，她却又"叽叽叽叽"地跑回去。我正纳闷，小家伙干吗呢？妻子反应比较快，朝我摆摆手，示意去货柜的另一头躲起来。于是我俩猫着腰在货柜后面藏了起来。

"她干吗呢？"我问。

"她的意思是，她藏起来了，呵呵！"妻子回答。

我恍然大悟，小家伙还有这心思呢！

我们躲在后面，沿着货柜朝女儿那边靠近，探头一看，小家伙正晃晃悠悠跑过了货柜的拐角，于是赶紧跟了过去。小家伙跑出去之后，站在那儿发呆。可能她心里想，那一对男女去哪儿了？刚才明明在这里呀！是不是让人贩子拐走了呀！没有他们我将来的日子可怎么过呀！正在小家伙犹豫不决的时候，妈妈从后面蹑手蹑脚跑过去，一把把她抱起来，"哈哈，逮着你啦！"小家伙手刨脚蹬，嘎嘎笑个不停。

小孩子的思考能力其实从一出生就有，只是太小的时候，语言、行动受到很大的限制，他们的思维不容易被察觉。等到他们慢慢长大，才会慢慢表现出来。孩子的思维与想象力对大人来说，是一个天真的未知的世界，需要带着一颗爱心细细揣摩。刻意阻止与呵斥一直都是大人们的习惯，但这却不利于孩子的成长。

"小扒手"的故事

宝贝做"小扒手"的经历，可以追溯到很小的时候，大概不到1岁。具体多大记不清了，反正不会走路，也不会说话。

我家宝宝第一次打预防针，是满月去妇幼保健医院复查的时候，打的是乙肝疫苗。从那以后，每月都得打一次预防针，一直持续到1岁多。打预防针的地点，按照居住的小区位置划分，我们被划分到建筑公司医院。每到打针的日子，建筑公司医院的二楼便会特别拥挤。

"宝宝，你胳膊上有个小虫虫，阿姨给你拿虫虫。"大夫总是这样说。

针头扎进女儿嫩嫩的肉里，她没反应。我心里说："行啊，这家伙够皮实的啊。"但是过了一会儿，她便咧嘴哇哇大哭。没想到小家伙的反应还带延时的。打完针我们没有立即回家，而是拿棉球压一压针孔，随后跟那些仍在排队等着打针的小娃娃们打一声招呼，顺便让小家伙平稳一下心绪。

记得有一次，打完针之后，我们又待了一会儿，跟其他几个抱孩子的家长交流了几句。刚走出没几步，忽然发现小家伙手里拿着一个钱包，于是回头朝人群喊："这是谁的钱包啊？"

一个女人抱着孩子跑过来："我的，我的！"

"实在不好意思！"咱一个劲儿给人道歉。这属于盗窃，万一人家报警，还得走法律程序。

"没事！"那女人说，"小家伙，手够快的！呵呵！"

原来，钱包原本拿在那女人的儿子手里，我女儿看着好奇，便一把抓了过来。那男孩也腼腆，东西让人抢走了，不哭不闹，一点反应都没有。

到了后来，经过长久的锻炼，小家伙会走路也会说话了，打针再也不怵了，而且和大夫们也混熟了，有时候还主动跟人家聊天。

"阿姨，你知道我叫什么吗？"

"你叫什么呀？"

"我叫王静怡。"

"哦，你叫王静怡啊！"

"阿姨，你知道我爸爸叫什么吗？"

"你爸爸叫什么呀？"

"我爸爸叫……"把我的名字告诉人家之后，又跟人家说，"阿姨，你知道吗？我爸爸还有一个名字呢，叫……"于是乎把俺的乳名也告诉了人家。

她怎么知道我的乳名呢？肯定是平时听她奶奶说的。

孩子的心灵是单纯的，在他们眼里根本没有什么隐私。所以，关于存款数量，或者银行密码之类的，尽量不要在他们面前唠叨。

市场上卖水果的见了我女儿尤其热情，摘一个葡萄，或者拿一个小红樱果递给她说道："宝贝，尝尝！"她要说好吃，我们就得买。

小家伙初到市场，瞪大了眼睛，这儿瞧瞧，那儿看看，原来这个世界还有这么多好吃的呢！不过这家伙手脚不太老实，有时候回到家，你会发现她的小手里总是攥着一样东西，有时候是一个红樱果，有时候是一颗煮熟的花生。

"小家伙，你什么时候下的手？这可不道德，呵呵！"

以后，我们再去市场的时候，便会提醒她不要随意拿人东西。当然，人家也不是没看见，只是不说。这样的小娃娃，让她拿，能拿多少？不过，东西不在多少，要让她懂得，随便拿人家的东西是犯法。

市场上异常拥挤，有时候忽然走不动了，便停下来慢慢等待。忽然听到后面一个女人的声音:"唉,小朋友,小朋友!"

回头一看,后面一个中年女人,自行车前车筐里放着一袋葡萄。小家伙看见了,便回过身去,伸出两只小手去扒拉人家的袋子。袋口都给扒拉开了。你这都改明抢了!

"宝贝,干吗呢?"孩子妈妈一声呵斥,小家伙这才回过身来,规规矩矩坐好。虽然她头脑简单,但是从大人的语气中也能听出什么事情是不应该做的。

还有一次在政通超市的经历更让人啼笑皆非。那时的女儿又稍稍长大了些,大概已经两岁了。小家伙看见一顶小帽子,非要不可。要就要吧,又不贵。她拿来戴在了头上。你要跟她说,这个交了钱出去才能戴,她是不会妥协的。收银台结账的时候,一个没看住,小家伙吧嗒吧嗒跑了出去。于是我付完账赶紧去追,生怕她跑远。等到都快要到家了,我这才想起小家伙头上的帽子还没给人钱呢!

街舞小明星

女儿出生的第二年九月，小区忽然停电了，一停就是好几天。这对整个小区居民来说，不亚于一场灾难。天气正值炎夏，冰箱失灵了，空调罢工了，风扇也不转了，这日子还怎么过呀！大人还好点，苦就苦了那些孩子。孩子的忍耐力远不及大人。我们家的宝贝热得吃不下饭，身上还长了痱子。我从来都没见过那么厉害的痱子。什么痱子粉、苦瓜水，甚至从医院买来的药水都不管用。背上、胳膊上、脖子上，那皮肤摸着跟小癞蛤蟆似的。尤其严重的是额头跟腋下，冒出了尖尖的白头儿，白头儿越冒越大，竟有连成一片的趋势。孩子一天冲几遍澡，洗完了擦干不一会儿，又是一身的汗。看着孩子满身的痱子，我不禁打战。那时我总算相信，再微弱的力量，任其发展起来，最后也会是吓死人的。

那次停电是因为故障维修，需要更换电缆，历时七天。终于在一个傍晚六点，工程竣工，合上电闸，小区里的灯都亮了起来。有人呐喊，还有人放起了鞭炮，以示庆祝。

空调微微响动，送出习习凉风。孩子们终于安静下来，大人们露出舒心的笑容。

几天之后，宝宝身上的痱子开始慢慢地消退，我那颗悬着的心也跟着慢慢地放下了。

小区旁边有一条街道，一到晚上就变成了繁华的夜市。

夜市上摆着各种摊位，商品有衣服、鞋子、玩具、光碟、厨房用具、首饰、工艺品，还有手机贴膜的，种类齐全、琳琅满目，关键是价格便宜，就是工薪阶层来到这里，也会发现自己原来还是很富有的。一到晚上，那里人满为患，四个轱辘的走不动，两个轱辘的也只能推着走。

女儿特别喜欢到夜市上去玩，因为那里有不少玩具摊。她这么大的孩子，零食与玩具一直是她不懈的追求。

那天晚上，岳母带着我女儿先去了夜市，而我随后才去找她们。可我沿着夜市找了好久也没有找到。我觉得才这么一会儿她们不可能走得太远，可能我没注意到就错过了，于是又返回头去找。我看到一个卖光碟的摊位前围满了人，一下想起岳母曾经对我说过，夜市上有个卖音乐光碟的，每天都放音乐，我女儿特别喜欢去那里跳舞。我当时心里还说："这小家伙刚学会走路，会跳什么舞！"

摊位前面摆放着两个大音箱，里面传出富有节奏感的乐曲。我挤进去一看，可不是嘛，小家伙正在里面跳得起劲儿！这家伙挓挲起两只小手儿，迈动两条小腿儿，像个小木偶似的一会儿前、一会儿后、一会儿左、一会儿右，偶尔还转个圈儿。咦，这小家伙，这是跟谁学的！那种舞步谈不上好坏，完全是人类最原始、最自然的表现。但是看上去让人觉得既滑稽又可爱。

许多路人都停下来指指点点："咦，你看这个小孩！"还不时爆发出阵阵笑声。

摊主是两个年轻人，不是情侣就是兄妹。他们见到我女儿当然很高兴，因为小家伙给他们带来了不可低估的广告效应。那女孩走上前蹲下来，笑眯眯地扶着我女儿胯部轻轻摆动："宝贝，你这样！"

我本相信女儿会有什么音乐天赋，不过，她在两岁之前最崇拜的偶像是周杰伦。我也不知道伦仔到底触动了她哪一根筋，只要他在电视里一出现，小家伙就摆动小手，嘴里发出嘎嘎声，显示出特别兴奋的样子。

孩子妈妈说："哟，她还是周杰伦的粉丝哩！"

我问妻子："她怎么偏偏喜欢他呢？"

妻子的解释是："女儿就喜欢那种又唱又跳跟疯子似的人。"

不过后来我自己有了另一种解释，女儿之所以喜欢周杰伦，可能是因为他做过的薯片广告。小孩高兴，大人也觉得好玩，于是我们常常带她去那个光碟摊。把她往地上一放，她就会尽情地跳上一阵。摆摊的女孩特别喜欢她，有一次还奖励她一根棒棒糖。那应该算是女儿给人做广告获得的酬劳。不过，一根棒棒糖不到一元钱，老板你太小气了吧！算了，看在我们刚刚出道的分上，不跟你计较！

　　女儿在那两个大音箱跟前也就玩了几天，随后便转移了兴致。最吸引她的还是那些玩具。她可能寻思，我辛辛苦苦蹦跶半天，才赚一根棒棒糖，还不如去那些玩具摊，张张嘴，爸爸什么都给我买！嘻嘻！

与雪糕擦肩而过

超市对孩子来说，是一个乐园。政通超市虽然不大，但是有好吃的、有玩的，门口还有几个投币摇摇车。哪怕只有这些，对那些不谙世事的孩子来说，就能产生足够的吸引力。

女儿第一次玩摇摇车，不是自己争取的，而是大人撺掇的。小家伙瞪着眼看别人玩，并没有发表任何看法。她有些好奇又有些犹豫。她可能寻思，那个东西晃来晃去的，不会让人头晕吗？会不会掉下来啊？但是那些小家伙看起来是挺惬意的样子啊！我到底要不要玩啊？如果此时抱着她走掉，肯定会省下些钱。但是我的选择是鼓励她尝试。目的不外乎是让孩子增长一些见识，获得些许乐趣。

"你玩吗？"我问她。听起来是询问，其实是一种怂恿。

"我玩。"小家伙下定决心。

于是，我把她抱上一辆摇摇车，投入一元钱硬币。那是一个米老鼠，我让她抓牢两只大耳朵。小车前后上下晃动起来，还唱起了好听的儿歌。小家伙开始有些紧张，但适应得很快。

从此以后，不论谁带她去政通超市，她都不会轻易放过那些投币摇摇车。有时候我妈叫苦不迭："她在上面不下来，我得一个劲儿往里扔钱！"

有一次，一个年轻妈妈往摇摇车里投入一枚硬币，但是她的儿子害怕，说什么也

081

不肯往里坐。当时我们正在旁边，她便跟我们说，你们坐吧，俺儿子害怕。于是我赶紧把女儿抱了进去。我们当然也不能白玩，硬塞给人一元钱。为什么是硬塞？人家本不想要的。

在东二路边有个小花园，离我们家更近。那里是小宝宝散心的地方。有人看准商机，在那里摆下一架轨道车，一元钱转五分钟。女儿没少照顾人家生意，每次到那儿，都会兜上几圈。

看到孩子悠然自得的样子，大人感到无比欣慰。在父母眼里，孩子的微笑比黄金还贵重。千金难买一笑，用到这里还挺合适。

女儿第一次接触雪糕，不到两岁，但没有吃到，只是擦肩而过了。那年夏天，我们同楼道一位女士批发了一袋雪糕，恰好在地下室碰见我们。她看见我女儿，便拿出一个给她。我赶紧跟人说："不要不要。"人家还以为我是客气，硬要给。其实我那意思是，这么小的孩子不能吃这个，怕凉！但是我女儿伸出小手非要不可。小家伙以前没接触过这东西，但她知道，外面带包装的，肯定是好吃的。没办法，让小家伙拿了来，然后对人千恩万谢，却在心里说："多事！"

等人家走了，估计听不到咱说话了，我这才跟闺女说："宝贝，这个是不好的，小孩不能吃，不信你尝尝，冰凉冰凉的。"

我把包装撕开，让她舔了一下，问她："是不是冰凉的？"

"是。"

"是不是不好的？"

"嗯，不好！"

我心里这个乐，心说，哈哈，小孩就是好糊弄，这样都能过关！

也是在那个夏天，赶上家里人手短缺，妻子叫她的一个表妹陈田华来帮忙看几天孩子。天气很热，我去买了些雪糕，款待客人，也不敢让小家伙看见。我偷偷给表妹拿了一个叫作"隔壁水果店"的冰激凌，让她躲在卧室里吃。小家伙找不到她，便去拍卧室的门。表妹三口并作两口把冰激凌吃完，出来抱孩子，结果害得自己好一阵咳嗽。

四大名著最简版本

宝宝的爷爷是一个极力推崇四大名著的人，尤其是《红楼梦》。老人家曾经说过，小说做到这种程度已经到了顶，无法再超越了。受他老人家的影响，他的儿子对中国的这四部著作也是极其崇敬。所以，当我自己有了孩子，便迫不及待要向她"嘚瑟"一下我们民族这些文学巨著。阅读吧，小家伙听不懂，最主要的原因还是，这些书里很多字我也不认识。最起码的，我想让小家伙早早地了解一下书的名字和其中的几个人物。于是经过不太靠谱的深思熟虑，就把四大名著简化成了不能再简化的最简版本。

"有一个小男孩，名叫贾宝玉。他不爱读书，还调戏小丫头，他的爸爸就打他的屁股。"这是《红楼梦》。

"三国最聪明的人叫诸葛亮。他一会儿给人放火，一会儿给人挖坑，一会儿又给人放水，敌人扑通扑通掉到水里都淹死了。"这是《三国演义》。

"孙悟空是一个猴儿猴儿，他头上戴着圈儿圈儿，手里拿着棍儿棍儿。他会七十二变，三打白骨精，保护唐僧西天取经。"这是《西游记》。

"武松的哥哥叫武大郎，跟王静怡一样高，经常让人欺负。后来武大郎被人杀死了，武松杀了潘金莲和西门庆给哥哥报仇。"这是《水浒传》。

等我把这一套课程训练完成，也就迎来女儿来这个世界后过的第二个春节（当时她一岁零九个月）。那年大年初一，我家来了好多的人，我叔叔婶子，我两个叔伯兄弟，还有我哥哥嫂子和侄子。一大家人齐聚一堂，正好让小家伙显摆一下。

我问小家伙："《红楼梦》里有一个小男孩叫什么？"

"贾宝玉。"小家伙回答。

"咦？她还真知道哩！"亲戚们觉得好奇又好玩。

然后我又问："贾宝玉他不爱干什么呀？"

"不爱读书。"

"他还干什么呀？"

"调戏小丫头。"

亲戚们哈哈笑了起来。

"然后呢？"我继续。

"他爸爸打他的屁股。"

亲戚们笑得好不开心。

小家伙呆头呆脑、面无表情的回答逗得餐桌上笑声不断。当她把四个故事都对答一遍，大家不禁赞叹道："哈哈，小家伙懂这么多呢！"

听到在座亲戚们的赞扬，做爸爸的不免会有一丝骄傲。

孩子看不了四大名著，但是她有好多幼儿版的图画书，有爸爸妈妈给买的，也有从爸爸妈妈朋友的孩子那里"退役"来的。每页书上都有彩色的图画，图画下面讲述着简单的故事。我现在觉得，人类的孩子，看书是天性。开始的时候，你可以只让他们自己看，不用给他们讲。孩子是有想象力的，时间久了，他们自会揣摩。大人往往怕孩子看不懂，然后自以为是地跟孩子说："来，宝贝，我给你讲讲。"故事讲开了头，你就得一直讲下去。

宝宝身边有一堆图画书，她拿起一本给我："爸爸，讲讲。"

我一页一页给她讲。讲完之后，她就又拿起一本，然后再给她讲。孩子的耐心是无限的，足以挑战大人的极限。

"宝贝，这个刚才讲过了呀！"我跟她解释。

"嗯嗯，讲讲。"

用"不厌其烦"来形容孩子，再恰当不过了。一个故事、一本书，反反复复给她讲，她都不嫌腻。

有时候我觉得，大人跟孩子的兴趣点绝对是有差别的。有时候大人觉得出彩的地方，孩子不一定感兴趣；大人觉得平淡无奇的，孩子却倍加关注。

有一个小熊找妈妈的故事，反反复复给小家伙讲了好几遍。具体故事现在记不得了，好像是一只小熊在自己头上贴了一张邮票，让邮递员叔叔送他回家的故事。每次翻到小熊离开家的那一页，小家伙总是用手指着图画中一扇绿色的门说："大门。"

对于一个刚刚学会说话的孩子，我们所说的话，我们所讲的故事，其实大多数他们是听不懂的。但是他们也总能在我们的言语或者图画中找到那些他们熟悉的东西。

宝贝，当心

春节前，孩子外祖母就回家了。那时候妻子的侄儿将要出生，做奶奶的要回家伺候儿媳妇，接下来便是看孙子。于是我女儿的奶奶便召之即来了。我妈春节前到来，然后一直在这儿看孩子。我和妻子都去上班的时候，就留下一老一小在家。

每次我要上班的时候，女儿都会拉住我的衣服晃来晃去地央求："爸爸不上班！"有时候还哭哭啼啼。

每当这个时候，我的心里就像打翻了五味瓶一般，什么滋味都有了。

首先是内疚。孩子需要我的时候，我却不能够待在她的身边。再者还是内疚。我口口声声跟她解释，爸爸要去挣钱。可是，爸爸每天准时上下班，又能挣多少钱呢？给宝宝和家庭带来的幸福又能够有多少呢？当然，还有感激。在小家伙出生之前，这个世界上，好像从来没有人对我如此看重，这算不算知遇之恩呢？忽然间，自己的价值被提升了，无形中增添了一种为了宝宝、为了家庭去努力拼搏的冲动。

看到女儿那弱小的身影和楚楚可怜的姿态，我的心仿佛要裂了。因为从她那泪眼里，我看到一种深深的感情。说实话，我宁愿自己的孩子是一个感情方面稍稍麻木的人，因为这样的人尽管咀嚼不到某一种幸福的滋味，但是也能够避免一些伤害。

经过大人们温暖的呵护和耐心的解释，小家伙终于放我离去。

下班回家，如果时间合适（不是半夜），首先要跟宝宝打一声招呼："宝贝，爸爸下班啦！"

小家伙扑上来一下搂住我的脖子，叫声："爸爸！"随后咯咯笑个不停。那时候，我的心幸福得都快要融化了。

在女儿那纯洁稚嫩的心灵里，成吉思汗和马云是无法跟我相比的。这是上苍对我的恩赐，让我在另一个人的心里无比伟大。

随着孩子的活动能力和对世界的好奇心渐渐增强，我对她的担心也随之越来越多。对一个刚刚认识世界的孩子来说，能力越强，好奇心越重，潜在的危险就会越多。

蚊香谜案

听人说，在夏天，如果一个屋里躺着一个男人、一个女人和一个孩子，蚊子最先去叮咬的是孩子，其次是女人。

炎夏一到，我们家卧室里便会点上蚊香。这是宝宝出生的第三年的夏天，她大约两岁三个月大。

蚊香插在蚊香架上，放在一个盘子里，盘子摆在窗台上。那天，我拿打火机点上蚊香，就离开了卧室。没过一会儿，当我又回来的时候，却发现蚊香已经灭了。

我纳闷："它怎么会自己灭了呢？"

这时的宝宝独自一个人在大床上玩。大床和窗台之间放着一张小床，宝宝是很容易来到窗台边的。

我调出大脑系统的"侦破软件"进行一系列推理。蚊香肯定有人碰过，否则不会熄灭。案发时只有宝宝一个人在场，理所应当是最大嫌疑人。那么小家伙有这样的动机吗？有！好奇心使然。肯定是那个小红点吸引了她，"这个红红的小点点好可爱呀，到底是什么呀？"于是伸手去摸。孩子认识世界的方式无非是手指、嘴巴还有眼睛。香火头刚刚点燃，火力并不是特别强劲，所以一经碰触便熄灭了。

"宝宝，你过来。"我叫她。

事也凑巧，我首先拿起的就是她右手食指，一眼就看到她手指尖上的两个白色斑点，有小绿豆般大小。那是两个轻微的水泡。

"你刚才是不是去摸它了？"我问她。

"嗯！"小家伙点点头。

"疼不疼？"

"疼！"

我拿嘴给她吹了一下，用手轻轻揉一下，问："现在还疼吗？"

"不疼了！"

我当着她的面，把蚊香重新点燃，对她说："不许碰，有危险！"

"嗯！"小家伙点点头。

不过有一点，我还是感到纳闷：小家伙手指尖上有两个泡，这明明是摸了两下啊。摸一下就应该感觉到疼，为什么还要再摸第二下呢？

欺负宝宝的大蚊子

孩子一旦打了针，以后感冒发烧就都得打针。我女儿两岁左右，差不多每个月都得打一次针。每次都得花去我们几百元钱。忽然有一个月，眼看到了月末，宝宝居然没有出现任何症候。正当我们窃喜的时候，没想到冷不丁被一只蚊子咬了一口，结果还是没能让我们省下那几百元钱。

我女儿小时候特别怕蚊子咬，每次被蚊子咬了之后，便会起一个大包。不过那次的情况也的确特殊。那只蚊子不知道是哪路"高手"，绝对"内功深厚"。起初小家伙脚腕上起了个包，我们给她抹了点痱子水，又抹了点牙膏，可是一点儿不管用。两天之后，小家伙的脚踝居然肿得像个小馒头。她躺在床上，时常把那条小腿高高抬起，嘴里哇哇直哭。

妈妈看着心疼，觉得此次情况非同一般，绝不可再耽搁，便带着她去了附近的一个诊所。大夫也没有告诉我们那只蚊子的来龙去脉，只是指着女儿腿上一条隐隐的红线给我们看，说那条线还在往上走，如果走到一个什么地方，就会有意想不到的麻烦，现在最好的办法就是赶紧打针。我们根本没有考虑别的选择，赶紧给孩子打针。孩子打了三针，脚踝上的包渐渐消退。核算一下家庭收支账目，余额里又少了二百多元。

"八国联军"回来啦

天暖和的时候,阳台便成了女儿的乐园。那里有一个纸箱,里面有她的玩具,还有一个小盆,盆里有水,水里也有她的小玩具。我曾经给她买过一个玩具小鸭子,上了弦可以在水里游泳。女儿还有一套钓鱼玩具,几条塑料小鱼,嘴巴上装有磁铁,碰上鱼钩上的铁,便会被钓起来。

一天早上,吃完早饭,我和妈妈在收拾厨房,忽然听到楼后传来一阵"啪啪"的"枪声"。

还是我妈反应快,吆喝一声:"哎呀,俺那孩儿啊!"转身往外就跑。

眼看着小家伙冲出阳台,"吧嗒吧嗒"朝我们跑来。由于受到惊吓,小脸儿憋得通红。小家伙一路跑一路寻思:"快跑啊,打仗啦!"小家伙一下扑在奶奶怀里,依然一副惊魂未定的样子。

奶奶软语安慰、轻柔呵护,后来还抱着她去阳台上看,指着楼下的新娘子说,不是八国联军,是有人在娶媳妇放的鞭炮。

厨房里的炸弹

奶奶戴着老花镜,在客厅的沙发上看书。像奶奶这样爱读书的老人家还真是不多见。老人家爱读《康熙大帝》《中国上下五千年》,还有《山居笔记》。孙女跑到厨房里去了,光着两只小脚丫。哦,不,是大脚丫,呵呵!家里给她预备了一双小拖鞋,但是小家伙还是习惯光脚丫,尤其在夏天。

突然间,厨房里传来"轰"的一声响。可把奶奶吓坏了,老人家不顾一切冲向那里。估计那启动速度都超过博尔特了。

小家伙光脚踩在地板上,小脑袋还在东张西望,心里说,谁在向我扔炸弹呀!

就在小家伙身后,有一堆碎玻璃,再抬头一看,天花板上吸顶灯的灯罩没了。

"宝宝,别动!宝宝,别动!"奶奶一边喊着,拿笤帚先把碎玻璃划拉到一边,把孩子抱起来放回到客厅,然后返回身仔细地打扫厨房。地板上有极其尖锐的东西是最让人忌讳的,唯恐扎了宝宝的脚丫。

电饭锅惹的祸

尽管我不在家的时候，心里时常牵挂着孩子，害怕她受到这样那样的伤害，但是即使我在家，也是担心吊胆的。

那次我在厨房里做饭，电饭锅里蒸着米饭。小家伙"吧嗒吧嗒"跑了过来。我正切着菜，回头嘱咐孩子："宝宝，到外面去！"

但是，爸爸的嘱咐迟到了。眼看着小家伙把手伸向了电饭锅上方的出气孔。那里正往外冒出一道诱人的白气。

"宝宝，别动！"我一声呵斥，但是已经晚了，宝宝缩回手，稍稍停顿便哇哇大哭。我赶紧停下手里的活，过去看她烫到了哪里。她右手中指的背面有一些红，于是赶紧抱她去冲冷水。到了晚上，小家伙手上起了两个大水泡。两天之后，水泡的皮被撕掉了，整个中指第二节背面的皮肤几乎都没有了，露出鲜红的肉，看着很是吓人。我把她带到附近一个诊所里，让大夫给她做了一下处理，抹了点药。好在小孩子正处在身体成长最快的阶段，小家伙的伤口不久就长好了。

于是我意识到，得把家里存在的潜在危险跟小家伙仔细讲一讲，尤其是厨房里。比如电源电器、煤气灶、热水瓶等。不过，即使大人们心思再缜密，小家伙有时候还是要给你来一个突然袭击，非要考验你的反应能力。

爸爸的"绝世神功"

小家伙两岁的时候，个头长到大约跟家里的餐桌平齐。她常常跑到餐桌边上，手扒着桌沿往上瞧，看看家里是不是背着她藏了什么好东西。于是我们把桌上的茶杯尽量往里放，要么干脆转移到别处。

那天，我在厨房里切菜，切的是西葫芦。小家伙"吧嗒吧嗒"跑进来，站在我身边。她可能觉得爸爸在"咔嗒咔嗒"地表演节目呢。我放下菜刀，弯下腰，嬉皮笑脸地奉劝她去客厅玩，小孩子不要来厨房。猝不及防，小家伙伸手去扒菜板。也怪我，菜板放得太靠外，伸出案板一大截。小家伙用手一扒，这下可热闹了，菜板被掀翻了，上面的东西一股脑落下来。菜板上有什么？有西葫芦片儿，一碗凉水，还有一把菜刀！

这下我可急了，恨我妈没给我第三只手。一手去按菜板，抬起另一只手，啪啪啪，把那个碗还有那把菜刀都打一边儿去了。碗掉进水池里，菜刀落在我身后的地板上，"当啷"一声，还好，距离宝宝较远。猛地一下我想起来：这不就是十几年前我练就的"空手入白刃"吗？没想到，情急之中把压箱底儿的功夫使了出来，而且展现得是那样完美。

低头去看宝宝，确定一下小家伙没有受到伤害。我这一看，差点没乐了。小家伙满脸的水珠，一脸的懵懂。水哪儿来的？肯定是那个碗里的，全溅在了她脸上。小家伙看看我，咯咯笑了起来。

"你以为我这给你表演节目呢！"把我气得，高抬手轻落臂，照她小屁股上狠狠两巴掌，"叫你捣乱！"

小家伙笑得更欢了，我可能拍她痒痒肉上了。

孩子奶奶听到响动，赶紧跑来询问。于是我添油加醋诉说一遍，刻意突出我反应迅速。

"你可真迅速啊，一边儿去！"老太太把我奚落一番，抱着孩子离开了厨房。

那些尴尬事

凡事都有正反两面，孩子也一样。孩子有乖的时候，也有淘气的时候；虽然大多时候是可爱的，但有时候也会极其讨人嫌。大人们跟孩子整天卿卿我我、腻腻歪歪，有时候也难免同室操戈、翻脸不认人。

大人的咆哮，孩子的叫嚣，无论当时如何失去了理智，当一切烟消云散的时候，你会忽然觉得，孩子的一切其实都是可爱的。

丢失的小贴画

孩子刚学会走路的时候，她会争着尝试下地走。但是当她比较全面地掌握了这门技术之后，便要开始偷懒耍滑了。说起来跟一些没出息的大人一样，完全符合人类进步成长的逻辑。大人跟孩子出去玩，走一段抱一段，到了后来她没走几步便会伸着两只小手让你抱。可能她想明白了——自己走多累啊，还是让大人们抱着比较舒服，大人们有的是力气呀！

有一次我从小花园里抱她回来，在楼梯口把她放下，想让她自己爬楼梯。小家伙伸着小手，说什么也不愿意。我想，不能让小家伙养成懒散的毛病，再说，多活动对她的成长发育是有好处的。于是我动了动歪脑筋，耍了点小聪明。

"宝宝！"我说，"爸爸教你一个方法，爬楼梯一点也不累。你就当我们是在玩游戏，这个游戏怎么玩呢？就是要一阶一阶往上爬。你看，就这样。"我踮着脚煞有介事地爬了两阶，"来，你试试，好好玩！"

孩子的兴趣是需要培养的。听我这么一说，小家伙饶有兴致地跟我爬起了楼梯，一直爬到楼顶。

"宝宝累吗？"我问。

"不累！"小家伙回答。

"好玩吗？"

"好玩。"

哈哈，我暗自好笑，自觉简直是一个天才爸爸。不过，我妈妈就没有我这么幸运了。

那阵子，带孩子出去最多的是孩子奶奶。孩子到了一定的年龄段，在家里待不住，一个劲儿嚷着要出去。老人家带小家伙去儿童公园，去小花园，去政通超市。有一次，在政通超市门口，奶奶给孙女买了一张小贴画。小家伙让奶奶把上面的小贴画一张一张撕下来贴在她小手上。后来大概宝宝觉得奶奶整天带她出去玩，又买这买那的，表现还是蛮不错的，便给奶奶手上也贴了一张，以示奖励，希望老人家这方面再接再厉。回来的时候，小家伙心情不错，自己跟着爬楼梯。

一楼没有爬完，小家伙忽然问："奶奶，我给你的小贴画呢？"

奶奶早就忘这茬儿了，抬手一看，小贴画呀，早没影了。这下可不得了，小家伙张嘴哇哇大哭："我要我的小贴画，你去给我找回来！"

奶奶也真是，说给您就给您了呀，那只是让您暂时借用，不收您租金算是不错了，您还给弄丢了！那不是一般东西，那可是一张小贴画呀！

奶奶知道闯了祸，便一个劲儿道歉，好话说了千千万："宝贝啊，奶奶错啦，奶奶不对。奶奶记性不好，奶奶老眼昏花，您小人不计大人过，就原谅奶奶这一回吧！"

楼道回音，宝宝这一哭，整个单元都惊动了。有人开门瞧瞧，是不是有偷孩子的呀？

好说歹说，小家伙抽抽搭搭跟奶奶上了楼。

那时候我家的宝宝特别喜欢小贴画，只要见到就要买。小贴画上有她看过的卡通人物，有她喜欢的小动物。我们家被贴画装饰得绚丽多彩，墙上、壁橱上、门上，甚至床头上，可谓无处不在。有时候我上班，有人问我："你背上是什么呀？"让人拿下来一看，是张小贴画。这什么时候贴上去的呀！有一次，孩子妈妈在单位洗澡，她的姐妹说："你腰上贴了个什么，不像是膏药啊！"拿下来一看，是一张小贴画。老婆无比纳闷，这什么时候贴上去的呀，怎么一点感觉都没有呢？当然，这个不可能是人为，充其量算是巧合。因为在夏天，衣服穿得比较少，估计贴画本来是在床上的，人躺在上面三滚两滚，便粘身上了。

每当出现这样的状况，我们都会自然不自然地嘟囔一句："这熊孩子！"

卫生间的尴尬

两岁半的宝宝已经不穿开裆裤了，经过短期培训，学会了自己去卫生间。小鸭子洗刷干净依旧放在卧室，以备晚上的不时之需。在占用卫生间的问题上，如果宝宝跟大人发生冲突，场面将异常尴尬。好多次，我刚刚蹲下，小家伙便"吧嗒吧嗒"跑来敲门。没办法，我只得重新披挂整齐，躲出去给她让地方。小孩子自制能力差，稍一迟延，便有尿裤子的危险。

在外面等了很久，不见小家伙出来。跑去一看，鼻子差点没被气歪。小家伙正自娱自乐，把上衣前襟掀起来挂在门把手上，嘴里哼着稚嫩的儿歌，裤子落在小腿处，露着圆乎乎的小屁股。那个时候，小家伙提裤子还得需要大人帮忙。我照她小屁股上轻轻拍了一下，说："干吗呢？你个小调皮蛋！"给她提上裤子，抱出卫生间，她还一个劲儿冲我乐。

有一次，小家伙从卫生间出来的时候把门给带上了。后来我们发现居然给反锁了。那是一个圆头旋转门锁，里面的把手上有一个反锁按钮。她肯定是无意间按下了那个按钮。

我的第一反应是，幸亏她在外面，如果她要是在厕所里面把门反锁上，那可麻烦了。一个两岁的孩子，说什么也打不开的。外面的人进不去，小家伙又出不来，您说不等开锁匠到来我是不是就得把门玻璃给砸了呀!

门钥匙早就不知扔哪儿了,没办法,给开锁的打个电话,请求援助。没一会儿,开锁的来了。没一会儿,门被打开了。没一会儿,20元钱没了。

千恩万谢把开锁匠送走之后,低头望着宝宝,满腔的悲愤,一脸的无奈,心里说:"宝宝,爸爸不就嫌你在卫生间待的时间太长了点吗,你至于这样跟爸爸过不去吗!"唉,跟这样的人没处说理去。

祖孙俩的冲突

女儿很小的时候,我们家还没有电脑。我买了好多光碟,放进影碟机给她看。看碟片是小家伙生活里不可缺少的一部分。光碟各式各样,有儿歌,有动画片,有启蒙教育,也有儿童百科。时间久了,宝宝也学会了自己换碟片,愿意看哪个放哪个。大人告诉她,拿碟片的时候要小心,碟片的正面尽量不要用手触摸,否则把碟片弄划了就不读了。

卧室的床上有一张弹簧床垫,宝宝发现这个之后,便常当作蹦蹦床来玩。于是大人提醒她,这样会把床弄坏的。

有一天,奶奶和宝宝因为那张弹簧床垫发生了冲突。具体缘由记不太清了,好像是奶奶照她小屁股上拍了一下,结果触动了她的驴脾气。

宝宝一边哇哇哭,一边发狠。她拿起枕头边一个光碟,拿小手去抹碟面,嘴里还说:"我给你抹得不读了!"

奶奶说:"不读了,让你爸爸再去买。"

小家伙抬起小屁股使劲儿往床垫上撞,边哭边说:"我把你的床坐烂了!"

奶奶说:"坐烂了,再让你妈换。"

那时候,奶奶跟宝宝待在一起的时间相对要多一些,因为爸爸妈妈都要上班。理所当然,祖孙俩之间的冲突也相对比较多。

有一天,我听小家伙嚷:"你是臭奶奶!"

奶奶说:"俺就是臭奶奶。"

"你是坏奶奶。"

"俺就是坏奶奶！"

"我不要你做我奶奶了！"

奶奶说："正好，省得我整天看孩子，还这么累。"

那次是因为小家伙拿一只小鞋子扔到了奶奶脸上，奶奶骂了她两句，她便闹个没完。

一般遇到这种情况，我跟妻子都不吱声，保持中立的姿态在一边看热闹。我们巴不得看看，这两个平时都在家里不可一世的人物，到底谁能拗得过谁。两人坐在沙发上，谁也不理谁。

过了一会儿，我听宝宝说："打你哪儿了？"

"打脸上了。"奶奶回答。

"还疼吗？"宝宝问。

"不疼了。"奶奶把宝宝搂在怀里，祖孙俩握手言和。

公交车上的故事

女儿两岁多的时候,奶奶在我们家已经待了一年多了,难免会想自己的家。有一天,老人家说要回自己家待一阵子,建议外祖母来看几天孩子。孩子妈妈给孩子外祖母打电话,但她说走不开,因为她现在还要看孙子。放下电话,我们家立即愁云满屋。背后里,孩子妈妈忍不住哀叹一声:"唉!这么可爱的孩子,居然没有人愿意看。"

孩子奶奶走的前一天晚上,我忍不住撒娇似地吼了一声:"走吧,走吧,都走吧,我们有办法自己看孩子!"

好一阵沉默之后,孩子奶奶开口说:"要不,我抱孩子回家吧!"

我耳朵没听错吧?您老人家自己抱孩子回家,能照顾得过来吗?毕竟您那么大年纪了。

"怎么照顾不过来,她现在又不吃奶了。没事,没事,我明天就带她回家。"

第二天,我把她俩送上公交车,恋恋不舍地送她们离去。那还是宝宝第一次回奶奶家。祖孙俩在公交车上颠簸了50公里,到了车站,孩子伯父开车来,把他们接回家。

到了晚上,孩子妈按捺不住,给宝宝打电话,问奶奶家好不好,宝宝说好。随后又没话找话地跟宝宝唠叨了一堆。不过,这女人考虑事情还算周到,没跟宝宝说"想不想妈妈呀"之类的话,怕勾起孩子的伤心事,搞得奶奶应付不来,只是跟她平淡地东聊西扯,目的就是想多听一听孩子的声音。后来宝宝不耐烦了:"我不跟你说了!"随后就把电话扔到了一边儿。

妻子坐在沙发上,无比失落地说:"这熊孩子,居然连我的电话都觉得不耐烦,真没良心!"

我幸灾乐祸地凑过去说:"你呀,净在那里自作多情,其实人家心里有你没你都成,哈哈!"

她斜了我一眼,温柔地说了一句:"滚一边儿去!"

孩子跟你哇哇哭,说想妈妈,你担心她过得不好;孩子不把你当回事吧,你又嫌她没良心。人有时候真的是很矛盾的。

宝宝在奶奶家待得舒心惬意,从来没有哭哭啼啼想妈妈。不久,妻子找到了合适的看孩子的人选,是她的一个表妹,叫陈田华。那时候陈田华还没找到合适的工作,算是清闲,便应表姐之邀来我们家看了一个月的孩子。宝宝在奶奶家待了大概三五天之后,我跟妻子一起去看望我妈,顺便去接孩子。住了一晚上,第二天孩子奶奶特意安排她的大儿子开车送我们回来。

儿媳妇去看婆婆,真正的原因是为了自己的孩子。老人家给我们叫车,也是为了自己的孙女。算起来,我们都是沾了小家伙的光!

孩子的到来,给我们的家人带来了欢乐,让我们的家庭更加融洽。所以说,抚养孩子,是付出,也是一种索取。

孩子小的时候,我们家还没有私家车,不论去她奶奶家还是外婆家,来回都要借助公交车。公交车没有私家车舒服,最尴尬的是,没有足够的座位。如果座位不够,就只能用小板凳来代替。

一次,从孩子外祖母家回来,陈田华跟我们同路。车上很拥挤,我跟陈田华只能坐小板凳。小家伙趴在妈妈怀里睡着了,一只小胳膊垂在外面。陈田华坐在娘儿俩旁边,两手平摊在自己膝盖上,一路上托着女儿那只小手,直到她临近目的地醒来。

女儿小时候,我首先把自己排除在外,不跟别人抢功,看孩子时间最久的是孩子妈妈,其次是奶奶,然后是外祖母,再就是陈田华了。中国人大概都有这样一种情怀,能帮忙看一看孩子的,都相当于自己的家人。在《红楼梦》里,贾宝玉的李嬷嬷,身份不一般,就连不可一世的王熙凤都会让她三分。这是中国传统文化里的一个小细节,体现了我们对家庭的重视。

还有一次,女儿大概3岁多,我带孩子回她奶奶家,住了两天,然后跟孩子奶奶一起坐车回来。其实就是把奶奶重新请来看孩子。那时候的奶奶在我们家看孩子,累了、闷了,就回她自己家待一阵,我们这边实在不够人手,就把她再拽回来。忙忙碌碌,反反复复,奶奶愉快地游走于两地之间。车上人满为患,好在我们都有座位。我妈坐在过道边上一个单人座位上,我坐在最后一排,怀里搂着女儿。

可能是遗传她妈妈晕车的基因吧,女儿小时候每次坐车都会产生强烈的反应。开始,她一个劲儿说要下车,后来又吵着找个单独的座位坐下。我们前面的小板凳上坐着一个小姑娘,大概20岁。姑娘大概觉得我女儿滑稽可爱,时常回头看她,冲着我们满怀好意地微笑。当小家伙闹腾得厉害,姑娘便站起身来,跟我们说,让她坐这里吧。无论如何不能让我家小姑娘去欺负别人家小姑娘,我婉言谢绝,继续安抚怀里的小家伙。姑娘几次三番起身让座,我毫不犹豫便将她列入了当世好人之列。好在,小家伙折腾了不久,便趴在我怀里睡着了。

终于到站了,我把小家伙摇晃起来,一手抱着她,一手搀着她奶奶,一起下了车。车上那女孩此时坐了我妈坐过的位子,隔着车窗玻璃,正冲我们微笑。此刻的我,跟从五指山下被解救出来的孙大圣似的,满身的轻松。我冲姑娘摆摆手,笑笑。车子开动了,离终点还有将近10公里的路程。望着公交车驶出了好远,我这才带祖孙俩慢吞吞穿过了马路。当时记得那女孩,不是特别漂亮,但是在我心里随着时间的推移变得越来越美。

美貌的女子越来越多,美丽的心灵越来越少,偶尔遇到一个,都会让人感到温暖。

宝宝对奶奶的依赖是很深的。有时候奶奶在自己家待的时间长了,小家伙便会给她打电话。奶奶接到孙女的召唤,也毫不含糊,立马打点行囊,坐上公交车,来到孙女身边。奶奶进门的时候,小家伙每次都兴奋地跑过去喊道:"奶奶!"便一下扑进她的怀里。祖孙俩好久不见,每次见面都有说不完的话。

那次老人家笑呵呵地告诉我:"我孙女对我说了三件事。第一件事,'奶奶,我们家厨房里有三个垃圾桶。'我特意去厨房看了一下,果然是这样。我们家客厅、餐厅各有一个垃圾桶,不知何时都拿厨房里去了。第二件事,'奶奶,你不在的时候,我爸爸老在你屋里睡'。"没错，那间小卧室空出来之后，我就不再跟她俩挤了。没想到这点事，小家伙还给我告状呢。"第三件事，'奶奶，你别死，你死了，就没人看我了'。"

童言无忌，虽然小家伙都是为了自己着想，但是一句话把奶奶逗得乐呵呵的。

难忘的开裆裤时代

开裆裤是一项了不起的发明,它不仅让小宝宝们解决个人问题的时候比较快捷、方便,还免去了大人们拆洗衣服的麻烦。

不过,如果你以为小孩穿上开裆裤就可以保证万无一失,那未免把事情考虑得太简单。最开始你得训练,就像驯兽员训练小动物一样。你训练的内容,无非是让小家伙懂得,需要尿尿的时候要蹲下。这也要训练?当然。她不像你一样,一不得劲儿就知道去找厕所,而且该蹲着的知道蹲着,该站着的知道站着。

好不容易,小家伙知道了尿尿时要蹲下。可是她的小脑袋毕竟没有我们灵光,往往对有感觉和采取行动的这一段时间的把握不是特别准确。还有,她对这种感觉的忍耐力还远远没有你我强。有时候,她的反应慢了些,有时候会因为玩玩具过于投入,干脆就站着解决了。每当发生了这种事情,大人会表示强烈的反感,因为这预示着他们又将投入更多的劳动。可是她呢,会觉得这是一件极其好玩的事情,还咯咯直乐。

小孩对水有着一种特殊的感情,可糟糕的是,她对于尿和水的区别总分不太清,一般会认为等同。这两种因素凑到一起,便会导致一种让人啼笑皆非的结果。小家伙尿完尿,总是用手去摸,更有甚者,还拿来洗脸。所以,你若发现她蹲在地上乱划拉,最好赶紧跑过去制止,以免尴尬的后果发生。

那一次,我奋不顾身前去阻拦,结果还是稍晚一步。我两手把她提起来,却再也腾不出手来，眼睁睁看着这家伙拿手去洗脸。等我再一看，那张胖乎乎的小脸上已经滴答滴答满是水珠。姑且就把那叫作水珠吧。面对一个幼稚的孩子，除了哭笑不得，你还能做什么呢？

女儿穿开裆裤的时候，我们便经常领她出去玩，多去那些草木扶疏可以看到大自然的地方。儿童公园就在我家附近，风景勉强说得过去，最起码，有草有木，还有一个人工湖，是一个不错的选择。这个公园之所以叫作儿童公园，当然是有特别吸引孩子们的地方。那里有旋转木马、碰碰车、疯狂老鼠、水上浮球、旋转飞机、蹦蹦床、跑道赛车、轨道电车，还有一个具备相当规模的淘气堡。当然，这些项目对一个穿开裆裤的孩子来说难度较大。那时候，女儿娱乐这方面的兴趣还没有得到开发，对这些东西并不是特别关注。

那天，我匆匆忙忙从市图书馆赶回来，半路上给妈妈打了一个电话。如果祖孙俩现在还待在外面的话，我就去找她们，陪闺女玩会儿。

奶奶兴致很高。"我们在儿童公园呢。"她说，"你闺女本事大了，我们在玩跳跳跳呢！"

"跳跳跳"是我们对淘气堡的俗称。我也忘记了这个名字是谁先叫起的，好像是我妈。反正女儿冲我们嚷她要去跳跳跳的时候，大家都知道她想去玩淘气堡。

听到这个消息，我也感到比较振奋，因为此前小家伙在外面几乎从来没有玩过任何娱乐项目，除了超市门前那种会唱歌的摇摇车以外。大概所有家长都有这种理念，孩子在这方面的兴趣不宜开发得过早，因为毕竟需要投入大量的资金。没想到的是，在我们家，最早把孩子引向儿童娱乐项目这条充满着光辉前景的道路的，居然是她的奶奶。

那天我接完电话之后，立马把自行车的车速调到80码，飞速赶往儿童公园。在淘气堡上，我见到了女儿，奶奶正在喂她喝水。喝完水，这家伙连招呼也不跟我打，迫不及待地转身又玩去了。

这个淘气堡的规模不小，面积大约200平方米，上面有机器人、小狐狸、滑梯、蘑菇洞，还有一座高大的城墙。最具挑战性的是城墙前面那个大斜坡，高约3米，顶端是城楼，城楼连着城墙，之间有一条隧道。那天恰好是礼拜天，淘气堡上不下二十个孩子，显得特别热闹。我看了看，那些孩子当中穿开裆裤的只有我女儿一个。我之前没有想到，她在上面玩得居然有模有样，像踩棉花包一样一下一下往前走。摔倒了没关系，一骨碌又爬起来。

虽然这样的场景再平常不过，但是让我看着有些激动。因为在我看来，小家伙像是从家庭走向了人群，从此接触到了一个崭新的世界。在那个世界里发生的事情只有她自己想办法去解决，我们站在淘气堡的墙外，眼睁睁看着，除了大呼小叫之外再也帮不上忙。

开始的时候，女儿只是在城楼之外的一些小地方转悠，大概本能地以为那些高高的地方是只属于大孩子们的领地。我冲她指指那个城楼，对她喊："爬上去！"她居然没有犹豫，转身朝那儿跑去。当然，我并没有想到她真的就能爬上去，因为我见到过有好多比她大的孩子对那里都敬而远之。但是，我想让她接受一下挑战，爬不上去不要紧，只要敢爬。女儿爬上斜坡一点，没多远又滑下来，然后再爬。渐渐地我发现小家伙好像跟其他孩子不同。别的孩子只要摔下来两次，便不再爬。但我女儿不是，一次次回到起点，一次次重新开始。有位大姐提醒我，把孩子袜子脱了，那样才不会打滑。一句话惊醒梦中人，于是我把小家伙叫过来，脱下她的袜子。这一下果然管用，接下来的失败不过三次，小家伙居然爬了上去，钻进了楼洞。

上去是上去了，可总得要下来。小家伙在犹豫，不知道该怎么下。她从一个楼洞钻到另一个楼洞，时而在滑梯上做一下试探。终于，她在滑梯上把两条腿放下来，可是往下滑了一小段距离就不再动了。我一下想起来，小家伙穿着开裆裤，小屁股露在外面。是啊，袜子脱下来可以不打滑，可是现在她的小屁股给粘在了那里。小孩的皮肤细嫩湿润，这下给粘上，恐怕很难下来。我心里有些着急，担心她会哭闹。小家伙没有哭闹，而且看上去悠闲自在，躺在那里非常安静。于是，我又害怕她会睡着。

正当我考虑是不是喊一下管理员帮一下忙，忽然，小家伙翻了一下身，然后哧溜哧溜滑了下来。我心里甭提有多乐了。这家伙，居然还挺聪明，做爸爸的都没想到呢。

孩子虽小，却是有思考能力的。遇到了问题，如果没人帮她，她会自己想办法。不过我觉得，她当时想要解决的问题，并不是如何下来，而是她感觉到小屁股有些不舒服，想要摆脱，所以才会翻身。一翻身，误打误撞就滑了下来。

那天晚上给孩子洗完澡，上床睡觉的时候，发现她大脚趾上有一个大泡。一个人如果要取得一些成就,那就必须要付出努力,这种付出有时候对自己会是一种伤害。这个道理对一个刚刚蹒跚学步的孩子也仍然适用。

从那以后,小家伙的生活中便多了一样乐趣。单就玩的天性来说,小孩是毫无节制的。把小家伙送上了淘气堡,如果不是大人采取相关措施,估计不到太阳落山她是不会下来的。每当到了头顶上的太阳开始偏西,孩子们被大人一个个领走了,那个穿开裆裤的小家伙还是不肯离去。她不听话,我又够不着她,便只好使用哄骗的伎俩。

"来呀,你看我拿着个什么?"

小家伙不知是计,晃晃悠悠跑过来,我趁机把她从里面抱出来,惹得她一阵号啕大哭。有经验的父母可想而知,哭的结果,不外乎是在另一方面给予补偿。我把小家伙领到对面的政通超市,花几元钱,买一块口香糖或者巧克力,这才算摆平。

有一次,我从图书馆回来直接去了儿童公园。小家伙和另外一个小女孩正在淘气堡边上跟一个男人聊天。我妈妈说,她就喜欢跟那个爷爷说话。三人聊了一阵,孩子们便又去玩了。我大声招呼她,本以为爸爸的到来会是一个惊喜。小家伙朝我跑了几步,停下来,小脑瓜儿四处张望,像是在找什么人。我纳闷,爸爸在这儿,你还会找谁?接着我便看到小家伙朝刚才那个男人跑去,一副兴高采烈的样子。我感觉奇怪,这什么人?对小孩子会有那么大魔力?我走过去,小家伙也不理我。

我听见她对那人说:"我爬了。"

男人说:"很棒,我看见了。"

小家伙又说:"我又去爬了。"

"去爬吧!"那男人说。

小家伙高高兴兴地跑了。

"你是她爸爸?"男人问我。

"是啊!"我回答得有些谦逊。

"就爱来对我说话。"男人说。

"哦,很好!"我说。随后我指着另外一个女孩问:"那是你孙女?"

"不,是我闺女。"他回答。

我顿时感到无地自容,心里埋怨我妈,您这什么眼神儿!我仔细打量一下面前这个人，穿着非常朴素，长相也同样朴素，看样子听声音都不像是城里人，远处看的确显老，不过离得近了也不觉得年纪有多大。

小孩子就这样，说不定什么时候就会给你一个难堪。不过无论小孩子做出什么样的行为，都会让人觉得滑稽可爱，因为他们始终是纯洁无瑕的。

一肚子坏水

伴随着孩子语言功能的增强，他们也渐渐长了心眼儿。不过用我妻子的话说："长的全是孬心眼儿。"

睡觉前我们会先给孩子洗一洗小屁股。她很小的时候，都是妈妈抱着，爸爸来洗。对我来说，这是一项引以为傲的工作。柔软的纱布，搓洗着滑嫩的小屁股，那是一种特别惬意的感觉。洗着洗着，感觉水温骤然升高。小家伙忽然尿了起来。大人这个泄气！刚接好的一盆温水，全都白费了。

我忍不住说一句："你这个小坏蛋。"换来小家伙一阵嬉笑。没办法，重新接了一盆水米。

经验来自教训。清洗小屁股之前，先给孩子把尿。我把"小鸭子"底下的小抽屉拿下来，端着去接尿。第一次，由于距离判断失误，小家伙一下尿在我身上，又惹得她一阵嘎嘎直笑。接下来的几天，由于疏于防范，连连中招。每次把尿，那家伙总是故意憋足了劲儿，给我来个满怀，有时候还差点溅一脸。经过长期的锻炼，爸爸终于找对了距离，每次都能把尿一滴不洒地接在小抽屉里。但是这家伙，每次尿完尿都要探头探脑前来验看。于是，我便在旁边的小盆儿里蘸点水往身上洒，然后大呼小叫："又尿在我身上了！"小家伙不知是计，依然咯咯直笑。

有时候私下里跟妻子探讨："你说咱们俩都是老实本分的人，怎么会养了这么一个小坏蛋呢。到底随谁，难道你小时候也这样吗？"

"你小时候才这样呢！"我妻子回答。

有人说，自己的快乐往往是建立在别人的痛苦之上，用来比喻小孩子再贴切不过。大概这也属于人类的一种本能。

女儿有个习惯，睡觉前要喝水。而且非得等你舒舒服服在被窝躺好，准备好迎接一个甜美的梦境时，她这才跟你说："我要喝水。"我毫无怨言地起身去厨房给她倒水。水端来了，妻子埋怨："怎么倒这么多？"

"喝多少算多少，水又不会浪费。"我解释说。

"你太不了解你闺女了！她这个时候喝水，你倒多少她喝多少。"妻子说。

开始我还不信。杯子端到小家伙嘴边，这家伙咕嘟咕嘟居然喝起来没完。我不禁有些傻眼，把杯子往外挪了挪，小家伙伸长脖子往前凑。到最后，满满一杯水居然喝得一滴不剩。

"你净跟妈妈作对！"女儿的妈妈抱怨着。因为这加大了她第二天去阳台晒被子的概率。

摸着了规律，妻子在临上床时，会偷偷在窗台上晾一杯水。小家伙又来了："我喝水。"妻子有备无患。就知道你来这手，瞧妈妈早就准备好了。一伸手把杯子端过来，一脸的得意。可是小家伙居然不买账，非得让你跑到厨房重新给她倒，其实就是想折腾人。妈妈也不是省油的灯，冲孩子从头到脚一顿数落："你哪儿这么多毛病，快喝！"小家伙哭哭啼啼把水喝了，随后进入了梦乡。

有时候我逗女儿，拍拍自己的肚子："你说这里面装的是什么？"

"是什么呀？"她问。

我说："是学问。"

然后她拍拍她自己的肚子问："我这里面装的是什么呀？"

孩子妈妈趁机在旁边插了一句："一肚子坏水。"

以前听人说过，为了让孩子体味一下做父母的艰辛，可以跟她做一种换位游戏。就是你当孩子，她当妈妈。

"王静怡，我们玩个游戏好不好？"

"好！"小家伙上套了。

于是我抱起她的小娃娃往沙发上一躺，嘴里哼哼唧唧。

"妈妈，我要喝水。"

她便把她的小杯子递给我："喝吧。"

"妈妈我要吃糖糖。"

她给我拿一块糖："吃吧。"

然后我又要这要那，最后游戏玩完了，我心里甭提有多乐。不过这样的游戏我们只玩了一次，第二次她便说什么也不肯配合了。

我说："王静怡，我们再玩一次我做孩子你做妈妈的游戏好不好。"

她说："我不玩。"

我说："玩吧，宝宝做妈妈的样子好可爱哟。"

"妈妈。"我甜腻腻地叫她。

她说："我不要当妈妈，我要当孩子。"一副威武不屈的样子。咦，这小家伙，脑袋瓜儿也不傻！上当只上一回。

那天我看见女儿待在卧室里自言自语，便偷偷走过去看。她手里拿着一把尺子在被子上划。那是妈妈专为她准备的一床小被子。

"小被被，你跟我玩游戏吧！我把我的玩具送给你好不好？"

被子上面摆着几个小玩具。

"这些玩具你喜欢吗？我送给你。你要吃饭呀？来，吃吧！"

我见她拿尺子比画了一个盛饭的动作。

"你还要吃东西啊？"我听见她又说。

"爸爸。"她叫我。

"什么事？"我问。

"小被被要吃东西。"

"它要吃什么呀？"

"我不知道。"

"要不给它块糖吃？"

"好！"女儿回答说，"我没有糖。"

"爸爸有糖。"我掏了一下口袋，假装把糖放在被子上。

小家伙朝被子上看了看说："没有糖。"

于是我又假装放上了一块糖。

小家伙又看看，说："没有糖，爸爸去拿糖。"

"好吧。"说着，我便去拿糖。

糖拿来了，她让我扒开了放在小被子上。然后我就躲在一边，就想看她接下来这出戏怎么演。

"小被被真乖，快吃糖吧。"我听她说，"你不吃了？让我吃？爸爸，小被被把糖给我吃。"

于是我赶紧说："你不能吃，这不是给你的糖。"

她哼哼了一阵："是小被被给我吃的。"说完，把糖塞进了自己嘴巴里。

我无语，心里说："不就吃块糖吗，至于费这么大劲吗！"

大人有大人的脑筋，小孩有小孩的心眼儿。不要总觉得他们的一切都在你的意料之中，有时候稍不留神，你也会中了他们的圈套。

女儿很小的时候，我还跟她玩过一个游戏，那完全是我心血来潮。

我会一下窜到她面前，晃一晃脑袋，说："咦！我变成王静怡了！"

她也会冲我晃一晃脑袋："咦！我变成爸爸了！"

然后我叫她："爸爸。"

她说："唉！"

她叫我："王静怡。"

我也说："唉！"

那一次，我们一家人在看电视。女儿拿起我放在茶几上的一盒烟，抽出一支含在嘴巴上。妻子看见了，一把夺过去："小孩子还抽烟！"

过了一会儿，小家伙忽然回头看着我，然后冲我晃一晃小脑袋："咦！我变成爸爸了！"

于是我赶紧配合："咦！我变成王静怡了！"随后，我接着看电视。

109

没多会儿,又听到孩子妈妈的训斥:"说你不听,怎么又拿烟!"

我回头一看,小家伙又把一支烟含在嘴巴上。

烟又被妻子夺下来,小家伙哼哼唧唧半天,说:"我是爸爸,爸爸要抽烟。"

"爸爸也不能抽烟!"妻子说,"爸爸什么时候在客厅抽过烟?"

没错,我的吸烟场所不是厨房就是卫生间。

"你说她还有这心眼儿!"妻子在一旁念叨。

看你还敢不敢再骂人

孩子咿呀学语的时候,有些事情特别好玩。他们学习语言只是简单的模仿,有些词语的意义不是一遍两遍就能跟他们解释得清楚的。

记得当初我跟孩子解释"你""我"这两个词的分别,就费了很大的工夫和时间。

孩子问奶奶:"你爸爸上班了?"

奶奶便告诉她:"你要说我爸爸。"

她就说:"我爸爸上班了?"

"对,这就对了。"

你要以为从此她便学会了这两个词的正确用法,那就错了。接下来她还会没完没了问一些类似的问题。

她会问我:"你妈妈什么时候下班?"或者:"你奶奶去哪儿了?"

我便跟她解释:"应该说我妈妈,我奶奶,我就是你,你就是我。"我一边手忙脚乱地比画着,"我妈妈就是你妈妈,你奶奶呢,是我妈妈。"最后连我自己都乱了。没想到,这么简单的两个词,解释起来会是那样麻烦。

有一次,孩子妈妈带孩子去她单位。

一位同事逗她玩,问她:"王鸿鲲是谁啊?"

她便告诉人家:"是你爸爸。"

111

那同事一下傻了眼，不过脑筋转得够快，马上改变了问法："他是谁的爸爸呀？"

"是王静怡的爸爸。"小家伙回答。

好了，这次总算没太吃亏，以后这样的问题，人家再不敢问她了。

一天早上，我们家后面那座楼上有一家结婚的，又放鞭炮，又举行婚庆典礼，很是热闹。奶奶抱小孙女到后阳台往外张望："瞧，宝宝，那是结婚的。"

"结婚是什么呀？"

"结婚就是嫁闺女。"

"嫁闺女是什么呀？"

"女孩大了都要到别人家去，给人做媳妇，这就叫嫁闺女。"

"为什么要到别人家，妈妈不要她了？"

最后，老太太举手投降："跟你解释不清楚。"

孩子小的时候都少不了挨骂，我家的宝贝也是。在我们家，几乎每个人都有自己专用的骂人语言，都是往孩子身上用的。

奶奶习惯说："你奶奶腔！"

妈妈习惯说："你娘腔！"

其实说来说去，骂的都是她们自己。

不过自从孩子渐渐学会说话，我们家那两位年长的女士慢慢就不敢再骂人了。因为不管你骂小家伙什么，她都会立马把同样的话用到你身上。

她会嬉皮笑脸对她奶奶说："你奶奶腔。"

也会张牙舞爪对她妈妈说："你娘腔！"

娘儿俩都吃个哑巴亏，也只能装作什么也没听见。小孩就是这样，你反应平淡，她也会觉得没趣，以后就不再继续。可你要是反应越强烈，她越是没完没了。

其实一个从小学会骂人的孩子，并不是因为父母经常骂他。我不相信会有哪个做父母的能用恶毒的语言，面带凶恶的表情来骂自己的孩子。所有的父母大概都骂过自己的孩子，不过那种骂不是咒骂，而是疼爱的另外一种表达。打是亲骂是爱，我觉得这句极其滑稽的格言用在自己孩子身上还是比较合适的。对孩子来说，即使你骂他，他也能够感觉到你对他的疼爱。因此，如果有一天他愤怒了，也绝对想不起来用你曾经骂他的语

112

言去骂别人。

　　孩子学会骂人，确实也多半是跟父母学的。不过是当你骂别人的时候，他在一边偷偷学的。比如，夫妻俩吵架，用恶毒的语言咒骂对方。要不就是你出门买菜，与卖菜的小贩争吵，恰好孩子就在身边。听见别人骂人，你的孩子不一定学，但是他要听到你骂人，那是一定要学的。父母在孩子眼里是高大的，他们的一切行为都是可以效仿的。这听来是一个十分浅显的道理。

宝宝的大玩具

朋友到我们家，都喜欢逗孩子玩。比如这个游戏吧——指鼻子指眼。

"哈哈，鼻子长耳朵上了！"

"哈哈，耳朵长眼睛上了！"

"嘴巴长脑瓜顶上了，哈哈哈！"

大人笑，孩子也笑。我觉得这两种笑声应该是异曲同工的。大人笑，是觉得孩子幼稚、滑稽；小孩呢，或许她在寻思，这些大人傻不傻，本宝宝做个小动作就能把他们笑成那样，真是可笑，呵呵呵！

大人的有些话，小家伙已经能够分得出好坏，但是有些也是好坏不分。

我问小家伙："你丑吗？"

她说："我不丑。"

"你黑吗？"

"我不黑。"

随后我趁机又问："你要脸吗？"

她说："我不要脸。"

当时小房正在我们家，差点笑岔了气。

客人每次来，小家伙会把她的布娃娃发给大家，一人一个，当然你得一直抱着。一旦发现有人放下了，她便会跑过去把娃娃拿起来，重新放进你怀里。于是乎，当她自己把怀里的娃娃放下的时候，我们便煞有介事地说："你自己怎么放下了，快点抱起来。你听她的，她也听你的，就赶紧再抱起来。不一会儿她又放下了，我们又让她再抱起来。"反复几次之后，小家伙咯咯笑了起来。我们恍然大悟，小家伙是故意的，她的目的就是想看大人那种煞有介事、吆五喝六的样子。

有一个姐们儿跟我们说："这么大的孩子其实就是一个大玩具。"

她说得没错，我是深有感受的。小时候我养过小猫、养过小狗，觉得它们甭提有多好玩了！可是现在有了孩子，又觉得，不论小动物们有多么可爱，也没有小孩子好玩。

的确，小孩在大人们眼里有时候就是玩具。不过这句话反过来说像是更加成立——大人在孩子眼里同样也是玩具，尤其是孩子的爸爸。

如果我坐在沙发上，她会踩着我的肚子、肩膀，还有鼻子一直爬到后面的窗台上去，在那里玩玩具。客厅和阳台之间有一个大窗户，那里有一个特别宽敞的窗台，早已被女儿开发成一个儿童玩具广场。

早上，如果她起得比我早，便会在我身上踩来踩去。她还会踩着我的脑袋用来增加高度，去摆弄床头靠背上的毛绒玩具。孩子的思想比较单纯，在他们眼里不论是小板凳、小椅子，还是爸爸妈妈，都是可以拿来当作工具的。

我平时喜欢锻炼身体，咬咬牙，俯卧撑可以做到100个。如果让小家伙看到，她就会吧嗒吧嗒跑过来，一下骑在我身上。我也不含糊，照做不误，20个之后就起不来了。小家伙没玩够，怎么也不肯下来，没办法，我便学着一匹马的样子在地板上爬。久而久之，小家伙便又爱上了骑大马。这家伙兴致来了，不由分说扯住我的衣领，或者是头发往地上拽。因此，我便经常会被折磨得精疲力竭、头晕目眩。

那次，小家伙大约已经3岁了，晚上睡觉前，又要骑大马。我推托很累，赖在床上不肯起来。于是小家伙改了注意力，说："我们锻炼身体吧。"于是趴在床上做起了俯卧撑。那是我教给她的，不过她的动作总是不够标准，胳膊基本不动，上下浮动的只有小屁股。不过那次，她的动作相当规范。于是我一下子也来了兴致。"来，我们一起做。"趴下刚做了两个，便觉得那小家伙已经骑到了我背上，而且嘴里还喊"骑大马，骑大马"。这时妈妈已经笑得前仰后合，差点从床上摔到地上去。"我就知道你爸爸要上当。"老婆说。

小孩子也是有心眼儿的。有时候你一不小心，便会绕进了她的圈套。有一次，小家伙不小心头碰在了茶几上，便哇哇大哭。

我赶紧过去面带极其夸张的表情，一边用力拍着茶几一边说："打你，打你！你敢磕我家宝宝，你可知道我们家这个小坏蛋不是那么好惹的！叫你磕，叫你磕！我打，我打，我狠狠打！"

这样一来，小家伙被逗乐了，也忘了哭。小家伙跑到别处，不一会儿便指着电视机柜冲我说："它磕着我了。"我一边嘱咐孩子小心，一边又按照刚才的动作和台词又重新演了一遍。不过第三次我清楚地看到，小家伙故意拿手碰电视机一下，又回头冲我说："它磕到我了。"

我心里说："居然拿我当傻子！"

唉，没办法，又不好揭穿她，只好继续演。

于是我又上演一次刚才的戏码。最后连我自己都忘了总共冤枉了多少次无辜者，连我的手指也拍疼了！

对于一个刚刚开始不久的生命，我们懒得花费精力去推敲她的思维，但是她的每一种行为都是有目的的。你笑她的时候，她也在笑你；你逗她的时候，她也在逗你；你因为她上了你的圈套而得意万分，其实到底谁上了谁的套，还很难说。

难舍的布娃娃情结

按照我们这里的习俗，孩子在满月之后必须要回外祖母家住上几天。可是孩子的外祖母家离得远，我们便商量好，选了一个晴朗的天气，带着孩子去妻子姨妈家里待了一天。那时大姐和二姐的两个儿子还不到10岁，他们给小妹妹准备了礼物，是玩具小狗和小熊。于是小狗和小熊便成了我女儿最早的毛绒玩具。不过那时候她还不懂得玩。

随着女儿一天天长大，她渐渐喜欢上了毛绒玩具，我们统称为布娃娃。随着她的喜好，布娃娃家族也便渐渐壮大起来。小狗和小熊算是布娃娃家族的元老级玩具，后来又来了小花熊，是从朋友家"掠夺"来的；小白兔、小老鼠、小黄狗是我们在义乌小商品城买的；大笨狗是小房一个阿姨送给宝宝的两岁生日礼物，体型跟我女儿差不多，穿着汗衫和短裤。记得我们还特意为她在超市里买过一个小娃娃，是个女孩，黄色的头发，戴一顶帽子，穿着牛仔裙。小娃娃做工精致，价格也不便宜。可是买回来之后，小家伙不喜欢，这多少出乎我们的意料。有时候你想想也不觉得奇怪，干吗让孩子成天抱着个小娃娃呢，难道你要提早让她做妈妈吗？还是小动物好。

女儿小时候有个很爱玩的游戏，也算是习惯吧。她常常把一堆玩具堆在自己面前，然后自言自语。其实不是自言自语，她在跟小动物们说话。有一次，我靠近听了一下。那时候她语言掌控能力还不是很强，大部分内容都听不清。不过也能大体听到几句完整的话。"小熊不听话，我们不跟小熊玩了。""小熊你生气啦？我们还是跟他玩吧。""我给你们做饭吃，吃完了赶紧回家。""小熊不要抢，不是好孩子。"

有时候，我们看到她那种滑稽的样子，忍不住笑。小家伙对大人的笑声反应非常敏感，马上回过头来，瞪着眼睛向我们嚷："不许笑我！"

小孩子大概都这样。当我们笑她的时候，多半是觉得她可爱。但是她不这样想，往往会做出强烈的抗议。当我们面露难堪的时候，她却开心地笑。

那次在餐桌上，因为她一个滑稽的举动，我忍不住扑哧一笑。

小家伙拿眼瞪我："你笑什么呀？"

于是我又咧嘴哭。

小家伙说："你哭什么呀？"

于是我正襟危坐，面无表情。

小家伙又说："你不哭不笑的干什么呀？"

我晕倒，趴在了桌子上。

小家伙这会儿高兴了，咯咯直笑。

冬天的时候，小家伙给自己找了一个温暖的小窝。南面的沙发往前推一推，沙发跟暖气片之间便空出一段距离。聪明的小家伙很快发现了那里得天独厚的便利条件，便把自己所领导的玩具家族和布娃娃家族悉数搬到了那里。在一个温暖的晚上，客厅里只坐着三个人，我妈、妻子和我，我们在看电视。但是如果你仔细听听，除了电视机的声音之外，还有一种声音，来自沙发后面。那是幼儿的窃窃私语，就算你凑近了也完全听不懂她在说什么。那种私语可以持续半个小时，或者更长。有时你会忍不住笑，随后便看到沙发后面一下露出一个圆乎乎的小脑袋，瞪着眼睛在寻找嘲笑她的人。

"我们在看电视，电视上好笑。呵呵！"奶奶一边手指着电视机，一边说。

那个小脑袋于是又看不见了，不一会儿，稚嫩的窃窃私语声便又从那里传来。

用妻子的话说，那叫自己哄自己不哭。可是有时候，我忽然觉得，孩子其实很可怜。孩子们虽然得到我们无微不至的关爱，但是他们的心灵始终是孤独的。他们有思想，但是无法跟我们沟通。他们有叽叽喳喳的语言，但是我们无法听懂，甚至从没有认真去听过。其实他们的脑袋是聪明的，从一开始就是。他们知道自己无法被人理解，所以干脆不再跟大人废话，而把自己心里所有的话去讲给一帮没有生命的小动物们听。他们深信，小动物们一定能听得懂。

想起这件事情，我有时候会感到深深的自责。生活是繁累的，大人是疲惫的。看到孩子能够自己哄着自己不哭，大人们巴不得利用难得的空闲让自己好好放松一下。说实话，我也是这样，我们家的人也都是这样。照顾孩子这方面，我管辖的范围比较少，所以也没有资格责怪别人。

我梦想着自己的前途可以自己掌握。希望总有一天，既能够做自己喜欢的事情，又不用为一家人的生计担忧。但是我害怕，希望永远都是希望，梦想永远都是梦想，总没有一个尽头。

大概女儿两岁半的时候，我带她去政通超市，在廉价处理毛绒玩具的货架上，遇到了一只小猪。小猪是粉色的，胖乎乎的，有两只大大的耳朵。虽说做工并不是特别精细，可是女儿特别喜欢，于是就抱回了家。我记得那只小猪只花了我8元。我们家几乎再找不出如此廉价的玩具了。世事总归难料，没想到那只毫不起眼的小猪成了我女儿的宠物——与其说是挚友，不如说是伴侣更加贴切一些。从此之后，小熊失宠了，小兔失宠了，就连每晚都搂在被窝里的小狗狗也给换掉了。两个小家伙每天形影不离。

一个毫无自理能力的小孩子，她跟大人之间是有隔阂的，而且这道沟壑很难逾越。她不会用语言表达自己的思想，而你也懒得花费精力去猜。但是她跟布娃娃在一起时的境况完全不同。他们彼此之间是无话不谈的朋友，彼此关心，彼此疼爱，彼此依赖。大人们无法想象，但是孩子能够感觉得到。

跟布娃娃在一起玩，可以培养孩子从小的爱心和怜悯心。在小孩子眼里，她所钟爱的玩具都是有生命的，单就存在的价值来说跟你我没有什么不同。所以大人对待眼里的那些假娃娃，应该给予应有的尊重与呵护。

婴儿好比一台电脑

把人类的脑袋比喻成电脑，我认为再合适不过。不同品牌的电脑品质不同，即使同种品牌同种型号，它们的质量也不尽相同。机械生产存在偶然性，同一条流水线上下来的产品，有的性能良好，有的却根本无法使用，这丝毫不必大惊小怪。有人说人类的智力从一生下来就是相同的，毫无半点差别。其实，这完全是自欺欺人。按照自然逻辑，这根本不可能。机械生产有偶然性，难道人类的生产就没有偶然性？

一台电脑刚从生产线上下来，它可能是联想，可能是惠普，也可能是TCL。但是在装上相应的软件之前，它什么也做不了。不过，你不能否认它的价值。婴儿的脑袋其实也一样，虽然什么也做不了，但是同样具有不可低估的潜在价值。电脑需要安装软件，人类同样需要"软件"的安装。

电脑装上了"酷我音乐盒"便可以唱歌，装上"word"便可以写文章，装上"暴风影音"便可以呈现经典大片。电脑安装软件只是一瞬间的事，而人类的"软件安装"是一个相对漫长的过程。比如说，你去驾校报名，目的无非就是要在自己的身体里"安装"一个开车软件。但是，这个开车软件不是分分钟就能安装成功的，快的需要三个月，慢的需要两三年。

一台成品电脑，从商店里出来，虽然功能还不是特别强大，但是已经具备了一些相应的能力。因为它已经安装了相应的操作系统和一些最基本的应用软件。婴儿也同样,当他从产房里出来,同样也具备了一些极其简单的操作系统和应用软件。你不用给他"安装"吃奶软件、睡觉软件和哇哇大哭软件,这些都是他自带的,天生就会。接下来,你首先要给他"安装"的是走路软件和说话软件。这两个需要一两年的时间。

电脑的能力愈加强大,应用愈加广泛,归根到底是因为操作系统的升级。电脑操作系统从最初的Dos,然后升级到了Windows,一直到现在的Win8。人类的操作系统同样也需要升级。刚出生的婴儿,他的操作系统充其量算是Dos1,经过幼儿园、小学、中学,勉强升级到Dos7。等大学毕了业,才终于到了Windows。至于能够升级到Windows的哪个系列,就要看他上的是哪所大学和毕业后的努力了。

不同的电脑有不同的配置,有的只能装下Windows2000,如果硬要装下XP的话,很可能就要拖不动了。人类的脑袋同样也有一个天生配置的问题,不是所有人都能够装得下Win7或Win8的。但是如果教育得当,装个Windows2000应该不成问题。

大脑的结构从某种意义上说,跟芯片类似,电流的刺激产生各种电路,每种不同的电路代表不同的功能。对机械来说,这个过程只是一瞬间的工夫。但是对于人类,时间相对漫长。人类操作系统的升级,来自外界的刺激和我们本身视觉、听觉和触觉的感知。刺激得多了,感知得多了,便会在大脑皮层上产生各种回路,叫作"记忆"。这种东西相当于CPU芯片上的各种电路。当你跟某人话说不到一块儿的时候,很多情况下,不是因为各执己见,而是某人脑子里缺少一种回路。说白了,他们的经历并不相同。

这正如你问幼儿园的小朋友,"天上的太阳有多高"?他会跟你说"我会告诉你我有多真"。你问他,"天上的星星有几颗"?他会跟你说"我会告诉你很多"。因为这就是那首儿歌里的歌词。你问一只蚂蚱一年有几个季节,他会告诉你有三季,因为它春天出生,秋天死去,根本没有见过冬天。

常听人说,某人脑子短路。其实这种说法并非没有科学根据。生活中缺少某一种经历,大脑芯片上就会空缺某一种回路,这就是"短路"。当一个从来没有摸过方向盘的人指挥别人开车,当一个毫无经验的人对一帮行家里手指手画脚,这个时候,就会出现大脑短路的情况。

人类的大脑具备各种不同的分区,有语言中枢、视觉中枢、听觉中枢、神经中枢、味觉中枢等,分别具有各种不同的功能。小孩一生下来就有痛觉,味觉、视觉来得较晚，但也不过三天。

可是语言中枢比较懒惰，你要让它兴奋起来，得需要一到两年。人类知识的积累，80%通过语言获得。因此，让语言中枢提早发挥它的功能极其重要，这关系大脑操作系统的升级。这需要尽可能多、尽可能早地让孩子去接触语言。用语言去刺激大脑皮层，渐渐使那里产生许许多多的回路，这就是对语言的记忆。鲁迅先生说过："地上本来没有路，走的人多了，也便成了路。"我觉得以此来形容记忆的形成也同样合适。

以前跟我同在一座楼的一个女人，她的儿子说话很早，大约1岁就开始了。她告诉我她平时总跟孩子说话，没完没了地说。我纳闷，一个人哪儿会有那么多话呢？

"你都跟他说什么呀？"我问。

她说："说什么都行，看见什么说什么。"

可是我还是有些不太明白，既然你有那么多工夫，干吗不给孩子读点书呢？

该为孩子读点书

有人问一位美国的教育学家:"什么时候给孩子读书最为合适?"

老头儿想都没想,回答:"从他一生下来。"

他说得很有道理。孩子接触语言的确越早越好。至于选择什么样的语言,我私下里以为,书上那些精炼动人的词句,比大人们一天到晚瞎唠叨要强得多。

当然我只是说得好听,那位美国老头儿的话其实我也没能做到。前面说过,我很忙。除了做饭、上班、给孩子洗尿布以外,我仅有剩余的工夫就是自己读书给自己听。

女儿接触书,时候不算太早,都一岁半了。那个时候孩子外祖母来帮忙看孩子,我把自己关在屋里看书。我听到孩子在外面敲门喊爸爸。然后,孩子外祖母赶过来抱她,她就哭,说要找爸爸。于是我把门打开,让她进来。

我告诉她:"爸爸在学习。"

她说:"我也要学习。"

说着便往我身上爬。我把她抱起来,坐在我腿上。她把我的书拿起来看,又拿起笔来在我的书上乱画。

我说:"宝宝,读一读书给我听。"

于是她发出"啊呜,啊呜,啊呜啊呜"的声音。

我说:"宝宝读得真好!"

她便咯咯地笑。随后，她踩着我的身体爬到桌子上，去翻书架。

我想，翻就翻吧，我还可以趁机读书。于是，我在读一页书的时候，另一页书上还踩着一只小脚丫。

随着"哗啦"一声响，书上的字被一些东西覆盖了，那是相册、订书钉、涂改液，还有一只笔筒，兜底被倒空。我并没有责怪小家伙，只是跟她说，这里面没有让她感兴趣的东西。她便拿起一盒英语磁带冲我哼哼，叫我放给她听。

我跟她解释说，那个小孩听不懂。

女儿从一生下来，所看到爸爸最多的样子，便是坐着看书，听到别人对爸爸最多的描述就是"爸爸在学习"。所以，在女儿上幼儿园之前，读书学习这个概念对她就已经不陌生了。

女儿1岁多的时候，有位朋友给我们拿来一些儿歌磁带和图画书，那些东西是从他儿子那里"退役"下来的。

我把磁带放进复读机里给女儿听。到了两岁多一点儿的时候，小家伙已经学会了唱好多儿歌，《小红帽》《伦敦桥》《小猪宝宝》《小水牛》《十个印第安男孩》《数鸭子》……个个都唱得有模有样。

复读机的操作工作都是由大人来完成的，因为小家伙连上面的按键都按不动。有时候她会点歌，"我要听《王老汉赶集》。"她说。六七盘磁带，每盘带子至少30首歌，我得看着歌名挨个找。小家伙不耐烦，随手拿起一个："这个。"

我以为她捣乱，没理她。她又说："这个。"

我拿过来一看，那首歌果然就在里面。我觉得奇怪，这些磁带颜色都差不多，她又不认字，怎么会知道哪首歌在哪里呢？随后，我故意又问了几首歌，结果小家伙说得都很准。我觉得这是一件很好玩的事情。虽然小孩子能力极其有限，但是，有些事情她的确是有自己的办法的。

小孩都是爱看书的，书在他们眼里是一种有趣的玩具。我们的床头柜上摆着好多本图画书，每逢睡觉前，她便会拿过一本让妈妈给她读。小孩看书跟大人有一个明显的不同，同一本书她会一遍一遍地看，不厌其烦。等到床头柜上那些书都看过了十几遍之后，我们才会想起，该给她换一批了。

我很喜欢给孩子买书，因为我总觉得，在这方面我拥有着得天独厚的优势。不过，我对当今儿童图书市场的情况并不是特别了解，我的选择仅限于童话，比如《格林童话》和《安徒生童话》的图画版。

有一次妻子买来一本锻炼小孩脑筋方面的书，好像叫作《左脑训练》。

我说："你买这种书干什么？"因为我觉得那种书对孩子来说比较枯燥，她肯定不会爱看。

她笑着说："你太不了解你闺女了，她可爱看了。"

她说得没错，女儿很爱看那本书，而且对那本书的兴趣要远远胜过我买的那些童话书。书里那些简单的智力问题她至少能猜对一半。有时候我还真不如她妈妈了解自己的女儿。我女儿小时候看过好多好多那种类型的书，什么《左脑训练》《右脑训练》《左脑开发》《右脑开发》，还有什么《幼儿综合智力测验》。不谦虚地说，那个时期，凡是图书市场能够找到的类似的书，我们几乎全都买过了。其实我并不相信做一做智力游戏就真的能提高孩子的智力，甚至我认为，那些提出把人的大脑分为左右而且还要单独训练的教育家，纯粹是吃多了撑得难受。人的智力来自生活、来自实践，这是我始终不变的信仰。我们给孩子买这样的书，原因只有一个，就是她自己喜欢。

小家伙看书非常认真，靠在你身上一动不动。这个时候如果你要跟她比耐心，十之八九是失败者。大多数情况是，大人不停地央求："宝宝，咱休息会儿行不行？"

小家伙摇头晃脑："嗯嗯，我还要看！"

没办法，跟她谈条件。

"再讲一个！"

"再讲三个！"小家伙讨价还价。

"那再讲两个！"

"好，成交。"于是揉揉发酸的脖子继续给她讲。有时候，我禁不住想：时间都过去一个多小时了，难道这家伙就不累吗？

有些成年人，他们会把书看得过于高尚，认为读书的人，非得做大学问不可，其实大可不必。你完全可以认为，读书就是一种消遣，跟某些人吃喝、打牌、上网玩游戏是一样的。

老鼠不能吃大象

小时候玩过一个动物棋的游戏，狐狸吃猫，猫吃老鼠，老鼠吃大象。

当时我还问："为什么老鼠会吃大象呢？"

"因为老鼠会钻洞，如果它要钻进大象的鼻孔里，大象可就难对付了。"想想确实是这个道理。

我妈妈喜欢用爬豆熬稀粥，熬粥之前，豆子得在水里泡一天。女儿看着好奇，总伸手去抓。大人总去阻拦，因为他们都知道，对于不懂事的小孩子来说，那些小东西可是不能拿来玩的。

有一天下午下班，女儿恰好午觉刚刚睡醒。那天她的午觉持续时间稍长了一些。

我妈说："孩子可能有点感冒，老流鼻涕。"

我看了看，她的呼吸好像特别重，一个鼻孔下面有些湿漉漉的样子。我歪歪头又看看，见她鼻孔里面像是有样东西，好像是块干鼻涕。于是我找了一根牙签回来，想把那块干鼻涕清理出来。可是当我把她抱起来刚要动手，却发现事情远不像我想象的那么简单。那不是干鼻涕。经过仔细地联想和推理，我终于得出结论，那是一个爬豆。

这个想法把我吓坏了，赶紧揣上钱，把她抱起来，冲出了门外。我家楼后就有一个社区诊所，我带着女儿去那里求救。当班医生是一个50多岁的女人，赶紧采取措施。她让我抱紧孩子，尽量让她把下巴仰起来。随后，她打开一盏聚光灯，拿了一把小镊子便往那个小鼻孔里塞。

我小时候听过黔驴技穷的故事，老虎看到驴子抬起蹄子的时候，便知道，它根本不行。就跟当时我看到医生拿起镊子的感觉一样。我觉得，那根本不行。孩子不停地挣扎，医生无从下手，便说，最好去叫她奶奶来，也好按得住。于是我借坡下驴，不排除给人台阶的想法，抱起孩子便走，说是去叫她奶奶。

出了门我赶紧打车去侨联医院。侨联医院也叫作"耳鼻喉医院"，在我们市里算是有名的专科。我一路小跑，要去路边截车。可转念一想，何不让宝宝自己努努力，行不行总得试试看。于是我按住小家伙另外一只鼻孔，对她说，宝宝，你用力擤一擤。小家伙用力一擤，"啪"的一声，一颗爬豆从她的小鼻孔里射了出来。我往地上一看，有花生米那么大，让鼻涕水给泡发了。当时我全身都软了，差点一个趔趄。

我在心里千恩万谢，不谢天也不谢地，感谢我的女儿。其实老鼠怎么能吃大象呢？凭大象的力气，很容易把它从鼻孔里喷出来。不过得有人把它的另外一个鼻孔堵上才行。

床上的故事

一家三口睡在一张大床上，会有很多有意思的事情发生。

孩子很小的时候，害怕她会从床上滚下去，便让她睡在我们俩中间。我每个星期都有两天"夜不归宿"，因为要上夜班。我走的时候，总要在床边横上一个枕头。

当时孩子大概还不到1岁，反正还没有断奶。有一次，我半夜爬起来去上班，忘记在床边放枕头。我换好鞋子，刚要开门出去，突然听到从卧室里传来"哐当"一声。紧接着，妻子被惊醒，随后便传来娃娃的哭声。我赶紧跑回卧室，打开灯。孩子被抱在妈妈怀里，奶吐得满身都是，还在哭。孩子奶奶也被惊醒，赶忙从另一间卧室跑来看个究竟。我也想去帮忙，但已经快到点了，便依依不舍地离开了家。

小家伙本是来找我的，找不到，便继续往边上滚，直到从床上掉下去，撞在旁边的壁橱上。从那以后，我再半夜起身的时候，干脆就把沙发上的大靠枕给拖过去。

小孩子睡觉是特别不老实的，就是睡着了也会没完没了地扑腾，扑腾的结果是，她自己的地盘越来越大，到后来，不论横着睡、竖着睡，还是翻着跟斗睡，地方都显得富余。很多时候当你一觉醒来，准备用美好的心情来迎接一个新的清晨时，冷不丁一回头，却不觉胆战心惊，因为你已经来到了悬崖边上。

早上起床的第一件事是睁开眼睛，第二件事是寻找孩子。你绝不敢贸然行动，因为如果你翻一翻身，或者试图两手撑着从床上坐起来，那么很可能就会压着她的小手或者小脚丫。

经过长期的被动式训练，几乎每个做父母的都能够做到——每天清晨，在自己思想意识恢复清醒之前，绝对保持一动不动，而不是像别人那样，先翻个身，或者伸一伸懒腰。有时候当你完全恢复知觉的时候，发觉额头上压着一个东西，软乎乎的，带着诱人的温度。定睛一看，是小家伙的一只小脚丫。你得先把它拿开，然后找一个舒服的地方把它放下。尽管你已经习惯了轻拿轻放，但其实你现在就是把小家伙抱出去卖了，她也不会立马就醒。

中午和孩子一起午休，刚要躺下，就觉得背后压着了什么东西，软乎乎的。于是猛地一下坐起身来。回头一看，是小家伙一只小腿。伸手把它拿开，重新躺下，却觉得还是压着了什么东西。赶紧又起来，发现还是那条小腿。禁不住纳闷，方才不是拿开了嘛，怎么还会在这里？如此三番，小家伙咯咯笑了起来。原来以后那几次，小家伙都是故意的。我照她小屁股拍两下："你这小调皮蛋！"

有一阵子，妻子开玩笑说，建议我晚上睡觉前事先戴一顶头盔，因为那几天我总是接二连三受到无辜伤害。

有一天晚上，我正做着黄粱美梦，突然一记重拳恰好擂在我眼睛上，顿时让我眼冒金星。我睁着一只眼睛赶紧起来看看什么情况，是不是屋里进来了强盗，孩子有没有被偷走。还好，没有强盗，孩子也还在这儿。于是我揉揉眼睛，再接着躺下。还有一次，我睡着睡着，忽然被人一下揪住了头发，而且我还清楚地听到一个小家伙嘴里哼哼唧唧发狠的声音。我又赶紧起来，看看小家伙是不是已经睡醒。没有，小家伙还在睡，鼻子里传来轻微的鼾声。神经病！我终于忍无可忍骂了一句，然后倒头另睡。

为此，我常常愤愤不平，因为这样的事情在孩子妈妈身上几乎很少发生。最后妻子笑眯眯地跟我解释，勉强算是令人"满意"："因为你压根儿不是什么好人！"

说起那次的事情，到现在我还会忍俊不禁。我终于报复了老婆一回，不过，纯属于无意。一天晚上，半夜下班回家，我悄悄摸进卧室，怕把娘儿俩吵醒。我发现小家伙已经蹬了被子，而我的被子被她压在了身子底下。我先把自己的被子揪出来，然后又把她的被子盖好，这才躺下。

我还没睡着，听见妻子醒了："嗯？我的被子呢？"

听到她问，我便说："啊，这是你的被子啊？"

我妻子不由分说，伸手来揪我身上的被子。一边说还一边埋怨："找你自己的被子去！"语调中带着强烈的不满。

我这才明白了是怎么一回事。小家伙压着的那床被子，是她自己的，我揪出来自己盖上，然后又把她妈妈的被子拖过来给她盖上了。那是冬天，不久孩子妈妈便冻醒了。我自己的被子还在壁橱里，根本没有拿出来。我找来自己的被子，躺下之后还是忍俊不禁，裹着被子笑得浑身乱颤。

"有病啊，你！"老婆骂道。

说起床上发生的故事，还有一次，不过这次时间跨度有点大，是在女儿刚刚上学的时候，应该是8岁。更是让人啼笑皆非。

孩子妈妈睡着睡着忽然醒了："孩子呢？怎么尿完尿没有回来？"

那时的孩子早已经不用大人把尿，她夜里醒了可以自己去卫生间。孩子妈妈听到她穿着拖鞋踢嗒踢嗒地去了，又踢嗒踢嗒地回来，但是没回卧室。我也吓了一跳，赶紧出去找。客厅里我听到像是有动静，便喊了一声："王静怡。"

"嗯？"她答应一声。

我走过去，看到她蜷着腿坐在沙发里，闭着眼睛。

"你在这里干吗？"我赶紧把她抱起来，放回到卧室里。

"她去哪儿了？"孩子妈妈问。

"在客厅的沙发上。"我回答。

"真能出洋相！"孩子妈妈说。

第二天，奶奶问她："宝贝，你昨晚跑沙发上干吗呢？"

"看电视。"她回答说。

孩子总是让人忍俊不禁，但又是那么可爱。

反复不停的解释

孩子是单纯的，而大人是经受风雨、历经磨难的，所以当你向一个极其单纯的脑瓜儿传授经验的时候，往往会遇到一些意想不到的困难，甚至需要再一次经受风雨和历经磨难。

我主张尽早让孩子了解生活，了解这个人类社会最基本的一些规则。所以在她两岁多的时候，我就骑车带她来到一个十字路口，遇上红灯停下。借助短暂的停留，给她传授交通规则：红灯停，绿灯行，遇上黄灯等一等。小家伙一点就透，可正因此才发生了后来那件让人啼笑皆非的事情。

那天，我带她步行去附近的一家超市，走着走着小家伙忽然停了下来，指着远处嘴里呜里哇啦乱叫。我没听清她说什么，但也只好跟着停了下来。她好像看到了什么东西，顺着她指的方向我却没能发现有什么东西值得好奇。过了一会儿，我们又开始走，可没过多久她又停下来。这次我听清了，也看到了，感到一种由衷的无奈和不知所措。

小家伙嚷："红灯，红灯，要停！"

是啊，我看到了红灯，离我们大约还有100米远。我不得不佩服小家伙的眼力，但是一时想不起该如何向她解释这个极其复杂的问题，毕竟孩子的语言接受能力还是有限的。最后费尽九牛二虎之力，我总算把事情的原委解释清楚，小家伙终于又肯乖乖地跟我向前走去。

小孩子对大人的话产生误解，那一定就是大人们当初漏掉了什么。你漏掉的最根本的就是，他们的阅历和我们有着本质的差别。把这件事扩展开去，当你去跟不同年龄、不同阅历，甚至不同学历的人解释同一件事情，一定要采用不同的角度、语言和切入点。

当初我应该领着女儿去找交通警察，向他们申请一项最佳遵守交通规则奖。当然我还要谦虚谨慎、辗转委婉地指出他们交通规则中的一个小小的漏洞——你们只说见了红灯要停，可是也没说具体在哪儿停。

孩子们喜欢动物，这恐怕是人类再延续一万代也无法改变的天性。现在的孩子跟我们那个时代不同，我从学会走路就开始跟一些小动物打交道。一出门我很可能会不小心踩到一只小老鼠，然后吓得哇哇直哭。惊魂初定，迎面又赶过来一群山羊，大人便赶紧拉着我的手四处躲避。晚上乘凉，花前月下，我会看到壁虎、蟋蟀、青蛙，这些毫无亲戚关系的家伙为了一个共同的目标聚到一起来了。邻居家的狗生了小狗我去看；街坊家的猫生了小猫我去抓。最让我兴奋的是拿着别人替我捉到的蝉去喂自己家的大公鸡。

现在从小生活在城市里的孩子跟我那时完全不同，他们已经见不到那么多小动物了。他们不知道猪长得什么样，也没见过牛和羊，只吃过它们的肉。他们没见过在河里游泳的鸭子，只见过菜市场里待售的活鸡。所以，如果你在烧烤店门前见到一只用来做招牌的活羊，在它被烤熟之前，最好能让孩子见上一面。

有一次我跟孩子一起看一本测试幼儿智力的书，书上有一道题目问："大公鸡、小白兔、小鸭子、小老鼠，哪些动物有四条腿？"

她只说小白兔。

于是我告诉她，还有小老鼠，小老鼠也是四条腿。

她吧嗒吧嗒跑进卧室，抱出自己的小老鼠毛绒玩具，指着它说："这两只是手。"

我一看，可不嘛，那是一只卡通鼠，身上穿着背心短裤，做出奔跑的样子，拧挚着两只小手。唉，现代人的想象力可真是丰富，在幼儿教育的道路上处处给我制造着出人意料的障碍。

于是我又耐心地给她做出解释："这只小老鼠是按照人的样子做成的，其实真正的小老鼠是没有手的，它只有四条腿。"

小家伙还是固执地说:"是手,是手!"

有些很简单的东西,跟孩子解释起来却很困难。孩子是认真的,就像美国警察一样,只相信证据。可是我到哪里去找证据,小老鼠?我大概十多年都没见到过一只了。

最后女儿还是相信了爸爸所说的话,小老鼠的确有四条腿。

我答应女儿,以后如果捉到一只,一定会给她看一看。只是我的搪塞之语,那些家伙的速度您可是知道的。所以直到现在,我也没能够兑现自己的诺言。

城市里的小孩在有些方面的见识,的确不如农村孩子,比如昆虫、小鸟、小动物。不过有一种动物,不论数量还是种类,生活在城市里的孩子见到的远远比农村孩子要多。这是一种与众不同的动物,它对主人无比忠诚,被这种动物咬到之后,你得赶紧到就近的诊所去注射疫苗,否则可能会引发难以想象的后果。

我妻子最要好的一个姐妹小房,不幸被这种动物咬到了。那时候她还没有结婚,所以一有空闲就经常到我们家来玩。她很喜欢我女儿,给她买过摇摆车,还有布娃娃。那天她到我们家玩,顺便拿了一支疫苗到我们家附近的一家诊所去注射。下午我妻子还没有下班,我便领着孩子陪她一起去打针。

一路上,小家伙问我:"爸爸,是房姨打针?"

"是啊!"我回答。

可没过一会儿,她又对我说:"爸爸,房姨打针!"

我说:"是啊,是房姨打针。"

小房笑了,说:"她就怕是给她打针。"

我这才反应过来,便给她解释:"宝宝没生病,不会打针的。再说,爸爸是不会骗小孩。不过话又说回来,你要实在愿意打,我跟大夫说一声,也给你打上一针。"

"我不打,我不打!"小家伙吓得直往后退。

都说小孩子单纯,不会拐弯抹角,其实不全是。如意就咯咯直笑,不如意便哇哇大哭,这是他们的本性。不过有时候,他们所说的话,所做的事也是有弦外之音的。比如,有些事情他们拿不准具体是怎么回事,仅仅是有些怀疑,那么就会用语言去试探大人的反应。透过孩子的这种行为可以映射出他们的某一种性格。我想,遇上刚才的那件事情,很可能其他的孩子干脆会问你,不是给我打针吗?或者说,反正我不打针。所以我以为，我女儿是个考虑事情比较多的孩子。像我女儿这种考虑事情比较多的性格，究竟是好是坏，我一时还不太好说，不过，我想，导致女儿形成这种心态的原因，可能有一部分源于大人给予她的信任感不足，在增强孩子对大人的信任感这一方面，我依然还有待于加强。

这话说得有点早

我脑子里一直有一种想法——人只有理解了死亡的意义，才会懂得认真地生活。这恰恰如同你只有懂得了自己手里的钱来之不易或者极其有限，才不会去肆意挥霍。

我急切地希望孩子将来能够成才，这个世界能够因为她的到来而略有不同。所以我才急切地想让孩子尽早理解生命的短暂和意义。

一天我跟女儿讲了爱因斯坦的故事，告诉她："爱因斯坦是人类历史上最伟大的科学家，宝宝长大了要做一个像他那样的人，一心钻研科学，那样的生命才最有意义。"

她问我："爱因斯坦在哪儿呀？"

我说："他早已经死了。"

她忽然嘴里哼哼唧唧地说："我不想死！"

我一边忍俊不禁，一边跟她解释。爸爸的意思是，让她将来好好学习，成为一个杰出的科学家。说来说去她总算明白了。

那时候小家伙对于"老"和"死"的概念大体有个轮廓。老了就是像奶奶一样；死了呢，就是像爷爷一样。她从未见过自己的爷爷，关于爷爷的事情，都是听奶奶说的。

我告诉她："等宝宝长大了，爸爸妈妈就都老了，那时候宝宝就要学会照顾自己了。如果要照顾好自己，那么就要好好吃饭，好好学习，将来做出自己的成就。"

她问我："爸爸真的会老吗？"

我说:"每个人都会老的,这是无法改变的事实。"

她一下用小手搂住我说:"我不想让爸爸变老。"

说到这里,我有些后悔,因为女儿虽然活泼好动,但是有时候显示出一种非常敏感的性格。记得她不到两岁的时候,有一次跟妈妈去外祖母家,待了两个星期。有一次我打电话,妈妈让她对我说话。

我一下心血来潮,便装作哇哇大哭的样子说:"宝宝,爸爸好想你!"

结果孩子妈妈接过电话骂了我一通:"你有毛病!"

我说:"怎么了?"

她说:"你不知道你女儿多愁善感!"

"怎么了?"

"要哭了!"

于是我赶紧又做出笑呵呵的样子跟小家伙聊了几句,才算没事。没想到小家伙还是这么一个蛮重情义的人。不过在大人眼里,只是觉得滑稽、好玩。

女儿对我说不想我老的时候,看上去样子有些悲伤。于是我便赶紧转换了话题。

我想起以前曾经读过一篇讲述纳米技术的文章,那里面说,这种技术发展到一定的高度,人类可以随心所欲分解和组合原子,就像神话传说中的一样,可以把一种东西变成另外一种完全不同的东西。到那个时候,地球上没有了污染,没有了疾病,当然也可以避免死亡。

于是我又说:"只要宝宝好好学习,好好研究科学,将来人类便可以克服衰老和死亡。到那个时候,爸爸、妈妈、奶奶就都不会老,也不会死,永远都跟宝宝在一起。"

小家伙像是听懂似的,说:"我一定好好学习,一定要成为一个科学家。"

我总算松了一口气,算是解释过去了。

可是没想到,大约过了两天,孩子妈妈便找我算账:"你都跟孩子说什么了?"

"说什么了?"我问。

她说:"昨天晚上孩子总问俺,妈妈会不会老,妈妈会不会老死?说着说着还搂着我哭,说我不想妈妈老死!你说你到底跟孩子说什么了?"

我没想到这件事对孩子会有那么大的影响,便只好乖乖跟妻子认错。

"你以后少在闺女面前胡说八道!"老婆警告我说。

大概我的这些话跟孩子说得是早了点,但是迟早有一天我会找一个恰当的时机让她明白"人生不满百,切莫空白头"这样一个道理。

从那以后,小家伙多了一个习惯,有时候会让人啼笑皆非。

我拿来一本中外名人故事,指着上面的人物图片一个个给她讲。我是想让小家伙了解一下我们这个世界上曾经出现的那些杰出的精英,让她早日确立一个追逐学习的目标。书上有牛顿、爱因斯坦、爱迪生、拿破仑、甘地……不论我讲到哪个,小家伙都会紧跟上一句:"死了吗?"

这里面都是历史人物,我还能怎么回答。

"死了!"我只能说。

讲到后面,碰到了微软总裁。

"死了吗?"孩子照例问。

"死了。"我照例回答。

紧接着发现自己犯了一个原则性错误,于是赶紧补救:"没有没有没有,盖茨先生还活着呢!"

闹了半天,这书里还有活着的。我还以为只有挂了的才会载入史册呢。比尔总裁,真是对不起!

有一天带女儿走在路上,看见路边有个大广告牌,上面是一个阳光满面的大帅哥。于是我指着广告牌:"看,大帅哥!"

"他是谁啊?"

"他叫谢霆锋,是个大明星。"

"死了吗?"小家伙一句话,我差点没趴地上。

"宝贝,咱别这样行不?锋仔听见会不乐意的。"

不该总吓唬小孩

大概每一个做父母的当初都吓唬过自己的孩子。他们想方设法在孩子的内心世界塑造一样或者几样极其可怕的形象，目的不外乎让孩子听话。小时候，我的爸爸妈妈有没有吓唬过我，我不记得，因为那时我的记忆力还没有那么强。在我上小学的时候，常常听到一些农村老太太跟自己的孩子说："你不听话，老毛狐子来抓你了！""你再捣蛋，马虎来啃你的屁股了！"后来经过多方打听，才知道马虎是狼。至于毛狐子，现在也不知道是什么。当时在那些人里，这两种几乎已经被神化了的动物在孩童们健康成长的道路上做出了不可磨灭的贡献。

世界在发展，文明在进步，毛狐子、马虎的时代已经淹没在经济大发展的洪流之中。大概动物再不值得人类惧怕，因此取而代之的是人类社会中两种对立的职业。我一向自以为是有文化的人，但是在抚养孩子的过程中，也不可避免地运用了这种比较朴实、原始的手段。

孩子中午不肯乖乖睡觉，对大人的神经造成了严重的负担。于是我便告诉她："外面来了一帮警察，专门寻找不睡觉的小孩，找到了就抓走，抓走了就再也见不到爸爸妈妈了。"于是小家伙赶紧往我怀里钻。

过了一会，她抬起小脑袋问我："爸爸，警察走了吗？"

我说："出去看看。"便打开卧室的门来到客厅，对着入户门煞有介事地说，"警察叔叔，我们家宝宝已经睡着了，这次你们就不用抓她了。"随后，我回来爬到床上对小家伙说："我跟警察叔叔说你睡着了，他们就走了。不过你可要真得好好睡觉才行，要不他们还会来。"小家伙便赶紧闭上眼睛，搂着我的脖子，不一会儿就睡着了。

有一回，我带女儿去新华书店，想为自己买本书。小家伙老不听话，到处乱跑。我低头看一会儿书的工夫，转眼就找不到她。于是，当她再跑的时候，我便在她身后小声喊："偷孩子的来了！"

这家伙吓得赶紧往回跑。回到我身边之后，她不停地四处张望，还问我："哪个是偷孩子的呀？"

于是我向四周看看，便悄悄告诉他："瞧，旁边那个拿包的男人就是个偷孩子的。"小家伙再也不到处跑了，眼睛一直盯着那个人看，稚嫩的目光中时刻透露出警惕。其实那是一个看上去文质彬彬的中年人，我们走的时候他还在专心致志地看书。从他身边经过的时候，我在心里悄悄跟他说了声抱歉。实在不好意思，老兄！

从书店出来，时间已经是中午，我决定带孩子在外面就餐。小家伙就喜欢在外面吃饭，表现出兴致高昂的样子。如果是现在，我可以带她去肯德基、麦当劳、华莱士，或者一家比较洁净的餐馆，不过那时候，女儿才两岁多，能够列入她食谱的东西还不是太多，而且她每次吃饭必定得有喝的东西，当然不是红酒。于是我找了一家买卖不错的饭摊儿，挑了一张桌子，要了火烧和稀粥。

小家伙不肯好好吃饭，只顾着看我给她新买的书和玩具。于是我说："那边坐着吃饭的是个警察，知道他在这里干什么吗？表面上是在吃饭，其实他专门找那些不好好吃饭的小孩，找到了就抓到车上拉走。"恰好旁边有一辆黑色现代，我拿手指指，"就是那辆车。"小家伙这下可听话了，一边喝稀粥一边啃火烧，饭吃得挺像那么回事。

不多会儿，女儿喝了大半碗稀粥，一个素馅火烧啃得仅剩了一条边。我这时又怕她会撑着，因为在我的记忆里，她以前好像从没有吃过这么多。

"你还想吃吗？"我问她。她看看那个爸爸临时安排的"警察"，没有说话。我明白她的意思，便说："不吃便放下吧，只把稀粥喝光就行了。"

她有些不太放心，问我："警察还来抓我吗？"

同桌上一个女孩忍不住笑。她应该不知道小家伙什么意思，因为她来得比我们要晚。我说:"警察叔叔已经看到了,王静怡吃饭吃得很好,剩下一点儿没关系的。"

小家伙非常谨慎,反复确认之后,这才放下手里的火烧边儿,低头去喝稀粥。

其实我不该总吓唬孩子,这算不得什么高明的手段。妻子对我这方面也颇有微词。可是面对不听话的孩子,我也实在拿不出更好的办法。这可能会在孩子精神上的某一方面造成一种紧张,会因此影响他们的性格。孩子初次来到这个世界,大人们应该尽量让他们对这个社会产生一种信任,让他们产生一种安全感,这样才有利于他们性格和情感方面的成长。不过我觉得,这个社会也不是每个方面都值得一个孩子去信任。偷窃儿童这样的事情几乎每天都有发生,提早让孩子做一下这方面的预防,其实也没有什么不好。

尽管我时常吓唬孩子,但是有时候,对我的话小家伙也不见得能听进去。那天我带她去一个快餐店,先要了几个煎包,找好座位放下。我要小家伙在座位上等我,我再去端两碗稀粥。临走,我告诉她:"如果有人来吃我们的包子,你就跟他嚷——这是我的,这是我的!"旁边一位正在收拾桌子的女人恰好听见,忍不住冲我们乐。她可能觉得这父女俩挺滑稽。

等我回家,老婆笑嘻嘻地对我说:"你还让孩子看门儿呢!"

"她刚才跟你说我们吃包子了?"

她说:"嗯!"

难忘那次的意外伤害

有些孩子在他们小的时候，单从性格上根本看不出有什么性别之分。他们一样顽皮，一样好动。孩子好动，很难说好还是不好。不过有一点，可能不会得到任何人的反驳——一个好动的孩子，他受伤害的概率往往会比一个相对文静的孩子要多。

我喜欢好动的孩子，因为这象征着活泼、聪明。女儿从小好动，从会走路开始，除了睡觉，便没一会儿闲的时候。她会把洗屁股的小盆翻过来当板凳坐，盆底被坐碎了，划伤娇嫩的小屁股；她会让三个轱辘的小自行车侧倒，然后扶着大人一只手坐在翘起的那只车轱辘上左右来回地转，就像坐转椅一样；她还会爬到硕大的沙发靠枕后面，悄悄躺在那里躲起来，以为别人找不到她。当然，孩子的这些行为，我觉得很可爱。我理解孩子的行为和想法，他们并非滑稽可笑。他们总是在追求一些未尝试过的体验来满足自己对生活的好奇。其实，这应该算作对这个世界探索的开始。

那件事情我是有责任的。那天下午三点半去上班的时候，看到女儿把一把小折叠椅翻倒了，骑在上面在屋子里转。我心里稍稍嘀咕了一下，这样会不会有危险？到底会有什么危险？我也没再往深处考虑，更糟糕的是，也没有制止她。

那天晚上，下班回家已经十二点半了。放下包，换好鞋子，我忽然发现餐桌上有一张X光片，感到有些奇怪，便拿起来看了一下。上面是两只手，像是一只手扶着另一只手的手腕。于是我在想，这是谁的手，我妈妈的？还是我妻子的？哪年的啊？干吗又拿出来？当时并没有在意，便去厨房煮面条。

吃饱了，我悄悄地去了卧室。我并没有立即就睡的想法，其实还想再看点书。倒过班的人都会知道，下中班回家有一阵子是最清醒的。不过，我得先看看我家的宝贝，然后才可以安心去干别的。

我推门进去，发现妻子居然还没有睡，也许是刚刚被我吵醒。女儿哼了一声，像是有些不太舒服。

"她怎么了？"我凑过去问。

"孩子受伤了。"妻子回答。

"啊？"我大吃一惊，紧张地问，"伤哪儿了？"

于是妻子便跟我讲了女儿受伤的经过。我这才知道，原来餐桌上那张X光片是我女儿的——妻子的一只手扶着女儿的一只小手。我可真是眼拙，竟然连大小都分辨不出来。

就是那天下午，妻子下班的时候，刚刚进门，还没有来得及换衣服，女儿骑着的那把小椅子突然折叠了起来，一下夹伤了她的小手。随后她便哇哇大哭。妻子赶紧把她抱起来，吓得够呛。她右手食指指头肚上的一小块肉被夹掉了，还连带着一点儿皮。我妈妈也吓坏了，赶紧跑过来。

"快，赶紧送医院！"我妈妈说。

妻子拿上钱包，抱着孩子就下了楼。我家后面小区里便有一个小诊所。孩子流血不止，妻子便把她抱到那里先做一下简单的止血。简单的处理之后，大夫便催促她带孩子去路边拦出租车，去中心医院。赶巧那天的出租车都不清闲，拦了两辆都有人。妻子急了，等第三辆来了，她索性跑到路中间。

"师傅，求求您，我孩子受伤了，您送我去二院！"妻子说着话眼泪便往下掉。

那辆车上本来也有乘客，见状说："快，你上来吧！"

坐在车上，妻子不住地掉眼泪，"孩子，你吓死妈妈了！"

小家伙很懂事，说："妈妈，你不吓死！"那时候，女儿已经停止了哭泣，瞪着眼睛看着车窗外面的世界。妻子下车的时候，由于过于匆忙，忘了给人打车的钱，后来她才想起来，而好心的司机也没有向她要。

到了医院，女儿不哭不闹，表现得非常懂事。伤口需要缝合，得先交钱拿药。治疗室在住院部大楼，而挂号、交钱、拿药都是在急诊室。大夫是一个年轻小伙子，他便跟小家伙商量："妈妈得去交钱，叔叔陪你在这待一会儿好不好？"

"嗯！"女儿点点头。

"宝贝真懂事！"大夫说。

妻子奔出住院部大楼，匆匆去了急诊室。交完钱，拿了药，便又急急火火赶回治疗室。她担心宝贝看不到她又哭又闹。不过，小家伙没有。年轻的大夫手里捧着一个瓷碗，碗里盛着一些药水。女儿坐在板凳上，把那个受伤的手指泡在碗里，一边扭头朝四处张望，两条小腿还一边悠闲地荡来荡去。做妈妈的本来要哭，可是一看到她这副样子又忍不住想笑。

"宝贝可真勇敢！"大夫由衷地赞叹道。旁边两个护士也面带赞许的微笑。

伤口清洗完毕，做过局部麻醉，然后开始缝合。妻子抱着孩子，尽量用身体挡着她的视线，不让她看到大夫手里的针线，怕她一时还无法理解，继而反抗。

"宝宝以后可要当心啊，不要玩小椅子了，你看有多危险！"妻子尽量不停地跟她说话，分散她的注意。

"我以后不玩小椅子了，我以后要听妈妈的话。"

一不小心，让她看到了大夫手里的针线。"不要扎我的手！"她喊了起来。

"没有！"妻子赶紧说，"叔叔没有扎你的手，叔叔只是给你看看。"

"叔叔没有扎我的手，叔叔只是看看。"她重复着说。

"是，叔叔只是给你看看。"妻子说，"来，跟妈妈说说话。"

孩子总是很容易哄骗，大夫的工作很快就完成了。伤口缝好，然后用纱布包扎起来。小家伙终于又获得了自由，便又显示出活泼的天性。治疗室外面就是病房的走廊。病房门上镶着一块长条玻璃，于是她便挨个往里瞅，"咦！"不时发出好奇的声音。巡视完病房，她便又回到治疗室，那时妻子还在聆听大夫的嘱托。小家伙在治疗室里这里摸摸，那里看看，心情好的时候还来回蹦。

护士看着小家伙顽皮的样子，都觉得奇怪。

"她怎么还能蹦啊？"护士说，"别的小孩要是伤成这样，早就吓蔫儿了呀！"

143

那天，母女俩回家的时候时间已经将近九点。我妈妈一直在家焦急地等待。中间有人敲过一次门。她以为宝贝回来了，便匆匆去开门。门开了，见是对门的小卫，我平时喊他卫哥。

"阿姨，"小卫问，"怎么我们楼梯上有几滴血？"

"我们家静怡夹伤了手。"我妈妈回答。

"没事吧？"

"娘儿俩去医院了，现在还没回来。"

听妻子讲完整个过程之后，我悄悄从卧室出来，去厨房抽了支烟。抽完烟，我来到餐厅又拿起那张X光片仔细地看了看。记得刚才妻子说过，她在医院里花了四百元钱，而且这个片子可拍可不拍。但是，对我来讲，不论怎样，既然大夫提出来，那么，片子还是要拍的。看着那只小手，那些稚嫩的骨骼，和食指顶端一个细小的裂缝，我的眼睛渐渐模糊起来。

三天之后，我带女儿去换药。一位年轻的护士看看我递给她的单子，说："这就是那个挤了手的小女孩呀！来阿姨这儿，让爸爸去交钱好不好？"

我想那天小家伙的表现肯定成为护士们争相讨论的话题，所以好多人就有了这样一个"勇敢"的小孩的印象。等我交完钱回来，护士正在逗女儿玩。她用开药方的单子给女儿叠了一架小飞机，女儿很是开心的样子。

我最关心的事情是："伤口缝合的地方到底能不能长好？"

大夫说："没有把握。"

我又问："长不好又怎样呢？"

他说："要么植皮，如果露出骨头那就得去掉一节。"

当时我特别紧张，总觉得还得问他点什么，便说："如果要植皮，植我的行不行？"

他看看我说："不行。"当时我有些愤愤不平，我并非胡搅蛮缠，我之所以这样说是有根据的。我记得英语课本里曾经有一个故事。就在中华人民共和国成立的时候，有一个优秀的医生支援西藏。为了救助藏族同胞，也为了让藏族人民相信医疗科学，他把自己的皮植给了一位烫伤的妇女。那么，我把我的皮植给我女儿为什么就不行呢。我是说假如有这个可能。

第二次去医院换药,大夫说伤处血液流通不好,给女儿开了两瓶路路通。我拿着药去打针的时候,护士开始不敢打。她说这种药一般是老年人用的,用来软化血液,便让我去问大夫,是不是给开错了。那个护士还特意嘱咐我:"不要说我让问的。"

医院里一些东西搞得神神秘秘的,总让人觉得不太舒服。我去问了,大夫说:"没错。"

打完针,我带着女儿从医院出来。她看到一个自来水井盖,便在上面跳来跳去。我实在忍不住了,便冲她吼了一声。我觉得她现在需要安静。听到我的吼声,女儿不动了,愣愣地看着我,一副惊恐的样子。吼过之后我也有些后悔,赶紧过去把她抱起来。看着她一脸天真无邪的样子,我扭过头去,因为脸上不觉掉下了两滴眼泪。

没过几天,便迎来了女儿在这世界上的第三个春节。大年初一,女儿带着手上的一卷纱布接待了所有到访的客人。初二上午,别人忙着走亲访友的时候,我和妻子带着女儿又来到了医院。那天的事情我记得很清楚,因为我遇上了一个好大夫。偏偏是一个好心的大夫告诉了我一个好消息,故事听起来就趋于完美了。

我挂的本是专家门诊,可是专家门诊的大夫没来上班,估计是到他的老丈人家里忙活去了。大年初二看老丈人,是我们这里的习俗。左等不来右等不来,于是护士长便给我们推荐了另一位普通儿童骨科门诊的大夫。

"他是位博士生。"她还这样说。

不过,她要求我先去把挂号单换掉。

我说:"那当然,不过先让他看看我女儿的情况。"

纱布慢慢地解开,大夫看了看说:"已经长好了。"当时我很激动,热血沸腾。看看女儿的伤口,的确,那块被挤掉的肉已经变成跟其他的地方同一个颜色了。我对大夫千恩万谢,然后跟妻子带着孩子去治疗室换药。我让她娘儿俩先去,自己还得去一楼换挂号单。

临走我冲女儿伸伸大拇指:"真棒!"

挂号单换了回来,我拿给大夫。大夫居然冲我摆摆手,说:"算了!"

我说:"那怎么行。"给他放下就走了。

大夫的意思是,这次白看,不要钱了。因为挂号单只要在我手里,就可以拿去退钱。

那大夫的样子我现在还隐隐约约记得，年纪不大，戴一副眼镜，的确像个博士。"好人啊！"我经常找个没人的地方这样跟自己说。

如此说来，那一年的春节我们家过得还算不错，最起码初二的大半天还有初三，一家人心情都很愉快。

孩子的思想世界，也可以说感情世界，你永远都无法了解。

我曾经跟女儿说："把那把小椅子从窗户扔出去。"

她不愿意，说："让它继续留在家里。"

我心里挺高兴，因为至少这件事在她心里没有留下阴影。

有一天，小家伙骑在"小鸭子"上尿尿，恰好那把小椅子就在她旁边。她把那根包着纱布的手指伸到小椅子跟前，说："你看，我这个手已经包好了。你要是再给我夹这个手、夹这个手、夹这个手……"其他九个手指挨着数一遍，"我就打你！"她说。

我感到意外，接下来的情节，不确切地说是哭笑不得，也可以说是又气又乐。气过了、乐过了之后，是一种特别的感动。古代圣贤说，人性本善，那一刻我真的相信。最起码，在我家里是这样。

○○○
下卷
女儿的幼儿园——跌跌撞撞，一路前行

在幼儿园，第一天的尴尬

女儿上幼儿园的第一天，上午晴暖，下午阴冷，恰好符合了我那一整天的心情。

说真的，那天早晨我们一家人都异常兴奋，包括小家伙在内。她可能觉得，换一换环境大概是一件很新鲜的事情，而且在幼儿园里又有好多小伙伴陪她玩。那她的爸爸我呢，我有什么可兴奋的呢？

当然，首先是看着孩子的成长，自己心里高兴。不过也不可否认，心里面也有一点点虚荣在作祟。我所在的并不是一个繁华的大都市，我们这里的一些地方，比如一些偏远的山区和农村，到现在也没有一所像样的幼儿园。我从小更不知道幼儿园为何物，只记得那时候跟小伙伴们从泥巴堆里爬出来，便背着书包上学去了。所以很长一段时间以来，在我的印象里，上幼儿园应该是一件很值得骄傲的事情。我从一个小镇来到这座城市，这里相对繁华，各方面设施比较齐全，幼儿园教育已经是孩子们成长中不可缺少的一部分。有时候，我路过"儿童活动中心"，看着那些衣着光鲜的小宝贝，我甚至会想，这些孩子家里是不是都很有钱。

那天我跟妻子一起把孩子送到"儿童活动中心"，她一迈进教室就跟小伙伴们玩去了，甚至都没跟我们说声再见。宝贝的表现很让我们放心，她把我们放不放在眼里都没有关系，怕就怕她会对生活的改变产生一时的抵触。

那天妻子还要上班，我正好休息，跟我妈妈在家。家里忽然一下变得冷清了，反而让人觉得不太适应。

记得孩子奶奶对我说过:"平时她在家的时候,总觉得闹心。这冷不丁一不在家,反而觉得跟少了点什么似的。"

其实,我何尝不是这样。虽说我有点兴奋,但更多的是惴惴不安。我总在想,这家伙会不会听话?老师能不能忙得过来?她会不会摔跤,会不会磕伤?她要渴了,知不知道跟老师要水喝?还有,她会不会让人欺负,跟人打架?会不会哭着吵着要回家?

还不到下午四点,我还在卧室里写东西,妈妈催促我:"该去接孩子了!"

"现在还早吧!"我说。

可是妈妈说,孩子头一天上幼儿园,怕是不太适应,便让我早点去接她。我知道老人家也是放心不下,于是匆匆穿好衣服出了门。在楼道里碰到邻居,他问我上哪儿去,我便自豪地说:"接孩子去!"

"上幼儿园了?"

"是啊,今天头一天。"

幼儿园门口,我接到妻子的电话。她先问我:"去接孩子没有?"

我说:"已经到了幼儿园门口。"

然后她告诉我:"记得把孩子的体检表拿回来。"

人民路是一条主街,东西走向,街南面有一排大约长100米的低矮楼房,房龄最少有20年了。这排楼房的最东侧在街边圈起一个院子。这个院子里面便是"儿童活动中心"。后来听女儿同学的家长说,那排楼房都是幼儿园的地产,除了部分留作小公、教学和教室宿舍,其他的都租给了酒店和保险公司。

"这家幼儿园很会赚钱!"那位家长说。

幼儿园的院子里铺着墨绿色塑胶地面,踩上去让人感觉很舒服。院子东侧有一个组合式滑梯,看上去虽有些陈旧,它们围拢在那里,却是一块醒目的招牌。门厅上方挂着一块巨大的匾额,上面是一幅儿童画,用童稚体写着六个大字"儿童活动中心"。

这不是一家档次很高的幼儿园,但是几乎人人都知道它的名字。它隶属于市妇联,建园很早,口碑也一直不错。"儿童活动中心"建园已经有20年了,一直没有扩建,20年前多大,现在还是多大。我们不是有钱人,能为女儿选这么一家幼儿园,已经很满足了。当然，我跟妻子当初选这家幼儿园，还有一个重要的原因，就是离家近。从我家到这里，步行顶多15分钟。

女儿的教室在二楼东侧的最里面，我从其他教室门前路过的时候，碰到几个小孩喊我叔叔。"小朋友们好！"我笑着跟他们打一声招呼。我想，从此喊我叔叔的人恐怕比以前要多起来了。

还没走到教室门前，我便听到里面传来了稚嫩的哭声。我在门前停了一下，分辨出那哭声里面好像没有我女儿的。推开门第一眼，我就看到了女儿。她手里正举着一个小杯子，一边来回走，一边仰着头喝水。屋子里的孩子已经不是很多，大多被家长早早地接走了。进门的右手边，有几个小孩靠墙坐在小板凳上，还在咧着嘴哭。西南角上有一张圆桌，侯老师带着几个孩子在那里吃加餐。进门左手边，靠近门边，徐老师坐在一把小椅子上，怀里搂着一个小孩，那小孩还在不停地啜泣。

"徐老师。"我跟老师打了一声招呼，态度尽量谦和。

老师抬头看我一眼，脸朝旁边歪了一下。"这不是你女儿。"她说，"你女儿不哭，一整天就知道在这屋子里走来走去。唉，她也不哭！"说完，低头又去哄怀里的小孩。

我当时听出老师的口气有点不对，扭头看看女儿，见她已经来到了圆桌边。我走过去，她见我也没什么反应，转身又要走。我一把把她拉到怀里，在一张小椅子上坐下。

"你这孩子没规矩！"侯老师劈头就对我说，本来大大的眼睛变得更大，也更加明亮，"整天就在这里给我乱翻，没一会儿闲，桌子上的东西一下就给你划拉到地上去了。"老师脸色有些发青，像是一股怒火还没有完全爆发出来。慢慢地，我脸上的笑容收敛起来。因为我感到那里的肌肉一阵僵硬，再笑下去恐怕会很不自然。

老师从一个敞开的小箱子里拿出一盒牛奶，往那个"没规矩"的孩子面前一放："这是你的，喝吧。"在这样一种境况下，老师也没有忘记给小家伙发放加餐，可见对待每一个小朋友还是公正的。

我拿过牛奶问她："你喝吗？"

她说："我喝。"

我插上吸管把牛奶递给她，随后把她轻轻揽在怀里，怕她再到处乱跑。我没有留意侯老师什么时候离开教室的，反正当我拉着女儿的手离开的时候，在走廊里又碰到她，她正往回走。

"走啊!"老师跟我打声招呼,还没等我做出任何反应,便扭头回教室了。我注意到,她脸上的青痕还没有完全褪去。

我来到院子里的时候,发觉天有些阴,刮起了风,让人觉得有一些冷。想想对于我后来做的那件事,妻子也有责任,谁让她嘱咐我要去问人家要体检表!我一下想了起来,便又带着孩子回去。我没有别的意思,就是去要一张体检表。

财务老师正在整理账单,靠墙的沙发上还坐着一个戴眼镜的男人,在看报纸。

"老师,我想问一下……"我态度和蔼,"我可不可以拿回孩子的体检表?"

"噢,那个现在不可以拿。"老师说,"只有孩子离园的时候才可以拿。"

"噢,真的不可以吗?"我有些磨叽。

"真的不可以。"

转身要走的时候,恰好碰到园长从外面进来。园长是个很有风度的女人,不到40岁,身材比较高大,有些富态,长长的鬈发垂到肩膀。人虽然不是特别漂亮,但是很有气质,看上去就是一个有能力的人。

"哦,有事吗?"她问我,随后看看我的孩子。

于是我又把我刚才的要求跟她说了一遍,她又同样跟我解释一番。随后她跟我讲起了孩子。

"你的孩子特别好动。"她说,"别的孩子吧,头一天来,感觉很陌生,都老老实实在小椅子上坐着。她不,到处跑。老师怕出危险,就得老跟在后面。想拿什么东西,过去就拿。他们班里还有一个小男孩也很好动,老跟在你女儿后面,她拿什么,他也拿。他俩这一跑,别的孩子也跟着跑。老师忙起来也管不了。在家,她也是这么好动吗?"

"在家她也这样。"我回答。

园长嘴里另外一个小男孩就是程程,我们同住一个小区,两个孩子的妈妈彼此早就认识。

"老人带孩子一般都不忍心约束,孩子想怎样就怎样。孩子什么都不懂,如果太爱动,那么接触的危险也多。"

"您说得有道理。"我只想勉强应付一下,并没有准备关于一些孩子的教育问题跟她进行探讨。

"还有件事情，我不太明白怎么回事。"园长还没完，"她总是去尿尿，我觉得是不是头一天来有些紧张。她在家这样吗？"

"没有。"我回答。

大概园长想把情况讲详细些，接着说："她吧，一会儿就拉着老师的手，说：'我要尿尿。'一会儿又要去。老师觉得，要不让她去，万一真把孩子憋坏了怎么办。"

"那她尿了吗？"我问。

"也就挤了一点儿。我是怕吧，是不是哪里不舒服。就那样，没过一会儿就去，没过一会儿就去。"

我不知道外国人语言习惯如何，但是中国的语言忌讳重复。同样一句话，有时候说一遍跟说两遍、三遍的效果是不同的。我渐渐再也笑不出来了，脸上变得有些僵硬。因为我好像觉得有人在说我家的孩子有毛病。我听得出来的，有人怀疑我女儿有多动症。多动症的孩子我见过，以前我妈妈院里就有一个。我见他的时候大约五六岁，人高马大，整天乱跑，见了自行车也不知道躲。那时候我才知道，多动症不是一种戏称，是一种病，智力发育跟正常人是不同的。

园长感觉到我的变化，因而她的态度也随之起了某种变化。我弯下腰给孩子整理一下衣服，那一刻其实我已经决定了怎么做。

"你们的老师说这孩子没规矩。"这是我小小的出卖。我当时的想法是，反正不想在这里待了，有些事情我也得说道说道。

"是。"我清晰地听到有人回应。

"孩子能懂什么规矩？"我说，"她不懂规矩你们可以教她，这不就是你们的工作吗？"

老师没说话。

我便说："实在不行我们退掉。"

"行。"园长果断地回答。当然，人家是见过大世面的，遇到这样的场合，脸上依然还能保持着有风度的笑容。比那两个年轻老师要强得多。

我慢慢站起身来，像是终于卸掉了一个包袱。"我们退掉。"我重申一遍，表示这是我最后的决定。

"那怎么算呀？"财务老师问园长。

"全退吧。"园长说，"她只来了一天。"

我于是又想起女儿刚刚喝过的那盒牛奶，心想，真是不喝白不喝。

财务老师刚要整理单据，园长说："等明天吧，他也没拿单子。"

我的确没拿单子，人家心里有数。

其实对于那个园长我是有印象的，因为一个星期以前这批小朋友集体试园的时候，她就跟我们交谈过。她问我妻子，孩子是不是奶奶带大的。还说老人带孩子，一些方面不忍心约束。那时我就知道，她对我女儿印象不好。也恰恰因为她那样说，所以我对她的印象也不够好。当然，她也说过我女儿唯一的优点，就是个儿很高。

出了儿童活动中心，我用自行车带着女儿去了另一家幼儿园。那家幼儿园叫作市职二幼。市职二幼在全市幼儿园排行榜上的名次在儿童活动中心之上，当然花费也高一些。当时我们没有选它，不是因为花费高，而是离家稍远。不过现在我也顾不上那么多了，非常时期可以做出非常选择，这是一位伟大的思想家说的。如果真的没人说过，那就是我说的。

我带女儿来到市职二幼，院子里空无一人。我脑子有点儿乱，也不知道来得太早还是太晚。因为我忘记了在儿童活动中心具体耽误了多少时间。我在一间办公室里找到一个女孩，赶巧找对了人。

"孩子多大？"女孩问。

我如实回答。

"我们这里小班已经满员了。"她回答。

是啊，完全有这个可能。听说想往这家幼儿园送孩子的人很多，有的还得托关系找门路。

"我们九月份还要招收一批。"人家还告诉我。我答应了一声，便跟人说再见。

从楼里出来，女儿挣脱我的手，朝一架秋千跑去。

"你慢点！"我赶紧招呼她。

我听到北面教学楼孩子们唱歌的声音，知道时间还早，就想，孩子想玩就让她在这里玩一会儿吧。我把女儿抱上秋千，轻轻推一推绳子，让她在上面荡起来。我抬头打量着这家幼儿园，心里觉得有些遗憾。这儿的空间比较大，设施也齐备，关键的一点，离街道还远。

听到女儿哼哼唧唧的声音，才看到秋千已经停了下来。于是我又拽了拽绳子，让她重新荡了起来。

四月的天，依旧还有些冷，一阵风吹来，我不觉伸手拽了拽衣领。

"宝宝，你冷吗？"我问。

"不冷。"女儿回答。

女儿那时头发短短的，样子像个小男孩。大概她觉得这个地方很新鲜，一边荡秋千，一边不住地歪头朝周围看。

"宝贝，你今天到底都做了什么？"我问她，"怎么会把老师气成那样？"

我知道这个问题她可能永远无法回答。记得的时候，不知道如何去表达，当她能够表达的时候，肯定什么也记不得了。

那天我站在人家的幼儿园里，心里感觉到无比凄凉。那时我才真正知道，女儿坐在秋千上摇头晃脑的样子，也只有在我的眼里觉得有些可爱。w我想不明白，一个如此简单的问题，为什么别人就不明白。孩子是有些好动，可是她的每一种行为都不是漫无目的。她是好奇，她在寻找，或者说是求知。如果一位农村妇女，她不懂教育，情有可原。可是，一位资深的幼儿教师，您的脑子里装的又会是什么呢？想到这里，我心底慢慢产生一种失望。

突然间，我有一丝气愤，狠狠地在心里说，如果有一天我发现学校压抑了孩子的天性，那么我一定跟它没完。

我们还是要回来

到了现在，二毛幼儿园好像已经成了我最后的选择。二毛幼儿园档次不是很高，但是具有一个非常诱人的条件，就是离我们家特别近，估计步行也就不到5分钟的路程。

第二毛纺厂倒闭有两年了，厂里的幼儿园却保留了下来，改名"天一"。幼儿园所在的位置可以算是郊区了，据说水平也一般。不过在城东，它算是一家比较大的幼儿园。但是有一件事让人想起来仍然心有余悸。

那件事是妻子听一个私人幼儿园的老板说的。二毛幼儿园的老师体罚孩子，把孩子关在卫生间里，结果给忘了。放学了，家长来接孩子，老师这才想起来，孩子还在卫生间里关着。我心里有些嘀咕，像女儿这样的会不会被关卫生间呢？应该不会。既然发生过这样的事情，又造成了不良的影响，她们以后肯定会格外注意，避免这样的事情再次发生。

天一幼儿园位于原来的第二毛纺厂生活区内，院子很大，不过楼房显得异常陈旧，地面铺的不是塑胶地板，而是方砖。院子里有滑梯、秋千、跷跷板，还有爬杆。女儿在院子里玩了一会儿，然后便让我硬拽着上了二楼。

在二楼的一间办公室里，我遇到一个30多岁胖胖的女人。她穿着一件罩衣，看上去不像是教师，倒像个保育员。这个女人待在园长办公室里，而且看上去拥有完全代理权的样子。女人对我们非常热情，说园长不在，有什么事跟她说也一样。我们说明来意，她便笑嘻嘻地拿出一本登记本让我登记，写上家长和孩子的名字，还有电话号码。报完名之后，我们又参观了一下小班的教室。我明显看出这里跟儿童活动中心的差别，设施比较简陋，老师们从穿着到气质都显得比较朴素，孩子们的打扮也不够光鲜。

正是接孩子的时候。院子里有许多家长带着孩子在那里玩。早就听妻子说，来这里送孩子的多半是附近郊区的村民，或者那些在农贸市场卖菜做小买卖的外地人。我留意了一下那些家长，的确，不论穿着、举止还是谈吐，都比较随意。有个小孩跑着跑着摔倒了，趴在地上哭，妈妈跑过去把他拽起来，然后朝他嚷："一天到晚就知道乱跑，小心摔死你！"想到将来自己就要跟这样的家长为伍，我不觉皱了皱眉头。

是啊，我是不太甘心。好马不吃回头草，又能有什么办法？其实转念想想，觉得别人档次低，那只是自己的想法。要是幼儿园知道了我女儿的秉性，还不一定乐意收呢。好啦，大家出来混的，最好谁也别嫌弃谁！

这一圈儿溜达完了，该回家了。爬楼梯的时候，我觉得头皮总有些发紧，因为我一直在考虑，如何向家里人交代。刚要拿钥匙开门，门就开了。

"哎呀，宝宝可回来了！"奶奶朝孩子展开双手。

"奶奶！"小家伙扑向奶奶怀里。

估计自从我走后，我妈妈就一直在门口守着。

"宝宝，幼儿园好不好？"

"好！"

"那明天还去不去？"

"去！"

虽然女儿跟我在外面转悠了一圈儿，整件事情也都看在眼里，其实她什么事也不知道。哄完了小宝贝，奶奶转回头问我孩子的情况。

我没法隐瞒，就照实说："这家伙太调皮，人家烦了，我也烦了，跟园长闹翻了，退了，然后又在天一给她报了名。"

奶奶没什么大的反应，只是说天一也不错，最起码离家近。在奶奶眼里所有的幼儿园差别都不大，主要任务就是看孩子。开始她就主张送天一幼儿园，原因就是接孩子近。奶奶这头倒是好打发，可是妻子这人可不是那么好对付的。

没多久，妻子下班回家。知道了事情的经过，她坚决不同意换幼儿园。

我说："那你说怎么办，事情都到这份儿上了。"

"还得回去。"她说。

"什么？"我有些难以理解，"我已经跟人园长闹翻了，而且把老师也出卖了。该做不该做的都做了。要是再回去，你让我这脸往哪儿搁？"

"那你光顾自己的脸面，就不为孩子想想？毕竟儿童活动中心条件比较好。"

"条件再好有什么用！"我说，"我都把人得罪了，人家要是对你的孩子不好怎么办？"

"一个孩子，人家能对她怎么着，你以为别人都像你那样小心眼儿！"

到头来，我这还落个小心眼儿！她牙尖嘴利，我还真说不过她。可要是真回去，我这脸……想起来就有些火辣辣的。不过转念一想，也行啊。你们不是认为我孩子有毛病吗，那好，我把她送回去让你们好好瞧瞧，到底是不是你们想的那样！

"回去就回去呗，谁怕谁！"我最后松口。

关于园长说孩子老是去尿尿，这件事我从没有想再去问孩子。因为虽然我不清楚具体怎么一回事，但是我知道，孩子这样做一定有她的目的。我的初步估计是，她可能看到了卫生间里某样特别的东西。

我把这件事告诉了妻子，妻子便去套问孩子："宝宝，为什么你总要去尿尿呢？"

"尿尿，洗手。"小家伙回答。

于是我俩互相对了对眼儿："哦！全明白了。"

孩子们上完厕所，都要在老师的督促下洗干净小手。幼儿园卫生间当然跟我们家的不一样，水池上面横着一根长长的钢管儿，管子下面有好多窟窿眼儿。一开水阀，一道道水柱便喷射出来，孩子们站成一排，一人接一条水柱洗手，谁也不用跟谁抢。女儿从来没有见过，便看着新鲜好奇。但是她也知道，老师肯定不会同意她去玩水，于是便有了这样一个鬼主意。唉，这小家伙，你这般高深的伎俩，她们哪绕得过来啊！

第二天早上，经过一番密谋之后，我们决定两个人一起送女儿上幼儿园。妻子让我先在门口等着，她送女儿进去。如果老师跟她说，你们不是要退园吗？那么她马上带孩子走，我去退园，然后送天一。如果人家什么也不说，那就送去再说。

我站在门口等，不时伸手摸摸怀里的那张收据单，随时准备去财务室退钱。过了一会儿，妻子一个人出来了。

"她们没说什么吗？"我问。

"没说。"妻子说，"可是我问过侯老师，王静怡昨天老去尿尿吗？她说，没有啊！"

"咦，这是怎么回事？"我也觉得奇怪。

"待会儿你再上去看看。刚才我走的时候，好像听见是她在哭。"

妻子上班去了，我去了女儿的教室。教室里还是比较杂乱，有好多孩子在哭。不过女儿没哭，我把她叫到门口，嘱咐她几句，随后就走了。

下午，我们全家出动，去接宝宝回家。走到院子里的时候，恰巧碰到园长跟另外两个人从外面进来。我们跟她擦肩而过，还听到她"咦"了一声。随后，她从后面叫住孩子的妈妈："王静怡妈妈是吗？"

我没有停下，跟着一老一小出了院门口等着。不过这个女人可是真够啰唆的，两个人站在那里说了好久，大概有二十分钟。不愧是干教育的，有话能说，没话也能找话说。

好不容易谈话结束。妻子出来，我问她："她都跟你说什么？"

妻子说："跟你说的也差不多。不过你真的把老师给卖了，园长说，你走后她立马就到教室里嚷：'是谁说人孩子没规矩！'"

"不过也不像你说的那样。"妻子说，"你说退园的时候，人家也没立马说行，人家就说'那你实在想退就退了吧'。"

妻子还告诉我，昨天小班特别忙，园长也过去帮忙，王静怡每次都是让她拉着小手去尿尿的。哦，原来是这样，怪不得老师不知道这事。

妻子告诉园长说："其实孩子的目的就是想去玩水。"

园长说："是啊，后来我也想到了。"

我心里有些哭笑不得，女儿呀，你也真会挑人。

就这样，我们总算把孩子送进了幼儿园。不过我一直都放心不下，总觉得儿童活动中心的大门关上之后，女儿在那里前途未卜。

骤然间的转变

其实前一天晚上，我在我们家餐桌上已经就女儿的问题做出了细致入微的分析，尽管丝毫没有得到餐桌上其他几位的赞同，我还是以一个教育家的姿态发表了不着边际的言论。

我说："好动的孩子大体分两种。有一种是单纯的好动，这种孩子的行为毫无目的性，可能是由于性格的关系，总闲不住。多动症这个词已经被广大的家长和教师所普遍接受，并且做着广泛的引用。其实这个词是不可以滥用的，它是一个严格的专业性术语，不安静的，绝不是心理障碍的一种。但并不是所有好动的孩子都是这样的。有一种孩子，他表面看起来也是总闲不住，也是好动，可是他的每一种行为都有他自己的目的，要么寻找，寻找那些可以让他感兴趣的东西；要么体验，体验一种他从未经历过的感受。其实你把他的这种行为稍稍引申一下，这不就是人类探索世界的方式吗？这样的孩子也有安静的时刻，那就是你在向他灌输知识的时候，那时你会发现他忽然不动了，**静静地**、静静地待在你身边，看或者听。我女儿应该就是这样。

"当然，谁都希望把自己的孩子往好处想、往好处描述，不过我是经过了观察才会做出这样的判断。首先我观察她的每一种行为是不是有其目的性的。有一次我们去商场，女儿挣开大人的手就跑，大人就赶紧在后面追。在常人眼里，这大概就算是到处乱跑。我们当时也是这样认为，还这样说：'宝宝，别到处乱跑！'

"她一直跑到了一个展示女式皮鞋的货架前才停下,把两个年轻的导购员弄得一愣。随后小家伙抬手指指货架的顶端。那货架有三米多高,顶端摆着一个玩具熊。导购员笑着说:'我还在想你怎么会对这种地方感兴趣,呵呵,你眼睛还挺管用!'到了卖床上用品的地方,她会跑向一张大床,你会看到原来那张床上放着一个布娃娃。这些例子足以说明,孩子是跑了,但是一点儿都不乱,她自有她的目的地。"

"根据以上分析,我得出以下诸多结论:刚入园的时候,孩子们都还属于适应期,场面比较混乱,老师正常的教学计划根本无法实施。对于一个求知欲比较强的孩子来说,他无从得到满足,所以便会自己去寻找那些可以让他感兴趣的东西。表现出来的就是不听话、给老师添乱。比如女儿上幼儿园的第二天,她大概要看看窗外的风景,因为平时在家里,奶奶经常把她抱到窗户边,一起向外看。于是她便搬了一个小板凳想要爬上窗台。老师见了吓得够呛,赶紧把她拉了回来。当侯老师跟孩子妈妈叙述这件事的时候,仍然一副心有余悸的样子。但是我知道,这只是暂时的,那孩子不会总这样的。我现在最迫切的希望就是,那些依旧还在哭闹的孩子能够早日安静下来,然后老师可以正常给他们上课。我丝毫都没有怀疑,到了那时,小家伙一定会非常安静。因为那其实就是她本身的目的。"

当我把自己的这些高谈阔论一一摆在我们家餐桌上,没想到立马得到妻子的拥护和青睐。

"瞧你办的这事,还好意思说!"老婆说道。

接下来,老师依旧抱怨:"王静怡午睡的时候爱哭,她嗓门儿又大,别的孩子也跟着哭。"

想想就知道,又是一场不小的混乱,还是我女儿惹起来的。

孩子妈妈也有办法,把宝贝钟爱的小猪拿来交给老师,告诉她,如果她要再闹,就把这个塞给她。这招很管用,女儿中午真的就不哭不闹,乖乖地搂着亲爱的小猪睡去。

有一次,妻子送孩子去幼儿园的时候,忘记带小猪,便让我去给她送。我把小猪送到教室门口,刚要推门,却听老师在教孩子们唱歌,嗓音好听,钢琴弹得也流畅。

那应该是徐老师的歌声,她在唱:"牛奶,三明治。汽水,冰激凌。馒头,烧饼,豆浆。"老师唱一句,学生跟一句。

我渐渐安静下来，被老师的歌声所感动。对呀，这才是我想象中的幼儿园，有音乐，有歌声，有浓浓的学习氛围。他们唱我也唱，低低地吟唱，直到那个旋律深深记在心里。我要回家考考孩子，她如果把旋律忘了，我再教给她。

忽然我听到有个孩子哭了一声，声音像极了我女儿。于是我手里拿着小猪，唯唯不敢向前。如果小家伙见了我，硬要跟我回家，该怎么办呢？

旁边一个教室的门开了，两位老师出来问我，是不是想送孩子。我说我的孩子就在里面，然后把我来的目的告诉了她们。老师说，把小猪给我吧，我去送给她。替我送小猪的老师就是后来的新园长。

下午接孩子回家，我问她在幼儿园学的什么，她居然把那首歌完整地唱了下来，没用我提醒。

晚上睡觉前，妻子叫我去卧室："来呀，看你女儿唱歌。"

我跑进卧室里，见她光着脚丫站在床上正在唱那首《小猪宝宝》：

小猪吃得饱饱，闭上眼睛睡觉。
大耳朵在扇扇，小尾巴在摇摇。

这首歌她早就会唱，但是这次加上了动作，看着让人觉得幼稚、可爱。小家伙抬起小手放在耳朵边，扮小猪的耳朵，然后把小手放在屁股后面，扮小猪的尾巴。

老师肯定教过他们这首歌了，孩子妈妈说："她们肯定想不到，我们家宝宝早就会唱了，呵呵。"

第二天下午，我去接孩子，徐老师兴高采烈地对我说："你女儿唱歌学得可快了！静怡，回家唱歌给爸爸听。"

是呀，我早就料到了，老师最大的希望就是孩子们把她所教的东西全部学会。在一个学校里，老实、听话、不哭不闹，其实都是次要的，好好学习才是对老师最大的尊重。你尊重老师，老师自然也尊重你。而大人对孩子表现出来的尊重，就是一种喜欢。你不尊重老师，而希望得到老师的尊重，老师很难做到，一般逻辑上讲也极不现实。

回去我把老师的话告诉了妻子，妻子呵呵直笑，说："她们肯定以为我们特聪明，其实我们早就会。"随后我们问孩子幼儿园里的事情,她说老师问小朋友谁会唱那首歌,小朋友们都不会,王静怡便起来唱,老师都夸她聪明。做爸爸的听了,顿觉胸脯挺了起来。

晚上带女儿出去玩,有时候我会故意让小家伙表现一下。我说:"宝宝来,唱首歌。"

小家伙一连唱了好几首歌,什么《小水牛》《王老汉赶集》《数鸭子》……张口就来。

有的带孩子的家长听到了,觉得很惊讶,问:"你家孩子在哪里上的幼儿园啊?"

我回答:"在儿童活动中心。"一不小心便给人家做了广告。

"哦!"那家长说,"她们教给孩子这么多呀!"

其实这都是小家伙自己在家跟复读机里学的,呵呵!

小家伙在幼儿园学了新歌,也回家唱。

"猪,你的鼻子有两个孔。猪,你的鼻子有两个孔……"

我走哪儿,她跟哪儿,而且反反复复就这两句。我瞪了小家伙一眼,然后跟她说:"宝宝,去你妈那儿唱。"

时间过去了大约一个月,有一次我跟徐老师谈话,徐老师说:"你女儿上课时很认真,人也很聪明。"

我说:"只有认真才是最重要的。"

以前的事情没人再提了,我们聊得算是投机。

末了,徐老师还问我女儿出生时多重、多高。又说女儿个儿高。

我说:"我跟她妈妈个儿都不高,没想到这孩子目前来说还算不矮。"

老师说:"是隔代遗传。"

我说:"她爷爷个儿也不高。"

老师觉得纳闷:"那是怎么回事?"

我说:"大概是遗传变异吧。"

我预料得没错,女儿终于安静下来了。我想,老师的看法不久就会改变,她会成为她们印象中的一个好孩子。随之而来的是我对两位老师看法的改变,她们也成为我印象中的好老师,一直都是。

第一次远游

女儿上幼儿园不久,妻子单位组织旅游,去威海。每人可带两位家属,价格相当优惠。于是我跟女儿趁此绝好的机会都报了名。

大人旅游多半是为了娱乐,放松身心。然而孩子旅游的目的跟大人有本质的不同,说到底还是一个学习的过程。孩子初到这个世界,需要去走一走、看一看,看看这个世界有多美、有多大,长一长见识,开阔一下眼界。要不,她将来在课文里读到一望无际的海洋、起伏连绵的群山、五彩缤纷的花朵、千奇百怪的野生动物……脑袋里是不会有什么印象的。除了大自然留给我们的优美风景、生态环境之外,还有属于人类的——人文、民俗、建筑、艺术与科学。

只有了解了这个世界,才能够决定将来自己想做什么,要么让世界变得更美,要么让人们的生活更加丰裕。一个人的理想就是在看世界的过程中逐步形成的。所以,拉着孩子的小手出去走一走、看一看,是一个孩子成长过程中至关重要的环节。至于能够带孩子走出多远,要看爸爸妈妈口袋里有多少钱。爸爸口袋里没有多少钱,所以带孩子出去看世界的机会,多半是沾了孩子妈妈单位的光。

临行前一天,家里人的情绪开始高涨。小家伙一个劲儿问我们:"去哪儿呀?去干什么呀?"

我们告诉她:"要去看大海,看野生动物。"

孩子一听要看动物，高兴得直拍手。

想来每一个孩子对大自然的热爱，都是从动物开始的。记得我小时候也是这样。那时候我天天盼着去济南看大姨妈。其实在我的心里，一半是姨妈，一半是金牛公园。

晚上早早哄孩子睡觉，早上早早起床，赶往集合地点。我们的大巴六点发车。

小家伙对旅游的概念还搞不太清楚。大概在她的小脑袋里，跟平时出去玩也没有什么差别，那些野生动物就在前面不远处等着她呢。车子行驶没有半个小时，小家伙按捺不住了，吵着要下车。我们一个劲儿跟她解释，这是一次遥远的旅程，在车上要待很长很长时间。妻子有晕车的毛病，女儿偏偏遗传了她这方面的基因。上车前，娘儿俩都吃了点晕车药。不多会儿，大概药力发作，小家伙睡着了。

小家伙并非一路沉睡，睡一阵就会起来找人玩。在车上，宝宝交了一个大朋友，是妻子同事白姐的女儿，叫谭小雪，大约八九岁的样子。谭小雪觉得我女儿特招人喜欢，常来逗她，一来二去，两人成了朋友。

"你猜，她是男孩还是女孩？"我妻子问谭小雪。

"女孩。"谭小雪说。

"为什么？"

"因为她穿的是女生的鞋子。"

"哦，你可真聪明，呵呵！"

女儿那时候没扎小辫，看上去像个小小子。不过，穿的确实是小女孩的鞋子，鞋子上有一道红色镶边。

经过漫长的跋涉，到达目的地的时候已经是中午了。吃过午饭，我们先去刘公岛看了看邓世昌当年用过的铁炮。女儿第一次见到大海，也是第一次在海上乘船。尽管她年纪还小，但我想还是可以体会到天水一色、乘风破浪的感觉的。在岛上，我搜肠刮肚地给小家伙讲了中国人民那段夹杂着屈辱与辉煌的历史。小家伙听得懵懂，我讲得也糊涂。本来嘛，近代史不是我的强项。离开刘公岛，我们又去了韩国城和海滨公园。

韩国城里，女儿一直追着谭小雪跑，嘴里还一个劲儿喊："谭小雪，谭小雪！"

谭小雪拿眼瞪她："敢叫我谭小雪！"

是啊，我也觉得，这家伙极其不懂礼数，至少应该叫声"姐姐"什么的。我给小家伙买了一个电动小海豚。小海豚下面装有万向轮，碰到障碍可以自动改变方向。小海豚背上有一个小孔，可以往外喷气，吹起的五色小球，悬空着居然不会落地，看起来煞是好玩。海边公园其实就是人工修建的一道堤岸，有台阶可以去到下面的海水里。可惜的是，海边只有乱石没有沙滩。有很多本地人在捞海带，像是要带回家做晚餐。我带着女儿也去海里捞海带，还扯下了一小块海带放进小家伙嘴里，让她尝一尝滋味。

一天的行程结束了，我们来到预定的酒店。我跟小家伙趴在走廊的地毯上玩小海豚，看起来就像是两个傻孩子。

"爸爸，什么时候去看大动物？"孩子问我。

"明天。"我说。

"什么动物啊？"

"大老虎！"

"咬人吗？"

"咬人！"

"咬王静怡吗？"

"不咬王静怡。"

"为什么？"

"因为爸爸会武功，它要敢咬你，爸爸掐着它的脖子把它打死。"

临睡觉的时候，小家伙才发现那不是她平时睡的床，于是吵着要回家。她可能以为，下楼离开酒店走两步就到家了。妻子搂着她好一阵安抚，加上她这一天舟车劳顿，不久便睡着了。

第二天小家伙如愿以偿，来到了神雕山野生动物园。动物园位于山东半岛最东端的神雕山上，是一座依山傍海而建的公园。依照山势，筑起高高的围墙，为不同种类的动物划分了不同的领域。参观者步行于环绕整个园区的长廊之上，俯视观赏。

狼园里放着几个鸡笼，笼子里关着几只鸡。看来动物们的伙食不错，都是鲜活的绿色食品。听见一个女人说："那些鸡好惨啊！"然后她丈夫说："狼吃了跟你吃了有什么区别！"

其实也是，更加凶残的还是人类。鸡落到狼嘴里，只是被一口一口吃掉，要是落到人手里，挨好多刀不算，还要煮几个来回。

小家伙终于见到了梦寐以求的大老虎，狮虎、雪虎，还有孟加拉虎。几只孟加拉虎低着头在窃窃私语。小家伙朝它们大喊大叫。大概她在想，我大老远来看你们，容易吗？你们也不知道抬起头来与本宝宝打一声招呼！

我跟她说："你别喊，小心它们蹿上来咬你。"

"哼，我掐着它的脖子，把它打死！"这家伙狂妄地说。

旁边有位男士听到我女儿的叫嚣，忍不住笑了。

我抱起女儿赶紧走，生怕这家伙驴脾气上来了，真给人打死一只两只的，我可赔不起啊。按市场价，一只孟加拉虎不下一百万呐。

路上有人在卖花生、瓜子、火腿肠之类的东西，那是为游客准备的去喂食小动物的。小家伙看见就要买。她要拿火腿肠去喂猴子，花生、瓜子去喂小松鼠。跟小动物们加深一下感情也好。将来有一天等我老了，这家伙对我有这么好就好了，起码给我买上二斤熟牛肉、一瓶好酒，让我舒舒服服享受一回。

到了一个相对平坦的地方，几只小兔子跑到我们脚边。小家伙蹲下来跟小兔子玩。我教她如何去拎小兔子的耳朵。刚开始她不敢，经过鼓励这才伸出小手揪住一只小兔子的耳朵一下拎起来，又迅速地扔掉。小家伙咧嘴冲我咯咯傻笑。

路上，小家伙不小心摔了一个跟斗，张嘴哇哇大哭。恰好几个十六七岁的少年从此经过。

"这小孩肺活量好大！"那少年说。

"看到她，我就想到小时候的你。"他一个同伴说。

"我小时候肺活量可没这么大。"

一路上我们游览了猛兽区、草食动物区、海洋动物区、非洲动物区、熊乐园、百鸟园、猛禽园、猩猩园、豹狼山、猴子山、爬行馆、金丝猴馆、熊猫馆，见到了许许多多从来没有见过的动物，大开了眼界。每见到一种动物，我都会让小家伙站在前面以动物们为背景拍一张照片。

中午在一家酒店吃完饭之后，忽然发现酒店原来就坐落在海边，而且海边还有一片广阔的沙滩。但是我们的旅程到此就已经结束了，司机师傅正等我们乘车返回。于是有人跟司机师傅商量，要去沙滩小玩一会儿。司机极其不情愿地点头答应了，宽限我们十分钟。我们有十几个人，大都是女人和孩子，匆匆奔向了沙滩。让孩子在海边抓一抓沙子，此行便没有了遗憾。我们把女儿的鞋袜脱掉，把她推向了沙滩，让她体会那种细软、柔滑和温暖的感觉。

大海、沙滩一直都是人类极其向往的，也是自然界最浪漫的风景。多少传奇故事曾在这里发生，多少英雄曾在这里起航，多少生命曾在这里淹没，又有多少生命在这里诞生。这里是陆地与海洋温柔的界线，每一次的跨越不是生命的进化就是人类文明的发展。不论是什么，这都需要极大的勇气。

回来的时候，司机师傅好一阵埋怨，怪我们耽搁了太多时间。人类对大自然的爱，在此时无法打动他，时间就是金钱。

又经过五个小时的颠簸，小家伙终于回到了离开了两天的家。

宝贝，劳驾再吃一口

女儿小的时候，如果我听到谁家的孩子吃饭很好，一定会羡慕死。每次给女儿喂饭的时候，我都会体验到一次当年红军万里长征那样的艰难。

为了让女儿安安稳稳多吃点饭，我们家人没少出点子，几乎倾尽了所有的智慧，尤其是我。

女儿特别喜欢布娃娃，布娃娃在她眼里是有生命的，每次吃饭都少不了它们。有一次恰好有位客人来我们家吃饭，饭做好了我招呼大家。可是当我们来到餐厅，发现根本已经没有了空位，座位都被占满了，小熊主位，小狗下位，小老鼠和小兔子侧座相陪。

"啊？你们这一家人都已经坐好了呀这是！"我说。

客人笑了起来。

喂饭的任务也因此而加倍困难，因为女儿坚持她的动物伙伴们陪她一起进餐。她把小动物摆在面前，然后你得把勺子先举到它们的面前，再对她说，小动物已经吃过了，现在轮到你了。这样她才肯吃。

为了能够引诱孩子吃下那难得的一口饭，我还曾经给孩子猜过谜语，比如："硬邦邦来亮晶晶，小朋友吃饭离不开，把它送进嘴巴里，它跟牙齿来打架。"

猜不出，我便告诉她："是勺子。"

我让她张开嘴巴，舀一勺饭送进去，故意用勺子碰一下她的牙齿："看，是不是跟牙齿打架了？"

"是。"她兴高采烈地说。就这样，我把饭一勺一勺送进了她的小嘴巴里。

小孩子都有一个共同的特点，凡事开了头，她便会没完没了地与你纠缠。以后每次吃饭，她都会让我给她猜谜语。这其实并不是一件简单的事情，不管你有没有文化功底，都很难张口就来。为此，我耗尽了自己的智慧与文采。

黏黏地盛到碗里，喝到嘴里是香香的。
——是稀粥。

长长的，黄又黄，又脆又甜放了糖。
——是炸薯条。

有的绿，有的白，放在盘子里很诱人。
——是炒油菜。

除了猜谜语以外，我还会跟她做游戏，这多亏我一直都是一个极其有创意的人。

有一次，餐桌上有胡萝卜稀粥，小家伙却不爱喝，于是我便跟她说："宝宝，你知道谁最爱吃胡萝卜吗？"

"谁啊？"她问我。

我说："是小白兔，"随后问她，"宝宝愿做一只可爱的小白兔吗？"

"我是小白兔，我要吃萝卜。"她的兴致居然一下子高涨起来。随后她对我说，她是兔孩子我是兔爸爸。

我爽快地答应着："行！"

我已经说过了，孩子们总是没完没了，你让她上了圈套的同时，也给自己找来了麻烦。

下一次吃米饭的时候，她会突然问我："爸爸，谁最爱吃米饭？"

我想了想回答说："是小老鼠。"因为总听现在年轻人说——我爱你呀我爱你，就像老鼠爱大米。

于是她把米饭塞进嘴里，一边学着小老鼠的样子叫"吱吱吱，吱吱吱吱吱"。"我是老鼠孩子，你是老鼠爸爸。"她对我说。

我只能说"行"，在孩子眼里所有小动物都是可爱的。

有一次我们吃排骨，我告诉她："那是小狗的最爱。"因为人人都知道，小狗爱啃骨头。

于是小家伙一边啃骨头，一边学小狗叫："汪，汪汪汪。"样子滑稽极了，也可爱极了。随后，我去了厨房，好像是去切什么东西。

小家伙从我身后吧嗒吧嗒跑过来："狗爸爸！"她大声叫我。我当时毫无防备，冷不丁像是被人敲了一闷棍。

我把脖子缩起来，慢慢转回身，"啊，哎！"我附和道。心里说，不管我变成什么，只要你肯吃饭就行。

女儿上幼儿园了，我们一直很担心她的吃饭问题。妻子问过侯老师，侯老师说："吃饭挺好。"我们有所怀疑，难道宝宝顷刻之间变化会这么大吗？后来妻子又问徐老师，徐老师才跟我们讲述了实情。

回家后，妻子抱怨："侯老师还说她吃饭挺好，好什么呀！徐老师说她根本就不吃饭。"

正当我们愤愤不平的时候，孩子奶奶在边儿上来了一句："你们不是要听好听的吗？"于是我俩一时间都没了脾气。

后来好像侯老师实在忍不住，问孩子妈妈："静怡在家里是不是还要喂饭啊？"

妻子不好意思地说："是啊！"

然后，老师说，以后尽量让她自己吃饭。

"饭端上来，别的小朋友都会自己吃。静怡不知道吃，看着自己的饭，你看把她愁的呀！"侯老师面带无奈地讲述着，"我觉得孩子不吃饭也不行啊，就拿起勺子去喂她。勺子刚拿起来，她便张开小嘴在那等着了。"

听了老师的叙述，我们既好笑、又好气，同时也感到一丝丝羞愧。老师是很忙的，哪有空老给咱喂孩子啊！

这是我对孩子早期教育中一个比较失败的地方，导致孩子生活自理能力比其他孩子相对要差一些。每当听到别人家的孩子适应能力如何强,我们家人都异常羡慕。

听我同事说,有一个小女孩,刚上幼儿园,适应能力特强。中午,幼儿园吃炖牛肉,她早早地把自己碗里的吃完了,便再跟老师要。老师说没有了,一人只一碗。小姑娘瞅见一个小朋友的碗里剩下半碗,便跟老师说:"他不吃了,可以把他剩下的半碗给我吗?"老师没办法,经过确认,把那位小朋友剩下的半碗牛肉给了她。

听完故事我深感惊讶,一个3岁多的孩子,居然会有这样的想法。要是我的闺女这方面能力有人家一半,不愁在幼儿园不吃饭!

宝宝在幼儿园待了一阵,素质的确有所提高。懂得了热爱大自然,懂得了爱护小动物。不过,这恰恰在我喂养孩子这条本来就艰辛的道路上险些又设置了一道障碍。

一个周末的晚上,又到了我们家改善生活的激动人心的时刻。我买了一只鸡,在厨房里咔嚓咔嚓地忙碌着。小家伙吧嗒吧嗒跑过来。我本以为她会欢呼雀跃,吃鸡了,吃鸡了!没想到这家伙居然向我提出抗议:"爸爸伤害小动物!"

我说:"你不伤害小动物,你不吃。"

小家伙说:"哼,我就是不吃!"

鸡肉洗净,添了诸多香料,煮了好一阵子,总算端上了餐桌。我倒了杯酒,一边自饮一边大快朵颐。

"嗯,香,真香。"我点着头对自己的手艺表示赞许。

桌子上另有一盘蔬菜,小家伙夹一口菜,啃一口馒头,瞪眼儿直看我。我没理她,只顾自己吃,嘴巴里故意发出吧唧吧唧的声响。其实我拣的大都是鸡骨头,没多少肉。我知道,鸡腿儿早晚是这小家伙的,得给她留着。我就想看看她这台阶怎么下。

"爸爸。"她叫我。

"什么事啊?"

"鸡买来的时候,是死的还是活的呀?"小家伙问。

"当然是死的了。"我回答,不过当时还没明白她什么意思。

"那么,伤害小动物的不是我们了!"

"啊!"我蒙了一下,"不是我们。"

"那我还是吃点吧!"

"吃吧，吃吧！"我夹了一个鸡腿给她。我也怕她较真儿，要真的不吃可怎么办！

每次炖鸡，两只鸡腿儿，她跟奶奶一人一只。鸡脖子，鸡爪子，归我。

"我吃块小的。"小家伙没吃鸡腿，夹了一小块肉放进自己碗里。小的吃完了，鸡腿也没剩下。

"好吃吗？"我问她。

"好吃！"她说。

看着孩子津津有味地吃着爸爸做的饭菜，爸爸心里总会产生一种前所未有的成就感。

爸爸也曾如此难堪

做爸爸是幸福的，偶尔也有尴尬。

所有的孩子都喜欢回归自然，他们享受水的清凉，惬意于泥土的触感。我常常在一个休息日，带上小桶和模具跟女儿去公园挖沙子。在那里我们先积攒一堆沙子，从旁边的小人工河里提一桶水浇一些在上面，然后塑造我们想象中的家园。

我们先用沙子堆一个正方体，再慢慢把它打造成一个城堡，有门，有窗，还有烟囱。城堡旁边垒一个灶台，灶台上放着小锅，玩具小锅里放上小石子，在那里做饭。灶台边是一个个形象生动的小动物，螃蟹、乌龟、兔子，还有小鸡，它们都比锅要大得多，是用沙子放进塑料模具里拓成的。每次建筑完工，女儿看着地上那个快乐家园，都会高兴得拍巴掌。

一个休息日，带女儿去公园前，我特意给她用洗面奶洗了脸，又给她涂了点儿童面霜。挖沙子的时候，恰好有两个年轻妈妈在我们旁边说话。她便跑过去跟人说："阿姨，我今天早上搽油油了。"

"啊，宝贝好漂亮。"人家说。

"阿姨，我还用洗面奶洗脸了，油油和洗面奶都是我爸爸给我买的。"

人家忍不住呵呵直笑，对我说："你家宝贝好可爱。"

我说："她就这样，好跟人说话。"

人家说:"这样的性格才好。"

马路边有一个小花园,离我们家很近。那里有草坪,有树木,还有真实的泥土,有时候我们贪近也到那里玩。小花园是一个环境优雅的地方,一早一晚都有人在那里散步、锻炼身体。

那天我带女儿去小花园玩,挖土的时候,她发现模具少了一个,小乌龟不见了。

"小乌龟呢?"她问我。

我说:"忘了拿,还在家里。"

她说:"那你回去给我拿。"

然后我便跟她解释:"我们出门的时候已经不早了,要是拿了小乌龟再回来,已经到吃中午饭的时间了,那我们还怎么玩呀!"

可是,小孩是不跟大人讲理的,一不如意便张嘴哇哇大哭。我便赶紧在一边哄,左哄右哄都不见效果。

离我们不远恰好有一帮老爷爷正围在一起聊天,听见有小孩哭,便扭头往这边张望。我觉得越来越尴尬,最后都不敢往那儿看了。我害怕人家以为这里有一个残暴的爸爸正在虐待儿童。最后,一位老爷爷走过来问我:"怎么回事啊?孩子哭成这样?"

我赶紧给人解释。解释完了,老人说:"哦,原来是这么回事啊。"随后便跟我一起哄孩子。

感谢那位老人家,不管我在他眼里到底是不是一个好爸爸,但是我一直都觉得他是一个好人。

我很想知道,别人家的孩子,当他们的要求遭到拒绝的时候,家长如何应对,孩子又是如何表现。我女儿是如何表现的呢?我只能说,反应比较激烈,张大嘴巴哭,还打人。

记得有一次,她在路边摊看上一样什么东西,我没给她买,结果她便放大音量哭了起来。哭声就像高尔基诗歌里描述的那样,比以往"来得更猛烈些"!我抱她走,她在我怀里连踢带蹦。我偶尔大声训斥她一句,她伸手来揪我的头发。这小家伙下手特狠,动不动就揪我的头发,一揪一大把。以前我都以为,她并不知道头发会被揪下来。不过那次我眼睁睁看到,这家伙朝我头上狠狠揪了一把,然后眼泪汪汪地张开小手来看。看她那种样子,把我气得,真想把她摁倒了,照着屁股狠狠来两巴掌。不过,当时是在马路边,公共场合我还不敢撒野。

如果你要跟别人议论,那么几乎所有人会说,不调皮捣蛋,不哭不闹,那就不叫孩子。虽然说得有道理,但是我仍然觉得还是我们的教育出了某种问题。

人类的感情总是过于张扬,不论爱还是恨。人类把孩子视为一种恩赐,对他们近似极端地宠爱。如果我们认为孩子就是家庭的全部,那么他们自然也会这样认为。自己想要什么就得有什么,要你做什么就得做什么,他们认为这是理所应该的。一旦大人的承受能力不及孩子的期望,两者之间便会产生冲突,冲突的直接结果便会是孩子的哭闹。

我不知道博学的动物学家们是否专门研究过动物幼崽的成长问题,是否曾与人类的儿童加以比较,看看这其中到底有哪些实质性的不同。我觉得动物妈妈对孩子也是有深厚感情的。听人说,在海洋馆里,一只海豚刚出生不久就死了,但是海豚妈妈仍然不停地用嘴巴把它顶出水面,直到最后自己也筋疲力尽而死。动物妈妈对孩子的感情到底有多么深厚,人类恐怕也是想象不到的。

可是,动物妈妈的感情很少外露,它只是在默默无闻地履行着自己的责任。我想动物群落里的那些幼崽,它们恐怕很少撒娇,更少哭闹,它们考虑更多的是如何尽早学会捕食,学会独立生存,而不是要妈妈给它买一个什么玩具。动物孩子考虑的问题,人类的儿童根本不用考虑,甚至这种状况一直可以延续到他们就业之前。

人类的语言是文明的标志,但是有时候也会变成一种羁绊。孩子们的那种超乎寻常的优越感,多半是从父母和爷爷、奶奶那种腻歪歪的语言中有感而发的。我比较提倡大人跟小孩身体的亲近。我觉得大人给孩子一个亲吻,一个拥抱,就会让他体会到温暖和力量,而再没有别的多余的、不必要的情绪。但是如果你天天跟他说"我的小宝贝喂""我的小命根儿喂"之类的话,我想久而久之他难免就会觉得飘飘然。

父母对孩子的感情还是收敛一些好,让孩子把自己的存在看得淡然一些。人类只有把自己的位置放低,才会去主动迎合整个世界。

当孩子从外面进来,没有必要张开双臂大呼小叫去迎接。你只要面带微笑,拍一拍他的小脑瓜,然后说:"宝贝,回来啦!快,洗手吃饭。"

卡布达情结

孩子妈妈下班一般比较晚。不过这也有个好处，一般不空着手回来，每次不是好吃的就是好玩的。

那天回家，她给宝宝带回来一个机器人玩具。宝宝一下就喜欢上了。我看着也不错，包装精致，做工精美，不像是地摊货。就我对文学艺术的敏锐度来说，这个机器人不像是一般商家随心所欲的构思，最起码有出处，有来历，或许是一个什么作品里的人物什么的。

我正想着，就听宝宝在问："妈妈，他是谁啊？"

这还真心有灵犀呢！

"他叫卡布达。"孩子妈妈说。

果然有名有姓，我寻思，可能是游戏，或者动画片里的人物。

那是一个变形拆装机器人，类似于变形金刚。我立刻打开盒子，帮小家伙组装起来。机器人是红色的，可以变换两个形态，一个威武，一个憨厚。小家伙欢天喜地地抱着它跑一边玩去了。孩子有自己的独立空间，和大人一样是有隐私的。当他们沉溺在自己的空间里独享其乐的时候，大人最好不要干预。

没过一会儿，小家伙抱着盒子来找我，"爸爸，这里还有。"她指着盒子的背面对我说。

我一看，果然，包装盒背面印着另外几个机器人，形态各异，有名有姓，蟑螂恶霸、蜘蛛侦探、鲨鱼辣椒、蝎子莱莱、金龟次郎、丸子龙、呱呱蛙。看着小家伙一脸认真的样子，我寻思："这家伙不会让我一个一个给她搬回家吧！"

于是我"嗯，呵呵，嗯"，做出一脸懵懂的样子，拒绝深层次的交流。

"爸爸，下一次你再给我买这个好不好？"小家伙指着金龟次郎对我说。

太佩服自己了，这预感一点儿没错。还好，人家只要了一个。不过，当爹的心里清楚，只要开了头，接下来就会一个接一个，你等着瞧吧。

"宝宝，听爸爸说。"我耐心地做着解释，"虽然盒子上有这么多，但是那都是画。现在只有一个卡布达，其他的几个都没有卖的。"

"有，有，有卖的！"这样的伎俩居然骗不了她。

"好，买买买！"我一气之下说。

"什么时候买啊？"

这还黏上了呢。

"明天，只要有咱就买！"我想我大概是给气疯了。

第二天，小家伙早忘记了昨天的茬儿。呵呵，我做梦呢吧，才不会呢！没办法，骑自行车载上她，满世界去找金龟次郎。不错，还真找到了。不只金龟次郎，蝎子莱莱、蜘蛛侦探也有。还好，小家伙说话算话，只要了一个。说实在的，我有些后悔，当初就应该把那些机器人一股脑给小家伙鼓捣齐了，省得我以后一趟一趟地跑。谁叫我当初怀揣省钱的幻想！不过话又说回来，如果一下子就给她凑齐了，说不定小家伙就不那么喜欢了呢。

以前听人说，孩子上了幼儿园，打针就成家常便饭了。这绝不是误传。说也奇怪，我家宝宝多数在星期五晚上闹症候，发烧39℃左右。小孩子体质跟大人不一样。大人烧到38℃就躺在床上不想动了，而我家宝宝烧到39℃还可以在床上蹦。小孩子自从第一次打吊瓶开了头，以后再发烧，吃药就不管用了，必须还得打吊瓶才行。从周五晚上开始，连续三个吊瓶打完了，到星期一早上便基本痊愈了。有时候我们禁不住纳闷，看人家这病生得，既碍不着别人，还不耽误往幼儿园送钱。那个时候，缺课还是要退钱的哦。

一个星期五的下午，我带女儿去打针。打针的地方叫作"金乔社区服务站"，里面有一个老大夫，内科、儿科都挺厉害的。诊所的大夫对我们都很熟悉，因为我们是这儿的常客。打完针天已经黑了，女儿非得要到诊所隔壁的一个小型连锁超市里去逛逛不可。逛就逛吧，一个病号的要求一般人很难拒绝。想逛超市是好事，说明小家伙有精神了呢。偏偏在那个不起眼的小超市一个不起眼的角落里，女儿发现一个呱呱蛙，安静地躺在一个盒子里，等待别人垂青。小家伙毫不犹豫，把它抱回了家。回来时，天上下起了毛毛细雨，幸好我们提前准备了一大一小两件雨衣。

回到家，她迫不及待地打开盒子，才发现呱呱蛙的一只胳膊有些破损，装不上去。小家伙那个失望、那个伤心、那个难过，眼泪吧嗒吧嗒往下落。宝宝的这种样子比哇哇大哭看起来更让人揪心。怎么办呢？我心里不住地打鼓。回去换吧，可人家能认账吗？人家要说你自己弄坏的，咱有口难辩。再说，外面还下着雨呢，再把小家伙冻一下，再发起烧来，这个责任我可负不起。

不过小家伙受委屈的样子，我也实在看不下去。最后狠狠心，给她穿厚一点儿，套上雨衣二次折返。往常给小家伙添衣服，她都要没来由地挣扎一番，这次可听话了，让穿什么就穿什么。

超市里遇到几个和善的女孩，女儿楚楚可怜的样子最终将她们打动，同意给调换。我如释重负，感天谢地，把女儿连同她心爱的玩具，套在那件小雨衣里，带着他们一起回了家。回到家里，顺利地把呱呱蛙组装起来，小家伙露出满意的、傻傻的笑容。我跟她约定，关于调换玩具的这一段插曲，不许告诉妈妈，省得她回来冲爸爸发脾气。小家伙蛮讲信用的，一直没有跟妈妈说。

后来，小家伙对机器人玩具的那种执着深深地把我打动了，我下决心帮她把那一系列的角色全部凑齐。有一次，趁宝宝上幼儿园，我独自一人闯荡玩具市场，为她买来了蜘蛛侦探和蝎子莱莱。我发现，我独自去买玩具，比带着宝宝一起去居然来得便宜。下午去接宝宝回家，那家伙居然在那里没玩够，不肯跟我走。许多家长见了都笑，因为别的孩子见到家长大都会兴高采烈地跑上去，而我们家这个对我居然视而不见。于是我悄悄凑到她耳朵边说："爸爸给你买了机器人了，快跟爸爸回家！"小家伙一听，赶紧跟老师道别，匆匆跟我回了家。

路上她一个劲儿问我:"是谁啊?"

我就是不告诉她。卖关子可以提高惊喜度,呵呵!

回到家,小家伙迫不及待跑进小卧室里,有两个机器人兄弟正并排站在书桌上。

"蝎子莱莱,蜘蛛侦探!"小家伙叫着它们的名字,跑上前,爱不释手。

小孩子对玩具的喜欢,其实是兴趣使然。孩子的兴趣,大人们只能引导而不应阻拦。因为一个人能产生一种兴趣,其实是很难得的一件事情。有人说,每个人都有各自不同的兴趣和爱好,这句话其实是骗人的。放眼人类,没有任何兴趣和爱好的人反而占大多数。兴趣使人勤奋,更增强他对生活的热爱。有人喜欢运动健身,有人喜欢挥毫泼墨,有人喜欢吹拉弹唱,一个懒惰之人是不会干这种事情的。当然,吃饭、睡觉、玩游戏、看手机等这些恐怕不在我所说的兴趣和爱好里。

我总认为,每个人都是热爱生活的,但是人与人之间的差距却让人难以想象。对生活的热爱,其实是人的一种素质。这种素质就同人的智商一样,有天生的禀赋也有后天的培养。当这种爱突出表现在某一事物上,就形成了兴趣与爱好。所以,如果去阻止孩子的某一种兴趣,那么你扼杀的很可能就是孩子对生活的热爱。一个对生活麻木的人,注定懒惰。

孩子现在还小,让她感兴趣的是机器人。那么等她长大了,她感兴趣的很可能就是其他了,比如艺术、文学、科学。因为,这些兴趣不论大小,表达的都是对世界的爱。当然,不可否认,培养孩子的,是要花不少钱的。

当初为女儿收集这个系列的玩具,的确花了我不少钱。玩具玩久了会坏,缺胳膊断腿的被堆到一边。小家伙要求再换新的。而且,这类玩具的设计有大有小。大的能赶上电脑主机的高度,小一点的有水杯高,还有更小的——只有一个手指头大小。大大小小,不同型号,我们几乎都买了个遍,加起来能装满一个普通纸箱。

后来我知道,这些玩具原来都是一部叫作《铁甲小宝》的日本儿童电视剧中的人物。于是我又去光碟市场买来碟子给她看。我想,她要是忽然看到自己心爱的玩具们在电视上活了起来,说起了话,那感觉一定美好又新奇。

当我第一次把《铁甲小宝》的碟子放进影碟机,小家伙兴奋地拍起小手,"卡布达、金龟次郎!"她叫着它们的名字。不得不令人佩服的是那些玩具开发商,把玩具造得跟剧中人物一模一样。

不可否认，这的确是一部极其优秀的儿童剧，是真人与人偶完美配合而呈现出的作品。剧中有人类美好的想象，挚爱的亲情与温馨的友情，有保护世界的勇气，动人有趣的情节。更难得的是，片中没有暴力，邪恶势力倒有几分可爱，坏蛋看着也没让人觉得讨厌。每一个争端的完美解决，靠的不是打斗，而是一场智力或技能比赛。

说实话，这片子开始我并不怎么爱看，因为我是功夫片的拥趸，只为激烈的打斗叫好。但是，看到小家伙那种兴致勃勃的样子，我不觉受到感染，沉溺其中。

日本人拍起片子总是没完没了，害得我《铁甲小宝》的碟子前后买了不下十几张。

铁甲兄弟对我们家做出过不可磨灭的贡献，它们不仅陪宝宝玩，而且还负责站在床头守卫宝宝睡觉，蹲在餐桌上陪宝宝进餐，说起来这也是极其辛苦的工作。

在宝宝眼里，玩具们都是有生命的，宝宝对它们也是照顾有加。小家伙吃饭的时候，会在鲨鱼辣椒嘴里塞一块馒头。这个还好说，如果一口汤倒进蟑螂恶霸的嘴里，那就有麻烦了。

现在想起当初的这部儿童剧，我心里仍然是有感触的。那其实是孩子早期一个学习的过程。她知道人物的样子，记住人物的名字，了解其中的故事，这就好比是读了一本书。到后来，小家伙渐渐长大了，对那些比较幼稚的东西再不感兴趣了。但是，我给她讲《三国演义》、讲《水浒传》、讲春秋战国，她的热情也不亚于当年的《铁甲小宝》。

小猪去哪儿了

当年从政通超市八元钱买来的那只小猪，已经陪伴了女儿一年。这一年当中，他们建立了深厚的感情。从某一方面讲，小猪在宝宝心中所占的分量比家里人还要重。小孩子的内心世界是很难被大人理解的，不论父母还是老师。他们表达能力有限，难以与大人沟通。很长很多时间里，孩子们生活在自己封闭的世界里，缺少抚慰，缺少同感。我想，这就是宝宝为什么依赖毛绒玩具的真正原因。在女儿眼里，小猪是有生命的，他们无话不谈、惺惺相惜，彼此间百依百顺。在人类世界里，宝宝找不到这样的伙伴。这个世界上，关系最近的，是两个彼此想通的心灵。如果有一天，一个这样的角色突然离你而去，真不亚于失去一位至亲。

由于对女儿的宠爱，小猪在我们家人眼里也备受优待。稍有污渍，就会被放进洗衣机里，使用对人体绝无刺激的洗衣液，把它洗干净。身上开了线，会有人用针线把它细细地缝补整齐。女儿上了幼儿园，不能把爸爸、妈妈、奶奶带去，却可以把小猪带进去。于是，我们家花一个人的钱，送进幼儿园的其实是两个。两个小家伙在那里相互鼓励、彼此呵护、共同成长。

幼儿园的院子里有一架巨大的组合式滑梯。小朋友放学之后，总要在那里先玩耍一阵才肯回家。女儿抱着她心爱的小猪爬到滑梯顶端，先放手让小猪滑下去，然后她才滑下来，把小猪抱起来。没错，知己之间，快乐需要分享。

但是，跟宝宝相亲相爱的小猪，有一天忽然不知了去向。现在想想，我心里还会觉得一丝内疚。

有几天，孩子奶奶回了家，我们的日子也因此过得稍显紧张。那天下午，我要上班，妻子也无法提前下班接孩子。妻子有个朋友小伊，跟我们家关系一直很好，同住一个小区。小伊的儿子恰好跟我女儿在同一个幼儿园。于是妻子让我先把小家伙接出来送到小伊家，等她下了班再去接。

我正在单位，大约不到七点，妻子打来电话，问我接孩子的时候有没有把小猪带回来。我一听，心里有点慌，难道小猪不见了吗？小猪都是宝宝抱着的，那天她有没有抱回来，我还真没有什么具体印象。恰恰是一些习以为常的事情，我们偏偏很少留意。妻子去小伊家接孩子，在那里又玩了一会儿，临走才发现小猪不见了。宝宝说抱回来了，但就是找不到。妻子问我是不是放在我的车筐里没拿出来。于是我赶紧请个假跑到厂门外车棚里去看。遗憾的是，小猪根本没在车筐里。

下班回家，已经是半夜。娘儿俩都睡了。宝宝搂着小狗偎依在妈妈怀里。床边放着其他几个毛绒玩具。看此情景，感觉孩子是在委屈中入睡的。小狗只是众多毛绒玩具中选出来的小猪的临时替代品。

后来妻子告诉我，宝宝那天哭了一个晚上。

第二天是星期六。事不宜迟，我赶往幼儿园，看看有没有落在她的教室里。幼儿园关着门，里面没有孩子也没有老师。我好说歹说，看门的大爷才准许我进入。幸好教室门没锁，我在大爷的跟随下进行了严密的搜索。教室里没有，我无奈地离开。从教室到幼儿园门口这一路我眼睛不停地到处巡视，希望能够突然见到小猪的影子。我贼眉鼠眼的样子最终引起大爷的反感。

"一早我就打扫过了，这里不可能有！"这是老人家的逐客令。

垂头丧气回到家，我跟小家伙说，小猪找不回来了，我们再去买一个好不好。小家伙哭了好一阵，后来勉强点了点头。

首先我们去政通超市，这里是小猪的出处，如果能够发现它的一个同伴，最好不过。但是政通超市的二楼早已关闭了，玩具放在一楼。那里也有小猪，但是跟我们的想象相去甚远。随后我载着女儿去别的地方继续搜寻。两天工夫，我们没干别的，买来了

183

三只小猪。每次小家伙都是点头同意的,但是买回家却不愿意抱。这两天中,小家伙的情绪一直低落,而且一到晚上就哭。

星期一,女儿抱着小黄狗去幼儿园。

侯老师一见就问:"咦,小猪呢?"

"丢了!"孩子妈妈回答。

"啊?"侯老师一副难以置信的样子,"那怎么会丢呢?谁弄丢的啊!"我想,侯老师是了解孩子的,知道小猪在小家伙心里的分量。

"她爸爸!"妻子回答。

当时我不在场,但是能够揣摩出老师的心思。她心里肯定在想:"哼,你不是心疼孩子吗?怎么连孩子最心爱的玩具也看不住!"

从那以后,我再去幼儿园接孩子,见了老师,跟矮了半截似的。

故事发生的时候,当时我生产段的段长对我说过一句话,逆耳但有道理。

"丢了正好,省得惯她这么多毛病!"

每个人的一生都不会一帆风顺,总要经历一些这样那样的坎坷与挫折,而人类恰恰就是在这诸多的坎坷与挫折中渐渐成长。对于一个和平、富裕时代的小孩子,她能够经历什么样的坎坷呢?我想这可能就算是吧。经过这次情感上的打击,我想小家伙一定会变得坚强一些、成熟一些。想想这些,我内心的愧疚也渐渐得到了些许平复。

一起玩游戏的日子

我家买电脑的时候，小家伙不到4岁。我们一家三口一起出动，去商厦把电脑买回来，装系统的时候，人家还特意给装了几款小游戏。小家伙异常兴奋，她知道那是一件极其好玩的东西。这东西对她并不陌生，幼儿园里有。老师用它给孩子们放儿歌，放动画片，看图片。

接下来，我们家上网的经历比较曲折。第一次来的那位网线安装师傅说我们单元的网线接口已经插满，没法再接。当时我也真信了他的，觉得这个问题还真不好解决。所以至少有一个月的时间，我们家的电脑基本是当影碟机用的。

电脑上的几款游戏，不久宝宝就玩腻了。于是我便到处去搜索游戏给她玩，到朋友家下载，去商店买游戏光碟。游戏装在电脑上，我俩一起玩。小家伙很快学会了吧嗒吧嗒按鼠标。在女儿电脑游戏这条发展道路上，我可谓不遗余力、绞尽脑汁。我之所以如此用心，除了博女儿一笑之外，还有一个更加长远的打算。

生活在这样一个飞速发展的时代里，耳濡目染，我觉得沉迷电脑游戏已经成为一个极其严重的社会问题。我也见过，很多孩子沉溺其中难以自拔，荒废了学业，浪费了时间与生命。当我有了孩子，眼看孩子渐渐成长，这样的问题不得不再思索，万一我的孩子有一天也迷恋上电脑游戏，不爱学习，那该怎么办呢？我知道那东西的厉害，一旦上瘾，比戒大烟还难。

经过无数个日夜的苦苦思索，我渐渐有了头绪。阻挡根本是不可能的，就像你不可能时时刻刻守在孩子身边一样。既然无法排除在孩子成长道路之外，那么不如干脆列入她的日程当中。接下来就是时间问题，这个课题究竟安排在一个什么样的年龄段较为合适呢？我个人的答案是，跟大多数其他的技能一样，越早越好。人类对一件事情的兴趣，总是有时间段的，开始得越早，结束得越早。另外，对一个幼儿园孩子来说，她的生活是极其丰富多彩的，她向往蓝天、向往土地，喜欢公园、超市、玩具店、游乐场。这些方面的吸引力对她来说，绝不会输给电脑游戏。此时让她接触电脑游戏，那么电脑游戏在她心里的分量，也许从一开始就不会很重。等到两三年以后，孩子上了学，电脑游戏对她早已变得不再稀奇，那就可以安心去读书了。

这就是我的如意算盘，也是我怂恿孩子玩游戏的根本原因。

孩子太小，有时候在玩游戏的过程中遇到技术问题，便会让奶奶打电话向我咨询。至于我妈妈对现代科技的掌握，跟宝宝基本保持同级别水平。

有一次，我还在上班，奶奶打来电话，我接起来，是宝宝。这家伙像是要哭的样子："爸爸，电脑里有个声音，我害怕！"小家伙悲悲切切的声音让我揪心。

电话里我听到了那个声音，像是妖怪的狂笑，听来的确瘆人。这个游戏我是有印象的，来自我买的一张光碟。

我告诉妈妈如何把游戏关掉，可是她无论如何也听不明白。老人家连开机关机都不会。没办法，我就告诉她，把音箱上的旋钮拧到最小。再跟小家伙商量："今晚先不玩电脑好不好？"小家伙很乖地便答应了。

女儿对电脑的认识是循序渐进的。开始她以为电脑就是一个显示屏，后来我告诉她，最关键的是主机。

有一次，小家伙拉着我的手，跑到电脑跟前，指着音响对我说："爸爸，声音是从这里传出来的！"

我一愣，心里说，你这才知道啊！不错，善于自己发现问题就好。

后来的事实，不出我的所料。女儿上学的时候，对电脑游戏从来没有倾注过多的热情。偶尔有小朋友来我们家，小家伙才会跟她们钻进卧室打游戏。

我跟同事说，女儿在家很少玩电脑，很少看电视，有时候弹一弹钢琴，人家都以为我在吹牛。

幼儿园门前的"关卡"

玩游戏需要闯关，众所周知。但是没想到的是，去幼儿园接个孩子居然也要闯关。幼儿园门前有许多"关卡"，进去容易，出来难。设置诸多关卡的是那些小摊贩，有卖玩具的，有卖饮料的，有崩爆米花的，有捏糖人儿的，真是五花八门、应有尽有，跟赶庙会似的。

一到放学时间，那些小摊贩便会被一群群孩子包围起来。其实真正吸引人的东西并不多，都是羊群效应搞的怪。

但凡关卡，都是要交税的。所以，你要想不花一分钱就把孩子顺顺利利接回家，基本是不可能的。所以，每次出门，孩子奶奶都要叮嘱我带钱。

有一次，女儿看上一个小玩具，一元钱。我没有，但是我有一百。递给摊主，摊主大概以为我有意难为她，便说："送给宝宝了，不就一元钱吗，真是！"

啊，这不打我脸吗？怎么办，如何证明自己的清白呢？这时我恰好看到一位朋友，便拉下老脸去跟人借了一元钱。就这样，在摊主的眼里，我保护了自己的光辉形象。

一天下午，我在厨房做饭，考虑着如何给宝宝弄点好吃的，忽然听到楼下有小孩在哭，明显就是我女儿的声音。我想下楼看看发生了什么事。来到楼下，只看见一个老头拿个小板凳坐在那里。我问他："方才是不是有个小孩在哭？"

老头说："是啊，她可能是吵着要她妈妈给她买什么东西。"

"买什么东西啊？弄这么大动静！"我嘀咕着上了楼。

不多会儿，娘儿俩回来了。小家伙手里牵着一个氢气球。原来，妻子在幼儿园门前给孩子买了一个氢气球，让她牵在手里。可是到了楼下，小家伙手一松，气球飞天上去了。小家伙哇哇大哭。孩子妈没办法，原路返回，又买来一个。

记得有一阵子，我家到处都飘着这样的气球，形状各异，五颜六色，有小狗，有小鸡，有小鱼……有一天，奶奶打开窗户透透气，"小鱼"趁机溜到窗口逃走了。又惹来宝宝一阵大哭。

有一次在超市里，女儿看到一套儿童听诊器玩具。我一看20多元，有点舍不得。恰好旁边有一个台球桌玩具，15元。于是我跟宝宝商量："买这个吧，爸爸回家跟宝宝打台球。"小家伙点头答应。

回到家，我还跟孩子她妈显摆自己的小聪明，没想到我妻子指着小台球桌说："这个只是搭上的呀，那个早晚也得搬回家！"起初我不信，没这么恐怖吧！

不得不佩服妻子对小家伙的了解，有些方面确实比我要多。后来又跟女儿去政通超市，这家伙仍然抱着原来看上的那个玩具不放。我这次吸取了教训，没再推荐别的，直接买下就走了。

爸爸也不是省油的灯。有时候对小家伙的一些要求，我也会提出相应的要求作为交换。

比如我会说："亲爸爸一百下。"

小家伙凑上来，吧嗒吧嗒亲我的脸。其实就亲了一下，其余的都是在那里吧嗒自己的小嘴。

"你不诚实！"我假装生气的样子。小家伙冲我嬉皮笑脸。

有时候被逼无奈，花了冤枉钱，为了一泄私愤，我会跟小家伙说："说，你是个小坏蛋。"

"你是个小坏蛋。"

"不是，说，我是个小坏蛋。"

"我是个小坏蛋。"

于是我那无辜的心灵暂时得到安慰。

小孩子对玩具的欲望是无止境的，做大人的要稍加制止。不是因为没钱买不起，而是家里房子太小，摆不开。

那次也是因为一个玩具，我们父女俩产生了争执。小家伙嘟起嘴来冲我嚷："你不爱我！"

我一听，赶紧买了。不爱宝宝，这还得了！这帽子我可戴不起。

"以其人之道还治其人之身"，这是中国人的传统。那次见宝宝在吃巧克力，我便凑过去问她要。小家伙不给我，我便故意板起脸说："你不爱我！"

"给你吃吧！"她拿起一块儿塞进我嘴里。

哈哈，我心里忍不住笑。看来只要是一家人，这个帽子谁也戴不起。

幼儿园同学

大概淘气堡这种项目，所有的小孩子都爱玩，我女儿也是。

在那个柔软的城堡上，孩子们可以尽情地奔跑，尽情地跳跃，尽情地摔倒了再爬起来。失去了以往在平地上的诸多限制，这正是他们热衷的原因所在。

离我们家不远，政通超市的旁边有人撑起了一个小型的淘气堡。我女儿很愿意到那儿去玩，一到晚上，吃完饭之后，她便会跟我们吵着说："我要去跳跳跳！"大多数情况下我们会答应她的要求。

摊主是一对年轻夫妇，带着一个小女孩，跟我女儿差不多大。女儿上了幼儿园以后，我们再领孩子去跳跳跳的时候，发现摊主的女儿跟我女儿居然是同班同学，名字叫朱鑫玉。那时候听到从女儿嘴里说出"同学"这两个字，觉得又新鲜又好玩。是啊，幼儿园同学毕竟也算同学嘛。大概这两个字是老师刚刚教给他们的。

女儿刚上幼儿园的时候，在路上便经常碰上有人喊她的名字。都是些跟她一般大的小家伙。问她，她便说那是她同学。可是别人能一下喊出她的名字，她却不知道人家叫什么。

我曾经问过孩子的妈妈："是不是我们的孩子不够聪明？"

孩子妈妈说："不是，你想想，你女儿一开始就被老师定为调皮捣蛋之列，所以平时少不了会点她的名以儆效尤。而且频率想必不低，估计一天怎么也得百八十次吧。所以呢，别的孩子不经意间便都记住了她的名字。"是啊，妻子说得没错，这还是名人效应呢。

朱鑫玉的妈妈知道两个孩子是同学之后，便面带惊讶地跟我们说："这就是王静怡啊！"

把我们弄得一头雾水，难道这家伙上幼儿园之前就已经出名了吗？随后朱鑫玉妈妈便笑眯眯地跟我们说，她早认识王静怡，因为我妈妈经常带她去那儿玩。而且，因为一件好玩的事情，让她对我女儿印象特别深刻。

那天，小家伙从淘气堡上下来，看到一个小孩手里拿着一个氢气球，便也非得要一个同样的气球不可。于是我妈妈便去问人家在哪儿买的。结果，人家不是在附近买的。我妈妈便跟她解释，说以后见了一定买。小孩很难沟通，话不投机便开始哇哇大哭。奶奶心疼孙女，便带着她在周围转了大半天，可是连个气球的影子也没看着。小家伙不干，依旧哭。最后问题得到解决，是因为奶奶答应她去超市买好吃的。就这样，我女儿在超市一带一哭成名。

"那时就觉得，唉，这个老太太真是好可怜，呵呵！"善良的朱鑫玉妈妈说。

一个3岁的孩子，当她口口声声跟你说，"那是我同学"的时候，其实样子是非常可爱的。大人们也都非常珍惜他们的那种感觉，对孩子的每一位同学都表示喜爱和重视，每每都会凑到那个小同学跟前，面带和蔼的微笑，问长问短：你几岁了？属什么的？你跟我们家宝贝是好朋友吗？最后加上一句，宝贝真乖！大人们的这些应酬说到底还不是为了自己的孩子。现在大部分家庭都只有一个孩子，孤独是他们面对的共同问题。

每次把孩子从幼儿园接回来，大人们都会对她做出一系列问询。

"在幼儿园学的什么呀？"

"唱歌，跳舞，数数儿，讲故事。"

"都学会了吗？"

"都会了！"

"小朋友们和你玩吗？"

"和！"

小孩子对语言的掌握还不够全面，他们往往用最简便的方式来回答大人的问题。不过勉强还是能让人听得懂。

谁都希望自己的孩子能够在幼儿园里多交几个朋友。人人都说现在的社会是关系社会，关系从某种意义来说是一种机遇，甚至金钱。同学就是一种关系。不要瞧不起一个3岁小孩建立的同学关系，有时候居然也可以带来效益。最起码，这种关系在朱鑫玉妈妈眼里值两元钱。淘气堡的费用是一次五元，自从朱鑫玉妈妈知道了我们这层关系之后，每次都少收我们两元钱。我们背地里有时候开玩笑说，没想到你这小孩的这点面子还值两元钱呐。

大人孩子凑到一起，总要聊上一聊，交流一下育儿经验，评价一下幼儿园的业绩，顺便从别人家宝宝嘴里了解一下自己家宝宝的情况。

有一次，朱鑫玉对我妻子说："阿姨，王静怡今天把手伸到汤碗里了。侯老师批评她，她哭了。"

这样的事情，自己孩子回家是不会说的。但是可以从别的小朋友那里得知，因为小孩子总爱揭别人的短，这方面同大人一个德行，呵呵。不过，我家宝宝的确在家也有过这样的毛病。有一次在餐桌上，她面前放一碗粥。小家伙摇头晃脑不肯好好吃饭。妈妈教训了她几句。这家伙便把一根手指伸到碗里，一边画着圈一边叨咕："画个圈圈诅咒你！"

孩子妈妈一听，简直火冒三丈："怎么说话呢？这是跟谁学的！"

我们纳闷，这么小的孩子，如此高端的咒语从哪学来的呢？后来跟孩子一起看《喜羊羊与灰太狼》，恰好潇洒哥出场，于是心领神会，原来这是蛋蛋的口头禅。这孩子也真是，别的不学，偏学这句。

第二天妻子送孩子的时候，侯老师对妻子说："孩子把手伸到碗里去抓蛋汤。我喊了她一声，把她吓一跳，哭了，我就把她抱在一边，让她自己哭了一会儿。"还说，"小家伙很容易受惊吓，有时候叫她一声，声音稍大了一点，她也会一哆嗦。"

这个没错，我家宝宝自小就有这个毛病。

妻子听完之后，笑嘻嘻地说："早就知道这事了。"

老师很惊讶："你怎么知道的？"

妻子说："是你的学生把你出卖了。"接着，妻子又把朱鑫玉也给出卖了。这个社会复杂着呢，话还是要少说，说不定哪天就会被人卖了，自己人也靠不住。

除了互通信息之外，大人们有时候也会检查一下孩子们的学业，看看他们在幼儿园有没有收获。

朱鑫玉妈妈问孩子们，你们今天学的什么呀？朱鑫玉答不上来，我女儿却说得头头是道，什么数数儿、唱歌、做游戏、垒积木。朱鑫玉妈妈让孩子们认数字。朱鑫玉只能认到10，我女儿却可以认到20。小二班能够认到20的只有两个人，一个是我女儿，一个是叫孙颖涵的小朋友。于是朱鑫玉妈妈便认为我女儿特别聪明，对她格外喜欢。

朱鑫玉家的淘气堡紧挨着政通超市，那里也是我们家宝宝经常光顾的地方。那天一进门，见一个小男孩在一辆摇摇车上独自玩耍，摇摇车并没有开动。男孩见到我女儿便跑来跟她玩。小家伙再顾不上爸爸，跟着小男孩跑向摇摇车，在那里爬上爬下。两人玩得很开心，不时发出咯咯的笑声。孩子的笑声就能让大人开心。

我悄悄地凑过去问她："他是你同学吗？"因为我觉得，除了同学，她也不可能再认识谁。

"嗯。"小家伙回答。

"他叫什么？"

"张子绅。"哦，不错，小家伙总算记住同学的名字了。

我纳闷，这孩子怎么身边没大人？他不可能一个人跑到这里来。

我上前问他："张子绅，谁跟你来的呀？"

"我姑姑。"他回答。

我抬头一看，恰好一个女孩朝这边走来，20出头，身着店服。哦，这孩子的姑姑原来在这里上班。嗯，有个这样的姑姑不错，可以在超市里尽情地玩。

那女孩大概也觉得两个小孩在一起玩挺有趣，问侄儿："她是谁啊？"

"她是我同学。"张子绅回答。

"啊？你同学！比你高这么多！"

我女儿指着自己的小鼻子，又跟人重复一遍："他的同学就是我。"或许她对别人的怀疑感到不怎么开心。随后两个小家伙嘻嘻哈哈跑到一边去了。

女孩问我家宝宝多大，结果经过确认，比张子绅还要小几个月。

"长这么高!"

我领孩子出去的时候,经常有人发出这样的感叹。其实不是因为宝宝个儿高,而是跟爸爸的对比太过明显。谁叫咱这方面实在不怎么突出呢。

张子绅尽管比我女儿矮了整整一头,但是从一跑一跳看得出来,我女儿的动作更笨拙、稚嫩,没人家成熟。

女儿班上还有两个小男孩,程程和刘子义,和我们住一个小区。他们家长接孩子一般都步行。有时候我也步行,碰上了,三个孩子便一起回来。我们过一条马路,穿过一个小花园,再过一个小吊桥,便到了家。孩子们一路玩耍,大人们彼此聊天。花园里有供人健身的各种器械,孩子们争相去玩,玩够了便去捉迷藏。有的藏在碗口粗的树后面,有的藏在没有遮挡的石凳子底下。我女儿挑的地方更是一目了然。草坪上有一株不到一人高的小树,小树从根上分了三个杈。女儿就蹲在那三个树杈中间。看着孩子们滑稽、幼稚的姿态,大人们都忍不住乐了。

程程是女儿比较要好的伙伴,他们幼儿园之前就应该认识了。那时候,他们在妈妈的陪伴下,经常光顾小花园。程程的妈妈认识我女儿,我妻子也认识程程。两个小家伙有时候在小区里碰见,便跑去一起玩。天色渐晚,两人还在围墙边挖蚂蚁。大人们催促他们回家,却听两人在小声嘀咕。

"明天你还来吗?"

"来啊。"

"你几点来?"

大人又忍不住乐。这么小的孩子,你们知道几点是几点啊!

学校的意义绝不仅限于文化课的教育,那里也是一个让人学习为人处世的地方,能让人交到更多的朋友。一个人在社会上闯荡,往往会用到很多关系,而同学关系就是比较值得信赖的一种。因为这种关系建立的时候,人们正处在一种相对纯净的环境之中。另外,那些知道一些我们过去的人往往会得到我们格外的尊重。

女儿的人生中,第一次有了自己的同学,让我们备感欣慰。每个做父母的都希望自己的孩子有伙伴、有朋友,这样最起码对孩子的心理成长是有好处的,让他们性格开朗,不会孤僻。

那夜惊心

朱鑫玉家的淘气堡上，女儿遇到过好多她的同学。有时候他们能聚集起五六个，在一起玩得特别开心。朱鑫玉自知那是她家的地盘，用我妈的话说——格外得势。有一次她抢我女儿手里的一个小玩具，两人发生争执。我女儿小时候脾气暴躁，便一下把她推倒。朱鑫玉哇哇大哭，我妻子便把她抱起来哄。我这人很爱面子，觉得在人家那里玩，还把人家孩子打哭，如果不教训一下自己的孩子，实在是显示不出自己的素质。还有就是，我以前见过甜甜妈的表现，知道那种刻意护短的家长会多么让人讨厌。于是，我过去不由分说照女儿屁股上就是一巴掌。这下小家伙不干了，哭得比人家还凶。

小家伙一边哭一边向我发出强烈的声讨："是她先抢我的，你为什么要打我，你是个坏爸爸！哇哇哇！"看着孩子哭我也心疼，我在心里说："宝贝，我知道这不完全是你的错，可是爸爸毕竟得向人有所交代，别看爸爸刚才气势汹汹，其实打你并不疼，爸爸心里有数。"可是面对一个不懂事的小孩，如此复杂的道理她是无法领会的。她不是因为被人打疼了才哭，而是觉得自己受到了不公平的对待。

朱鑫玉妈妈赶紧跑来哄我女儿："你看你爸，这是干吗呀！"

我妻子抱着朱鑫玉跟她说："你看，叔叔坏不坏？来，打他。"拿着她的小手来打我的肩膀。

朱鑫玉笑了，不一会儿我女儿也停止了哭泣。有时候为了比较圆满地解决一些问题，必须有一个人出来当坏蛋，通常来说这个人是个男人，或者说，就是当爸爸的。

现在好多人在议论"跟风"，态度大多是鄙夷和不屑，甚至谴责。其实完全不必对这种现象过于在意，因为它其实是人类的一种本能。为什么这么说？这在一个3岁小孩身上能够得到充分体现。朱鑫玉玩够了淘气堡，去玩滑板车，我女儿便也要去玩滑板车；朱鑫玉又去骑自行车，我女儿也要骑自行车。一旦协调不好，难免引发激烈拼抢，或者一场大哭大闹。每逢遇到这种场面，我跟朱鑫玉的爸爸都会相视一笑，心里备感无奈。正是因为这些小孩子之间的纠纷越来越多，后来我们便尽量少去那里了。

淘气堡上的无非是柔软的塑料和温柔的空气，给人无比的安全感，你完全可以把孩子往上一放，回头一直跟别人聊天。开始我也是这样认为的，直到某一天的晚上。

那天晚上小家伙情绪比较高涨，因为这里一下子聚集了五六个儿童活动中心小二班的小朋友。俗话说"人多势众"，淘气堡上的孩子们就属这几个人最欢，叫声、喧闹声盖过了一切。淘气堡南端有一座小城堡，小城堡距离南面城墙有一米宽的距离，留出一个小通道，孩子们叽叽喳喳地从那里穿过。那座小城堡大概有80厘米高，孩子们从城墙这一端爬上去，在另一端跳下来，也可以从另一端爬上来，再往城墙这边跳。小二班那几位同学的年龄按具体日期来算，数我女儿最小，不过就数她个儿最高。比例的不协调引申到外在表现，就是笨拙。朱鑫玉、陈嘉璐，还有另外几个小孩轻松地爬上了城堡，可是轮到我女儿，她怎么也爬不上去。她爬不上去，后面的孩子也没法爬，就都有些着急。

"王静怡，你真笨！"陈嘉璐说。

那时候的女儿有一点我比较欣赏，就是执着。她爬不上去，但是一直在爬。陈嘉璐转了一圈回来，又开始埋怨："哎呀，王静怡，你怎么还在爬，真是笨死了！"

小朋友等不及，便用手用力把她推上去。但是下次又来到那里，她还是一心一意往上爬，也不管小朋友们说什么。颇具"走自己的路，让别人说去吧"的风范。

就连朱鑫玉的爸爸也说："就属你个儿高，就你爬不上去，呵呵！"

我在一旁免不了不停地指导，我说："你把那只脚抬高点。"

果然，小家伙一下爬了上去。越过了一座城堡是一个不小的成就。

这时妻子给我来了一个电话，她此时还在上班。我一边接电话，一边满脸成就地告诉她，女儿是如何执着，爸爸的指导如何得法。刚说了没几句，我突然看到一个孩子从城堡上一跃而下，由于用力过猛一时没有收住，居然一个跟斗从对面城墙上翻了出去。我清楚地看到，是我的女儿。

我当时傻了眼，感觉一下从天堂坠落到地狱。城墙离地1.2米高，外面是清一色的水泥地。我猛地跑过去，看到女儿平躺在地上，头朝向淘气堡，没有一点儿声音。我当时脑子已经乱了，但是也知道不可轻易去动她。我轻轻托起她的小脑袋，她便一下哭出了声，哭声异常洪亮。我抱起女儿蹲在地上，一时不知所措。

"妈，你带钱了吗？"我问旁边的奶奶。

"没有啊！"奶奶说。

我当时的想法只有一个，就是打车去医院。可是没钱怎么办？我就打电话给妻子，意思是跟她在医院门口会合。可是电话怎么也拨不出去。后来才知道，其实我一直在通话中，电话一直都没有挂断。我查看了一下孩子的身体，想看看有没有外伤。我先看看她的头，没有流血，再往她身上摸了摸，也没有发现什么异样。淘气堡上的孩子们都挤过来看。"王静怡怎么了？"有人问。

女儿并不安静，哭了一会儿，居然还抬起小手指着淘气堡，一个劲儿说："我要上去，我要上去。"

我想："先把她抱上去看看还能不能走。"也好知道她到底伤到了哪里。

万万没有想到，我刚把她往里面一放，这家伙却一溜烟跑了。当时我万分惊讶，赶紧去追。看她不像受伤的样子，不过我仍然不放心，大声冲她吼："你给我回来！"倒把另外一对家长吓了一跳。小家伙来到我身边，我搂着她这里摸摸，那里摸摸。

"疼不疼？"我问。

"不疼。"小家伙回答。让我觉得好生纳闷。

"王静怡是怎么掉下去的？"朱鑫玉问我。我说是从这里面跳出来的。

"她能跳这么高！"朱鑫玉显出惊讶又羡慕的样子。

唉，孩子就是孩子，有些话跟他们解释不清楚。

不多会儿，妻子来了，也顾不上工作有没有完成。她在电话里听到一阵混乱，就知道发生了什么事情。

她一见到我就问:"女儿呢?"

我得现找。

"那儿呢!"我指给她看。

"没事啊!"她说。

"你可不知道,刚才没把我吓死!"我说。

随后我告诉她事情的经过,她听了也吓得够呛。她想把女儿叫过来看看,小家伙很油滑,总不往我们跟前靠。于是我找了一处狭窄的必经之路,守在那里等她。可是我好像看到她朝这边来了,却没有见到人。人哪儿去了?突然我一低头,见小家伙四肢着地正慢慢往前爬。这把我气得,这时候还跟我玩这心眼儿。我探出身,伸手去抓她,你这小坏蛋!她往旁边一骨碌,嘻嘻哈哈地跑了。

晚上回到家里,我把小家伙全部脱光,上上下下仔细检查一遍。说也奇怪,身上居然连一个红印都没有。我百思不得其解。一个人从1米多高的地方一个跟斗平摔在水泥地上,居然一点儿事都没有!难道这就是传说中的金钟罩铁布衫?别忘了,那可是最炎热的夏天!没穿多少衣服。要是换个大人,就算不是骨断筋折,最起码一个小时之内爬不起来。人一旦遇到自己一时无法解释的事情,就会想到神灵。我也是这样,在心里默默感谢神灵的庇佑。

幼儿园不只是看孩子的

暑假过后，女儿升班了，由小班晋级到中班，也更换了教室。算起来，小家伙在小班也就待了三四个月。这里升班升得有点太快了吧。不过也好，让孩子提前感受一下长大的感觉，多做一些大孩子所做的事情，未尝不是一件好事。反正总共加起来，在幼儿园待的时间是一定的。

以前常听人说，刚开始孩子不愿意上幼儿园。送孩子上幼儿园，每次都得哄着、求着，最后还落个哭哭啼啼。可是我女儿，从上幼儿园第一天起到现在，一直都保持着极高的热情。每天都是高高兴兴地去，高高兴兴地回来。包括最初我跟院长闹翻的那一天，回家奶奶也问过她："幼儿园好不好？"

她说："好。"

"明天还去不去？"

她说："去。"

这说明，两位老师就算是在内心里对她相对反感的情况下，也还是对她不错的，起码没有给她过多的脸色看。这对两个整日忙忙碌碌、理论上来说可能没有多少耐心的年轻老师来说，已经不简单了。

以前，不止一次地听同事理直气壮地对我说，幼儿园就是看孩子的。这是对教育的无知，也是对幼儿园这种机构的不解，或者说是一种误解。

那次跟园长的激烈冲突之后，我也曾气呼呼地想，你们这些人懂什么呀，你们这些人会什么呀！随着时间的推移，我的看法渐渐发生了改变，就像园方对我女儿的看法发生了改变一样。我的这种改变是从那天给女儿送小猪开始的。那天在教室门外听到徐老师教小朋友唱歌时，我开始意识到，幼儿园这些女教师，她们都是具有艺术修养与天分的。她们张口就能唱，举手就能弹，音乐响起，便能随着节奏舞动，讲起故事娓娓动听，极具表演天赋。

幼儿园是一所学校，这里有各种各样丰富多彩的课程，有语言课、数学课、社会课、音乐课、美术课、手工课……这里的老师还要准备丰富的课件。有人做过大胆的假设，说幼儿园所有的课程，其实对小孩子没有什么用处，甚至更加狂妄的人说，孩子太早学认字、学英语都不是什么好事。

大人们所说的"用处"和"好处"无非是针对孩子将来的学习成绩而言。他们的根据就是，孩子太小，学得再多将来都不会有什么印象。事实却恰恰相反，正因为孩子小，他们思想较为单纯，这个时候你要教他一点儿东西，他印象会尤其深刻。这正如一张白纸，你在上面涂上无论一笔什么样的色彩，都会是显眼的。所以，如果等孩子大了，关心的东西多了，再教他一些你认为有意义的东西，那么这些东西要是想摆在他心目中一个比较显眼的位置，是很难的，或者几乎是不可能的。所以说，作为大人，要尽早把那些具有积极意义的东西涂在那张空白的纸上，目的是早早占据一个有利位置。

孩子在早期教育当中，不是为了学习多少东西，而是为了开阔眼界、增长见识。决定一个人前途的，不是聪明的头脑，而是广博的见识和开阔的眼界。孩子初到这个世界，尽管父母已经对他的存在习以为常，但是世界对他来说依旧新奇。如果只养在家里，他们可能就以为，这个世界上只有爷爷奶奶、爸爸妈妈和小伙伴，只有公园、超市、碰碰车。但是来到了幼儿园，他又知道了还有老师和同学，还有音乐、舞蹈、儿歌、唐诗、剪纸、美术和外国人的语言。

所以说，小孩子除了抽烟、喝酒、搞对象，学什么都不会为时过早。

学习好的孩子有两个共同特点：第一是勤奋；第二，他们都认为学习是理所应当的事情。如果想让孩子早早培养这两种素质，幼儿园就是一个极好的环境。

幼儿园的孩子，除了午睡之外，其他时间都是活跃的。唱歌，跳舞，听故事，做游戏……所有幼儿园都有一个共同的目的，就是让孩子们动起来，不要让他们无所事事。园方的考虑可能首先是孩子们的健康成长，但这对于培养孩子勤奋的性格也是大有好处的。如果待在家里，有的小家伙很可能就会窝在沙发里陪奶奶看一整天的电视。孩子窝在那里，不会出危险，大人又清闲，但是孩子身上的肉会越长越多。那才叫作真正的看孩子。

在幼儿园里，同学、老师这些概念早早地灌输进了孩子们的小脑袋里。老师们也常常跟他们讲，将来好好学习，才会成为一个对社会有用的人。这句老掉牙的话，如果到小学、中学才讲，学生不一定会听，或者说一定不会听。因为那时候，他们已经都学会自作聪明了。但是，幼儿园的小朋友，他们一定会相信，因为他们都是小傻瓜，大人说什么他们信什么。

幼儿园的小朋友，有一天进了学校，拿出了课本，听老师讲课，他们会适应得很快，因为他们早已有了心理准备和知识积累。他们认为上课听讲，下课做作业，这对他们来说都是很正常的事情，因为在幼儿园，老师就不止一次地跟他们唠叨过了。

宝宝爱读书

女儿升到中班,有一天徐老师对孩子妈妈说:"跟孩子说好了,明天不要带小狗来幼儿园了。"其实老师跟我们想到了一块儿。我们也知道,小家伙对毛绒玩具的过多依赖并不是一个好习惯,这对她的成长会有阻碍。

回到家,我们问她:"徐老师跟你说了吗?明天不要带小狗了。"

"说了。"小家伙回答。

"那你明天还带吗?"

"不带了。"我们由衷地高兴,孩子听老师的话。

从那时起,女儿上幼儿园就再没有带过毛绒玩具。开始的时候,女儿午睡比平时慢了一点,但是渐渐就习惯了。

中班的孩子开始认最简单的字,算最简单的加减法。老师们教孩子们念《三字经》,念唐诗,还把贺知章的《柳枝词》配上儿歌的旋律让孩子们唱。对于这些传统文化,孩子们很感兴趣。

有时候晚饭过后,妈妈带着女儿去散步,小家伙忽然便张开小嘴大声念道:"为人子,方少时,亲师友,习礼仪……"有时候会惹得路人驻足观望。他们肯定以为,这小家伙会背《三字经》,家里少不了有学问的人在教她。其实家里没有什么有学问的人,都是幼儿园教的。教孩子念《三字经》其实也用不了多少学问。作为家长,我们只是对园方进行积极的配合与响应。我们给孩子买来这方面的教材，不时跟孩子一起读。

有一次，我给她买了一副玩具弓箭，那张弓还是弹簧钢做的。这家伙把弓弦拉开了便念道：

一身能擘两雕弧，虏骑千重只似无。
偏坐金鞍调白羽，纷纷射杀五单于。

这是我以前教给她的王维的《少年行》。行啊，我寻思，这还触景生情、出口成章呢，呵呵！

我那时给孩子念过唐诗，读过《论语》。小孩子有时候的确像个小傻瓜，你让她读什么她张开小嘴就读，也不管懂不懂。尽管有时小孩子的记忆力还不如大人强，但是等她哇啦哇啦背熟了，大人却忘得差不多了。

小孩子见到大人的嘴巴不停蠕动，便会问你："你在吃什么啊？"如果你只是认为孩子嘴馋，那么未免过于肤浅。其实孩子对大人的所作所为都是好奇的。只要抓住这个契机，那就很可能将他引向一条勤奋学习的道路。

见小家伙在沙发上玩玩具，我故意拿起一本书，煞有介事地大声朗读："那人不甚好读书；性宽和，寡言语，喜怒不形于色；素有大志，专好结交天下豪杰；生得身长七尺五寸，两耳垂肩，双手过膝，目能自顾其耳，面如冠玉，唇若涂脂；中山靖王刘胜之后，汉景帝阁下玄孙，姓刘名备，字玄德。"

小家伙丢下玩具，凑到我跟前，伸过小脑袋，一边看我手中的书，一边听我读。过了一会儿，我说："不读了，你玩去吧。"她居然摇晃着身子央求我继续读下去。接下来，又读了很长的时间，直到我厌倦了。

小家伙在玩电脑游戏，我故意拿张纸，一边写一边唠叨："一加一等于几呢，三加二等于几呢，小朋友们，你们会做吗？"

小家伙离开电脑，又凑到我跟前，跟我做起了算术题。

有时候，我偷着乐。小孩子就是好糊弄。如此下去，培养一个爱学习的孩子也不是难事。但问题是，大人们有没有耐心，舍不舍得付出那一点点的时间。大人的时间如果投入网络里，去聊天，去勾三搭四抢红包，或者没日没夜寻找这样那样的财路，那么当大人抱怨自己孩子不爱学习的时候，恐怕他们的初衷不是培养出一个爱学习的孩子，而是期待有一个天生爱学习的孩子。而天生爱学习的孩子只存在于理论中，或者是别人家里。

  当然，我在这里也只是感慨一下而已，并没有资格谴责任何人。因为很多人有些时候明明知道如何去做，却懒得做。我就是这种人。我陪孩子读书充其量是一时冲动，偶尔为之。

宝宝的新座驾

妻子的自行车太过破旧了，跟打扮光鲜的宝宝有些不太相称。尽管宝宝从来也没说什么，但孩子妈妈总觉得过意不去，于是给小家伙换了一辆崭新的座驾。新自行车买来时，宝宝可喜欢了，桃红色的车身，光鲜艳丽，车子也精巧别致。在一个阳光明媚的礼拜天，妻子骑上崭新的自行车，载着宝宝去了人民公园。人民公园的自行车都停放在马路边。妻子怕放在那里距离自己较远会不安全，便推进了草坪里。她觉得放在那里距离近些，即使在公园里陪孩子玩的时候也能够望得见。其实公园跟草坪之间隔着两排松树，也很难看到那里。再说，跟孩子玩起来，哪还有工夫去注意自行车啊。那次妻子的判断力绝对是一个失误。如果跟其他的自行车放在一起，不会特别引人注意，但是放进了草坪里，那简直是万绿丛中一点红，反而更引起了一些不该注意的人来注意。

等娘儿俩从公园出来，自行车不见了，从买来到丢失总共在我们家也就待了两个星期。没办法，娘儿俩只得打车回家。

宝宝一进门就哭。相信在公园她就已经哭过了，现在的表演只是加场。

小家伙一边哭一边发着狠："我要我爸爸打死小偷，呜呜呜！"在她的眼里，爸爸一直都是一个武艺高强的人。

"我一个星期不洗脚，我要用我的臭袜子臭死小偷，哇哇哇！"在宝宝眼里，她的袜子一直都是一对不可低估的生化武器。有时候我跟妻子打闹，小家伙便会把袜子脱下

205

来丢给妈妈："给你臭袜子，臭死他！"

好说歹说，答应明天给她再买一辆新车，小家伙这才渐渐止住哭声。其实我所说的明天不是明天，而是"最近"的意思。大人们说话的逻辑总是这样的。可没想到宝宝当了真。

第二天，妻子骑我的自行车去上班了，下午我步行去接孩子。

一出幼儿园的门，宝宝就问我："爸爸，自行车呢？"

我一愣："不是让人偷了吗？"

"你不是说今天再买一辆吗？"

"今天爸爸没时间，明天再买。"

这下小家伙不干了："我要你现在就去买，我要自行车！"她嘟起小嘴，吧嗒吧嗒落下了眼泪。

我又是好说歹说，软硬兼施地拖着她往家走。那是一个冬天，刚刚下了一场大雪。路过小花园的时候，这家伙忽然不走了，一下躺在了路边的雪地上。当时我这驴脾气差点上来。心里说，这还要撒泼打滚呢！只有那些在没有任何文化底蕴的家庭长大的，没有教养的孩子才会这样。但是光天化日之下不适合大人发火。我忍了又忍，上前一拽她的胳膊："你给我起来！"

这家伙一骨碌从雪地上爬起来，不再理我，目空一切地往前走。幸好，前面有个健身踏板分散了小家伙的注意力，她跑过去踩在踏板上来回地荡。在那一刹那，我用以前所学过的逻辑学、心理学展开一系列分析，最后决定，不可强攻，只可智取。

我酝酿了一下情绪，然后跟宝宝说："你知道小偷为什么要偷我们家的自行车吗？"

"为什么？"小家伙问。

"小偷的目的就是让我们家日子不好过。你看，自行车丢了，爸爸怪妈妈，宝宝怪爸爸，我们家老打架，日子还能过好吗？小偷越是想让我们过不好，我们偏要过得好好的。丢了就丢了，没什么大不了的，谁也不埋怨谁，谁也不跟谁打架。宝宝不再发脾气了，让小偷空欢喜一场，你说好不好？"

"好！"小家伙从踏板上下来，牵着我的手往家走。

"爸爸，我们好好的。"小家伙说。

"对，我们好好的，气死小偷！"

"爸爸，你说是不是我刚才在雪地上躺了一会儿，清醒了呀？"

我真想拿脚踹她，还提这茬儿！管你清醒不清醒，老子关心的是你会不会着凉。转念一想，应该不会，因为她背后背着一个双肩包。那时候的宝宝经常模仿小学生的样子，背上一个双肩包。

过了一会儿宝宝又说："爸爸，你明天去买自行车吧！"

我说："行，爸爸明天一定买！"

第二天我再不敢耽搁，去买自行车。这次接受教训，再不敢选颜色扎眼的那种，挑了一个淡蓝色的。自行车买了之后，又去配了一个崭新的宝宝椅。下午，跨上自行车，理直气壮地去接孩子，小家伙见了甭提多高兴了。

接下来的礼拜天，我又载着女儿去儿童公园。那时候的儿童公园，自行车还可以推进去。把车停在小路上，便和女儿去草坪上玩。小家伙不放心，玩一会儿便停下来回头看看。玩着玩着，小家伙忽然跑了。她跑到自行车那里，目光充满警惕。我抬头一看，简直哭笑不得。此时走来一对老夫妻，头发都斑白了。宝宝小手搭在宝宝椅上，一直盯着那对霜侣，直到他们远去，这才又跑来跟我玩。

当时我这尴尬的！不过也没事，人家也不知道她在干什么。说不定还在想，这小孩直盯着我们看，是不是觉得我们像她的爷爷、奶奶啊！呵呵，你们不像爷爷、奶奶，你们像小偷！

不过后来想想，宝宝的逻辑也没错，但凡小偷，不分男女老幼，只要靠近我们的财物，都得防范。如此说来，这小家伙的刑侦思维还是非常缜密的。

宝宝是个极其重感情的人，凡跟她接触过的，不论是人还是其他的什么，她都会产生一种浓浓的情感。那辆"万绿丛中一点红"被偷的时候，让宝宝伤心的其实不只是自行车，还有那上面的宝宝椅。那架宝宝椅已经服侍小家伙将近两年了，能说分开就分开吗？

让我难忘的女人们

我是要说爱情故事吗？其实不是。我这里要讲的那些人，她们跟我一点儿关系也没有，之所以让我难忘，是因为她们都是难得的好人。

小贴画阿姨

女儿上幼儿园的时候，幼儿园门口有许多小贩，其中一个女人，至今让我难忘。那个女人的样子至今我还能回忆得起来。不高不矮，不胖不瘦，不白不黑，不俊也不丑。她的小摊不大，摆着一些小孩玩意儿，啪啪圈、小贴画、悠悠球、小挂牌，还有各种酸奶饮料。

我女儿小时候特别难缠，见了那些玩具小摊总挪不动脚。我们家人也大方，基本就是要什么买什么。那些小摊贩大都是些精明人，有各自的推销手段，用各种方法来吸引小孩子。不过，渐渐地，我发现那个女人的不同。

有一次，我在她那里给女儿买贴画，挑来挑去也没有拿定主意要哪一张。

"你们来买过我好多的小贴画呀！"那女人对我说。

"噢，是吗？"我说。其实，连我自己都没觉得买过人家多少东西。

"是呀，她每天都来买我的贴画。"其实她说的有些夸大其词。

我女儿那天有点滑稽，最后选中的偏偏是已经被撕掉两个贴画的非卖品。一张贴画五毛钱，上面有二三十个小贴画。

"我再找你两毛钱吧。"女人说。

我说："不用，只要孩子喜欢就行。"

还有一次，女儿在女人那里买了一盒酸奶、一张贴画，仍然磨磨蹭蹭不肯走。

"好啦，宝宝。"那女人说，"宝宝今天已经买了不少了，别的以后再买好不好？"

女儿很听外人的话，就跟着我走了。我心里觉得很纳闷，别的小贩都恨不得你一下把他们的东西全买走，可是那个女人仿佛是在替家长心疼钱。

渐渐地，我对那女人便有些留意。我发现她做生意跟别人略有不同。好像她并不指望靠这个挣多少钱，而只是把摆摊当成一种消遣。从来不见她招揽顾客，从不见她做什么推销和诱导。小朋友们到她那里可以随意乱翻，翻乱了她再整理，也不见她烦。退换货在她那里是一件极其轻松的事情，甚至卖出好几天的东西，她拿过来连问都不问就给换。

我从幼儿园把女儿接出来，总是不知不觉地会往她那儿去。我觉得，在她那里买东西让我感到快乐和轻松。时间长了她跟我们也比较熟，女儿买了她的东西，她总会有额外的赠送，一张小贴画，或者一个小挂牌。

女儿上中班的时候，门口那个摆摊的女人忽然见不到了，让我们好长一段时间都不太适应。我在想，她生意好好的，为什么不做了呢？像她那样的好人，生意应该越做越好才是。但愿她去做大买卖了，再没工夫鼓捣这些小玩意儿。

小孩子玩玩具总是一阵风，一会儿这个一会儿那个。有一次，我去接女儿，见到许多小孩都在玩陀螺。女儿也让我给她买，于是我按照其他家长的指点去给她买陀螺。

卖陀螺的地方离幼儿园很近，拐角就是，走不过50米。那是一个挺大的门脸房，经营各种玩具和小吃。门前有一块宽阔的场地，设有沿街摊位，摆着各种各样的玩具，其中陀螺是最显眼的。那些陀螺有不同的规格，各有各的名字，价位从几元到二十几元不等。

摊主是一个三十来岁的男人，文质彬彬，戴着一副眼镜，看上去不像是生意人。我们挑好了一个陀螺，好像叫"无敌金刚"，记得大概是7元钱。摊主死活不还价，说他这里的陀螺每天要卖出好多，都是一口价。一口价就一口价吧，能找到地方就已经不错了。于是我付了钱，跟女儿一起拆开包装盒，让她试一试怎么玩。当然还得看看有没有质量问题，不行好再换。

不经意间一抬头，我却意外地又见到了以前在幼儿园门口摆摊的那个女人。她刚从门脸房里出来，看样子是要去照顾街边的摊位。原来这里的生意是她的，这样的人本就应该有更大的生意。

女人跟我点一点头，轻轻打一声招呼，就去忙了。那个时候，来买玩具的小朋友很多。这儿紧挨着儿童活动中心和人民东路小学，是一个极佳的位置。

我跟女儿正在玩着新买的玩具，戴眼镜的男人忽然朝我们走过来，硬塞给我两元钱。"你们是老主顾，应该再照顾些，以后还要常来呀。"他对我说。

"是是是，当然要常来。"我赶紧说。

我当时拿着那两元钱，心里有说不出的悸动，不觉又向那个女人多看了一眼。她接待小顾客的那种神态，带着一种女性自然的温柔与美丽。

我时常想，一桩生意，商人和消费者已经成交，最关键是钱已经到账，可是商人会因为两者之间的一种关系主动让利30%，而且这种关系也仅仅是因为，那个买你东西的是一位老主顾。在商业圈里，这几乎是不可能发生的事情，没有一个老主顾的面子会值这么多钱！最终我把这件事归咎于"商业感情"。当然，这个词是我临时编造出来的。意思就是，经营者因为从顾客那里长期获得利润而由衷地感恩。这种感恩可能真的是存在的，但是绝不普遍。几乎所有商家进行的让利、回报都是幌子，其真正目的是推销他们滞销的商品。

我遇到那个卖玩具的女人之后，才意识到，"商业感情"在一些特定的人之间的确有产生的可能。大概她一直还记得，我们买过她一张残缺不全的小贴画。不过，我觉得她让利的动作实在有些大——30%，那么她还能够挣到钱吗？

呵呵，说到这里，你会发现有这么一件奇妙的事情。商家在替顾客心疼口袋里的钱，顾客却怕商家挣不到钱。这是多么让人意想不到的啊，然而又是多么美妙！我从不奢望这种美妙能够延续和推广，它只在某些角落，某些人的心里存在着，就已经足够了。

过没多久，大概不到一年，卖玩具的那对夫妇就不见了，门面改行经营日常用品。有一阵，我心里空落落的，有些替他们担心。但是我觉得，他们现在应该过得更好，经营着更大的生意。

这几年，我时常想起当年那个摆玩具摊的女人。因为我以后再没有遇到过懂得替顾客心疼钱的经营者。我遇到过的那些人，他们的眼光都直射进我的口袋里，让我觉得那里的钱待得很不安稳。我从来没有希望过，天底下所有的经营者都会像她那样。是的，有些人，有些事，是可遇不可求的，能够碰到一次就是你的幸运。

如果有一天，能再见到那个曾经卖小贴画的女人，我希望能够跟她说一声："大姐，生意兴隆，一生平安！"因为，她是一个好人。

一分钱难倒英雄汉

我女儿小时候蛮不讲理，有时候会让我这做爸爸的颜面尽失。有两次我记忆犹新，都是因为她想买东西，而我恰好没带钱。

一天晚上，我带她出去玩，本想散散步，没打算买东西，所以身上也没带几元钱。我们经过朱鑫玉家的淘气堡，女儿要去玩。我摸了摸口袋，钱刚刚够。

淘气堡旁边，有人推着自行车卖东西，有气球，还有饮乐多。饮乐多是一种儿童饮料，那时候极其流行。这种饮料超市里没有，都是由一群穿着统一制服的阿姨走街串巷地卖。我女儿对那种饮料尤其热衷，我们那片儿的饮乐多阿姨们几乎没有不认识她的。

女儿尽兴后，从淘气堡上下来，对我说："爸爸，我要喝饮乐多。"

我觉得有件事必须得先跟她商量，可是我一把没拉住，她就已经向卖饮乐多的女人跑去。做生意的手快，一个小饮乐多瓶子马上塞到我女儿手里，"拿着宝贝！"

"爸爸下次给你买好不好？"我近似苦苦哀求，"宝宝渴了，我们回家喝水。"

可是，小孩哪里懂得半点儿同情，说什么也不干。我当时甭提有多难堪，头上都冒汗了。卖饮乐多的女人看着我只是笑，大概心里在说："这人真小气。"最后，我觉得还不如来得直率一些，便跟人说："我碰巧没带钱。"

没想到那个女人说："没事，这个小孩我认识，以前带她来玩的是她奶奶吧？"

我说:"是,是她的奶奶。"

"让孩子拿着喝吧,"女人说,"等以后你见着我,再把钱给我。"

我当时千恩万谢之后,便带着孩子走了。

在我眼里,这不是一件小事。不给钱,东西可以拿走!这是个什么样的世界?有些人把钱看得比命还重,起码除了自己之外,超过别人的生命。所以第二天晚上,我便开始寻找饮乐多阿姨。

说来也怪,第二天那女人没来,而且一连几天都没来。看来,她属于"流动商贩",没有定点儿。这下可麻烦了。我知道这种饮料的提货点就离我们家不远。有一天早上,我早早地跑去蹲点,结果把那些阿姨挨个儿瞅了一遍,也没找到那个让我四处寻找的人。

大约一个月过去了,有一次,我从儿童公园门前经过,看到街对面有一个卖饮乐多的人。那时我已经记不清那人的模样,但是果断地做出决定,冲对面招招手,喊了一声。

饮乐多阿姨停下自行车,我来到她跟前问她,是否以前有人在超市旁边买过她一瓶饮乐多,没给钱,都好长时间了。

她说:"是,那个小孩经常跟奶奶出来玩。"

我一听,准没错,便把钱给了她。

那天回去之后,我把这件事情通知全家,因为我认为这是一件很让人开心的事情。

一元五角钱

还有一次,是在人民公园,碰巧我花光了身上的零钱,最后只剩下一张百元整钞。当然,这跟没钱是两个完全不同的概念,但有时候结果是一样的,那得看碰上谁。

我们爷儿俩离开公园的时候,在门口碰上一个摆玩具摊的老太太,那人其实也不是太老,也就五十多岁。女儿看中人家的拍拍球,非要买不可。我拿出一百元整钞给她,她冲我摆摆手,示意我找不开。于是,我又跟女儿做出解释,由浅至深,循循善诱。虽然我口才不错,文笔了得,却得不到孩子的半点儿青睐。

最后，我前抓后挠为难得不行，还是卖玩具的老人家给我解了围。

"既然孩子这么喜欢，你们就拿去吧。"

我自然又是千恩万谢一番，并且许诺，改天一定前来奉还。老人家冲我摆摆手，说："不就一块五毛钱嘛。"

虽然日后我并未飞黄腾达，但是我没有食言，一块五毛钱一分不少，最后全部奉还。不过，我还人钱的时候，老人家都忘了。

碰到一个好人，是我的幸运，但是因为我让一个好人受了委屈，我会同样感到压抑。祝天下的好人一生平安。

尴尬的家长开放日

幼儿园都有家长开放日。开放日那天，家长可以来幼儿园陪孩子待上一个上午。对家长来说，这是一个很好的机会，可以看看自己孩子在幼儿园的具体表现。是啊，平时送孩子进来之后，心总是悬着的。毕竟，幼儿园的门关上之后，里面发生了什么，谁也不知道。孩子在里面到底过得好不好，比如吃饭好不好？上课认不认真？合不合群？每个家长心里都有这样的疑问。从时间上来说，幼儿园占去孩子每天整个生活的三分之一，是他们童年一个非常重要的组成部分，不容忽视。

吃饭问题是每个家长的首要关注点，因为这直接影响孩子的身体发育。

孩子的专注能力绝对也是一个不可忽视的问题，具体表现就是听课认不认真。因为这个几乎就代表了孩子将来在学习上的潜力。有的孩子，你要跟他做些欢蹦乱跳的事还行，而如果要他做一些需要安静的事情，他身上就像长了虱子似的，一会儿抓抓这儿，一会儿抓抓那儿，要么就是摇头晃脑，甩胳膊甩腿。而有的孩子不然，平时能蹦能跳，能吵能闹，可是等到老师上课的时候，他忽然就不动了，竖起两只小耳朵，瞪起两只眼睛直盯着老师。

有人说，孩子不认真，是老师的课上得无趣。其实根本没有这个道理。要是这么说，如果想让某些孩子集中精力，就得老师一边讲课一边翻跟斗。这样难度未免有点太大，别说幼儿园老师做不到，就连大学教授也够呛。

现在很多人都赞同人的智力生而不同。其实，人生而不同的东西还有很多很多，比如性情、毅力、专注力等，然而这些东西大多能够通过后天的培养得到改进。关键的问题是，大人有没有留意过，以及什么时候能够发现问题。如果一个人，有一天他拿刀杀了人，你才说他心性凶残，未免太晚。

如果孩子专注力差，在幼儿园时期纠正起来还不算太晚，但是超过了小学三年级，基本就成不治之症了。

至于孩子合不合群，这体现了一个孩子的性格。现在流行一句话，"性格决定未来"，说来不无道理。一个人应该善于跟别人交际，跟别人沟通，这样才有助于将来的发展。关于孩子的性格问题，从幼儿园时期就应该去留意、去引导。

女儿在小班的时候，幼儿园生活过得相当轻松、顺利。正当我为此沾沾自喜的时候，没想到这家伙到了中班反而闹起了脾气，产生过几次阶段性的抵触情绪，甚至有一阵我都想给她转园了。家长开放日那天，恰逢小家伙情绪较为低落。

吃完早饭，孩子们跟侯老师一起到前院去做早操。侯老师身材苗条，跳舞堪称专业。她的韵律操动作优美、节奏感很强，而且还带有一种天真的萌态。那阵子说也奇怪，我们家宝宝特别喜欢侯老师，不论侯老师招呼大家做什么，小家伙总是第一个站到她的身后。

做完早操，孩子们都上楼去了。小家伙拉着我的手，眼泪汪汪地说："爸爸，你不走！"大概她看到有些家长已经走了。

我说："我不走，在这里陪你。"

有的家长关心地问："孩子怎么了？"

我说："没什么。"接下来老师们带领小朋友跳舞、跳绳、做游戏。每到间隙，小家伙都会跑到我跟前对我说："爸爸不走！"弄得我心里凄凄切切的。有的家长见了会笑，我便跟人家说："怎么大了反而不如以前了呢！"

"孩子总是一阵儿一阵儿的。"有人说。

再接下来，徐老师给大家上课，她给小朋友们讲的是中国传统京戏。其实我本想听徐老师讲故事，或者唱歌，我知道那都是她的强项。

有一次宝宝回家对我说："爸爸，今天徐老师给我们讲故事，小朋友都哭了。"

我问:"你哭了吗?"

"哭了。"

那个故事叫作《狐狸和葡萄》,是一个狐狸妈妈为了救孩子牺牲自己的故事。可能有些大人会觉得好笑,让你讲个故事,你让孩子哭得稀里哗啦的,真把哄孩子当回事了啊。其实,在孩子和老师眼里,一切都是认真的。如果你认为孩子的事情只是儿戏,那是你自己出了问题。

徐老师那天讲的什么内容,我记不起来了,只记得她做了几个花旦的身段,惟妙惟肖,倾倒在场众生。当时我忍不住赞叹:"这帮人怎么什么都会啊!"

其间,老师不断叫小朋友起来回答问题,而所叫的都是有家长在场的那些小朋友。那时候大部分家长都走了,留下来的只有六个人。没错,我认真地数过。女儿听课很认真。看着小家伙聚精会神的样子,我想,如果我是老师,遇到这样的学生,也不会不喜欢的。女儿被叫起来模仿一个娇媚的花旦动作。小家伙做得不是很到位。我倒觉得让她模仿窦尔敦更加合适一些。

时间过得很快,马上就到了我最关心的那个节目——午餐。这个不是我们家宝宝的强项。我得仔细看看,小家伙在这里到底能不能吃得饱。总体来说,还不错,比我想象的要好些。虽然小家伙最后一个吃完,不过自己那份勉强吃光了。那天吃的是羊肉包子和小米粥。徐老师还拿了包子让家长尝。有个家长代表尝了一个,说味道还不错。老师吃的跟孩子们一样。但是有时候他们的早餐不尽相同。听朱鑫玉妈妈说,有一天孩子们吃包子,老师们却在吃油条,结果把朱鑫玉给馋的,老盯着老师看。哈哈,孩子就是孩子,老以为别人手里的东西才好。其实包子比油条有营养多了。

午餐结束后,老师们在教室里给孩子们铺开被子,让他们午休。小家伙拉着我的手哭哭啼啼不让我走。没办法,我只好坐在她旁边等她入睡。这个时候,别的家长都早已离开了。

幼儿园老师会趁孩子们睡着的时候出来彼此串一串门儿。有两个女孩来到这里,问徐老师:"他是谁?"

没准儿她们以为新来了男幼师呢。当时我羞愧难当、无地自容,恨不得把自己变小,也找个被窝钻进去。

小家伙总算睡着了，剩下的时间我终于可以自己说了算了。我站起身跟老师告别，临走不忘说上一句："你们很辛苦。"

不知不觉，中国人都变成了生意人，一切都变成了交易，彼此间的赞美没有了。因为你在跟别人交易的时候，总在挑毛病。在大多数人眼里，只有贬低别人才可以促使对方进步。

但是，对于素质比较高的人，你尽管放心大胆地赞美，不但不会导致服务打折扣，还会拉近彼此的距离。

家长开放日的第二天，我去送孩子，小家伙在教室门口又跟我闹起了别扭，嘴里哼哼唧唧，就是不肯往教室走。我苦口婆心，谆谆教导，说："幼儿园多好啊，有这么多的小朋友，有这么好的老师。别说你呀，爸爸都想来，可是爸爸太老了，人家不收啊！"

任我说得天花乱坠，就是打动不了她那幼稚的心灵。我一时间手足无措。当着来来往往的家长和小朋友的面，我这做爸爸的也觉得难堪。心里说，这教室里还有比你个子高的吗？别人都好好的，就你没出息。

徐老师过来帮忙，小家伙赖着我就是不肯走。

"待会儿去找你侯老师。"徐老师说。她也知道，那阵子宝贝跟侯老师的交情特好。

侯老师怎么还不来，我不时张望，难道半路自行车爆胎了吗？

终于，侯老师意气风发地来了。

"宝贝，又在这闹别扭呢！"侯老师说。

我用恳求的目光望着侯老师，心里说，劳驾帮帮忙呗！

侯老师二话不说，把手伸到小家伙腋下，一下把她提进了教室，"你跟我来吧"！小家伙嘴里哼哼着，小腿儿还一个劲儿地蹬。

见此情景，我赶紧扭头就跑，跟还没被逮住的贼一样。我知道，别看孩子当面跟我闹得凶，进了教室，不一会儿，就什么毛病也没有了。

下午，妻子接孩子回来。我问："宝宝今天表现怎样？"

她说："很好。"她还告诉我，侯老师跟她说："我今早来的时候，他爷儿俩还在那儿你推我我推你呢，我把她提起来就走了。呵呵！进教室里不一会儿就没事了。"

217

备受难为的老师

徐老师和侯老师是一对好搭档,我相信她们俩是幼儿园最好的老师。徐老师是班长,幼儿园的班长相当于中小学班主任的角色,相对来说比较劳心。她年纪稍大一些,那时候刚刚有了小宝宝。侯老师刚刚结婚不久。徐老师业务精干,做事沉稳,态度和蔼,像是孩子们的妈妈。侯老师天真活泼,性格开朗、童心未泯,更像个孩子头儿。

妻子善于跟人交流,没用多长时间就跟两位老师混熟了,彼此之间像是姐妹一般。每到接孩子的时候,她总是爱跟两位老师聊上一阵,了解一下孩子的情况,但有时候也是云山雾罩、不着边际地闲聊。

一次,侯老师对孩子妈妈说:"你闺女真不文明。上完卫生间,不提裤子就往外跑,外面那么多小男孩!"

老师说的是实情,让我碰巧遇到一次。那次我去接孩子,没看见小家伙。

"去卫生间了。"徐老师说。

卫生间就在教室的东南角上。过了一会儿,小家伙从里面跑出来,裤子褪在膝盖上,光着小屁股。徐老师冲她嘟起嘴来,做出责怪的样子。小家伙抬头冲老师嬉皮笑脸。随后老师弯下腰,给她提上裤子,说:"记住以后提上裤子再出来。"

不得不承认,我们家对孩子自理能力的培养上的确有些欠缺。不过,幸亏提裤子这种操作没有多少技术含量,小家伙很快就学会了,只是刚开始的时候提上去的裤子看上去歪歪扭扭，显得左右不太对称。

有一次在家里，小家伙忽然问妈妈："妈妈，我为什么没有眉毛啊？"

妈妈一愣："谁说你没眉毛？"

"侯老师说的，我的眉毛没长出来。妈妈，你让我的眉毛长出来。"小家伙满脸委屈的样子。

"宝宝有眉毛，只是眉毛淡了一些。"妈妈试图解释，可是哪里解释得通。

小家伙哭了起来，嚷道："我就是没有眉毛，你让我的眉毛长出来，把你的眉毛给我，呜呜呜！"

第二天妻子送孩子去幼儿园，跟侯老师说："我还没找你呢！"

"俺又怎么了？"侯老师一脸无辜。

"你说俺闺女没眉毛。回去跟我这好一通闹，说让俺给她把眉毛长出来，还说把俺的眉毛给她。"

"啊？这都多长时间的事情了，她怎么还记得呀！就那天，给女孩们梳头，我说，静怡的眉毛这么浅，好像还没长出来。哈哈，真的都好长时间了。"

"你今天跟她说，眉毛长出来了就行了。"

"好吧！"老师一脸的无奈。

女儿在中班的时候，没少给两位老师出难题。相比之下，刚才这些都不算什么。曾经有一阵子，这家伙对幼儿园产生了强烈的抵触情绪，把两位老师给难为得上蹿下跳，不知所措。

有一天，侯老师跟孩子妈妈说："商量点事行不？"

"什么事啊？"

"明天能让你闺女不穿毛衣吗？"

"为什么？"

"她老让俺剪线头。开始吧，她找出一个线头，让俺给她剪。剪了之后，又找出一个，又剪。剪了一个又一个，俺这一天不干别的了。"

"是吗？"

"可不嘛！"

"这怎么回事啊？"

"不知道。"

回去我们检查了一下那件毛衣，手织的，的确线头比较多。

问她："老剪线头干吗？"

她也没说出个所以然。

可是这天气，穿棉袄热，穿衬衣冷，不穿毛衣穿什么。没办法，第二天早晨，孩子妈找了一件从外表上看绝对找不出线头的针织衫给她穿上。

第二天，侯老师继续抱怨："哎哟，你闺女这是怎么了，就跟落下心病了似的。一坐下来，就满身找线头。外面找不到线头，她翻起衣服去里面找！不给她剪，她拿小剪子自己剪。我吼了她一声，她就哇哇哭！"老师一脸筋疲力尽的样子，"我跟她讲，衣服上的线头没事的，每个人衣服上都有线头，你看老师衣服上这两个线头更长。"侯老师穿着一件米黄色风衣，腰间有两条束腰线。

徐老师也说："孩子最近特别爱哭，没人招惹她也哭；玩具不小心掉地上，她哭；堆积木倒了也哭，不知道什么原因。这几天还特意老在小朋友面前表扬她，但是总表扬也不是个法儿。"

我们夫妻俩也是一头雾水，以前好好的，一直觉得她适应能力很强，怎么现在会这样呢？碰巧那两天股市大跌，难道孩子的情绪会跟着股市起伏吗？我们家也没买股票啊，它就跌到洗澡盆里跟我们也没关系啊。

后来跟妻子做了全面的综合分析，觉得问题可能出在家里。

那阵子，我们家的确发生过一点儿小小的变化，到现在我们也拿不准是不是跟小家伙在幼儿园的表现有关。

大表姐的儿子那个时候上初三，学习成绩不太好，来我们家补习过几天功课。于是一到晚上我们便和他关在小卧室里刻苦攻读。我那学生不太安分，总是坐没一会儿，便要起身出去，要么喝水，要么去卫生间。我也不太安分，有时候要去厨房抽一支烟。我拿来一根小棍子交给小家伙，跟她说，哥哥要是起来，就用棍子打他。等我从厨房回来，哥哥已经被逼到墙角，妹妹手里拿着棍子在他面前晃。我赶紧把她抱起来，送到位于客厅的妈妈那里。小家伙几次都想到小卧室来找我们玩，都被妈妈抱了回去。

想想那会儿，小家伙的确受到了一点点的冷落。不过也没有见她在家里有过什么不满的情绪。只记得有个礼拜天的上午，我在电脑上写东西，小家伙来跟我抢电脑。

我跟她说："宝宝出去玩，爸爸写点东西。"

小家伙没哭也没闹，抬起小手打自己的小屁股，一边打一边嘴里还嚷："我打我自己的屁股，我打我自己的屁股！"说完吧嗒吧嗒跑出去了。

这个举动比哭闹更加让人震撼。虽然她打的是自己的屁股，但是我觉得像是打在我脸上一样。人家不就想玩会儿电脑吗，爸爸怎么可以这样自私呢！于是我去客厅把她抱了回来："宝宝，你玩吧。"

终于有一天，徐老师跟我们说："静怡好像已经过去那一阵儿了。今天她在画画，不小心一下把纸撕破了，我还想，坏了，肯定要哭。咦，居然没哭！"

那次的股市震荡只是暂时的，不久便又飘红回暖。我们一家重又兴高采烈起来，尽管我们从来也没有买过股票。

今天我执勤

每天早上，每个班都会有一个小朋友来执勤，带着红袖箍，上印"执勤"二字，站在教室门口，对到来的家长和小朋友致以亲切的问候。

"叔叔好！""阿姨好！""小朋友好！"

这是小朋友们十分热衷的一个差事。小朋友们轮流执勤，每轮上一次都是一件很不容易的事情。那天下午，徐老师通知我们，明天女儿执勤，要早来。小家伙甭提多开心了。晚上早早睡觉，第二天早早起床。

到了教室发现居然有人比我们来得还早。是一个叫孙雨涵的小女孩，胳膊上带着红袖箍正站在门口。我们一看就傻眼了，问侯老师："昨天徐老师说好让我们执勤的呀。"

侯老师说："不知道呀，孙雨涵早来了，她说今天她执勤。"

再看我们家宝贝，小脸儿往下一拉，又开始凄凄惨惨戚戚了。没办法，尽量跟孩子解释，今天我们来晚了，赶明天我们再早点来，要么今晚干脆住这里。小家伙不说话，眼泪在眼眶里直打转。我心里想，眼泪能感化大人，那是否也能感动孙雨涵呢？

宝宝的眼泪马上要落下的千钧一发之际，徐老师来了。我们问徐老师："怎么回事啊，不是说好我们执勤的吗？"你们这样出尔反尔不利于社会和谐啊。

还是徐老师办事效率高，跑去跟孙雨涵协商："小孙啊，你看到没，人家这一家人可都在这儿呢，这万一争执起来，咱也打不过人家呀，我们这次就妥协了吧。"

最后，红袖箍从孙雨涵胳膊上摘下来，戴在我女儿胳膊上，小家伙一脸心满意足的样子。但是小孙满脸的委屈。到嘴的鸭子飞了，滋味能好受吗？当时我还一个劲儿口不应心地说："不用了，今天就让小孙执勤吧，她都戴上了，怎么好再往下摘呢。"

后来我们知道，那天为了弥补小孙的遗憾，徐老师特意安排她去升旗。那也是一个蛮不错的差事！就这样，两颗同样幼小的心灵同时得到了安抚。想想老师们也怪不容易的，手底下个个都是得罪不起的宝贝，偶尔一个闪失，对谁都不好交代。不过，老师就是老师，总有解决的办法。他们不仅看家长的面子，也会顾及每一个孩子的感受。

女儿在幼儿园跟小朋友们相处得还算不错，直接的冲突不多，但是还真让我赶上一次。

那时，教室的一角，开辟成一个小超市，那里摆着茄子、黄瓜、辣椒、西红柿，还有各种水果，都有标价。我凑过去一看，茄子12元，辣椒18元，苹果22元。这价钱也太贵了吧，一般人还吃不起呢。那些东西都咬不动的，是孩子们学习算术的道具。

超市的旁边还有一个小厨房，那里有各种水果蔬菜，都是分成两部分，并用粘扣粘在一起的，拿一把塑料小刀可以从中间切开。那阵子，每次去接孩子，小厨房那里总站着几个孩子在玩。而且，几乎每次那把塑料小刀都在我女儿手里。由此便引起别的小朋友的不满。李姿娴来抢小家伙手里的小刀。于是两人发生争执。李姿娴揪住我女儿的毛衣，把衣服扯得跟面口袋似的。我女儿则举起了手里的刀。我赶紧上前制止。小小年纪，持刀行凶，还有王法吗？

在家长和老师的劝阻下，双方勉强罢手，爬到各自自行车后座的宝宝椅上，跟大人回了家。

爸爸妈妈跟你玩

　　孩子的教育少不了家长的参与,所有的学校与幼儿园都明白这样一个道理。学校让家长给孩子检查作业,惹来家长的抱怨:"老师的工作都让家长做了,那么还要老师做什么呀!"其实这里面有一个深层的道理——教育孩子首先要教育家长,否则老师的努力有可能白费。老师让你给孩子检查作业,醉翁之意不在作业,也不稀罕那几个歪歪扭扭的家长签字,而在于,作为一个家长,翻翻孩子的课本,掀掀孩子的作业本,动动孩子的笔,孩子课上到了哪里,掌握得怎么样,你关心关心行不行!你说了,我关心有什么用,我什么也不懂。大学课程你不懂,情有可原;中学的课程你不懂,情有可原;小学的课程你不懂,也情有可原。但是,你在单位上班,领导关心的,往往是你是否能够尽心尽力去解决问题。同样道理,你关心孩子的学习,孩子在学习上自然就会多尽一份心、多出一份力。

　　教育孩子好比管理一个企业,只有你心里有事业、有上进心,企业才有发展的可能。但是你口口声声说要壮大企业,事实上却天天在外面吃喝嫖赌,企业不破产对得起你吗?同样,你口口声声让孩子好好学习,实际上却丝毫不关心孩子的学习,孩子不去尽情玩耍对得起自己吗?

　　老师之所以硬拽上家长,情非得已,谁让你跟孩子待在一起的时间最长!老师在课堂上苦口婆心地劝导,万一遇上一个麻木不仁的家长,那么双方面对孩子的影响很可能就会在一场化学反应中酸碱中和。老师的唾沫星子白费了，亏不亏啊！

幼儿教育，异曲同工。幼儿园同样会千方百计把家长牵扯其中，目的是让家长多多陪一下孩子，不要让孩子在成长中受到冷落。学校考虑的多是孩子的成绩，而幼儿园考虑的则是孩子的心理成长。一个心理上不能健康成长的孩子，他是不会去好好学习的。

不论学校还是幼儿园，他们真是太了解现在的家长了，因为他们恰巧赶上了一个伟大的流量时代。现在的家长，最突出的一个字就是"忙"。忙着上班，忙着兼职，忙着上网，忙着追剧，忙着刷屏，忙着过节，不管是儿童节、劳动节，还是国内的光棍节、国外的情人节。有时候家长们在百忙之中偶尔回过头来，咦，这家里还有一个孩子呢！

没完没了的手工课

不论什么事情，第一次的尝试大都令人新奇而兴奋，除了赴汤蹈火之外。

女儿拿回家的第一个手工课作品是小火箭。幼儿园的手工课配有教材，拿回家一看才明白，什么孩子的功课，明明是大人的作业嘛。孩子会粘纸筒啊？孩子会折圆锥帽啊？让孩子去挤胶水，她会把胶水当奶油挤。照着教材，跟孩子忙活了一个晚上，别说，最后的成品还真是有模有样。绝大多数是大人的手艺，宝宝的贡献无非就是给大人递递东西，拿彩笔在小火箭上涂涂抹抹、点点画画。最后，看着一家三口的倾心之作，小家伙手舞足蹈，大人心里也不免有几分骄傲。

但是接下来，手舞足蹈仍然继续着，大人的骄傲渐渐不复存在。

手工作业一个接一个。一次性纸杯做人偶，矿泉水瓶子做沙漏，包装盒做小汽车，卡纸做脸谱，彩带纸折许愿星……去文具店买彩纸，买双面胶，买荧光笔。回到家，从吃完晚饭开始，一家三口喊里咔嚓、稀里哗啦忙一晚上。有时候实在忍不住，不免来一句："你老师有病啊，整天让俺们鼓捣这个！"在老师的鼓励下、宝宝的监督下，家长们掌握了一门又一门的手艺。

有一次，老师自由命题，让孩子回家用废弃的材料做一件生活用品。我们一听，什么，废弃材料做生活用品？废弃的塑料做拖鞋，废弃的拖鞋做口香糖！这哪是我们这些普通人能够操作得了的呀！没办法，妻子求助单位的修理工。一位老师傅还真不错，用易拉罐给宝宝做了一个烟灰缸，算是勉强交差。

虽然家长对幼儿园没完没了的手工课有所抱怨，但是没有一个人当面说给老师听的。一方面，家长们都知道，幼儿园出发点是好的，是不想让家长冷落孩子。另一方面，家长心虚，舍得花时间陪孩子玩的家长还真就不多，所以这一小会儿的陪伴，也没什么正当理由推掉。

孩子们喜欢手工，不厌其烦。其实，手工制作在每个人的童年里都扮演着一个十分重要的角色，不论年代，也不论家境。想想我们小时候何尝不是如此。那时候的我们，拿铲子在河沿上挖出一个个小洞，当卧室，当厨房，当炉灶；在池塘里挖了泥巴来做响炮，往别人家墙上摔；废旧的自行车链条和子弹壳做洋火枪；木头削成陀螺，再砸进一颗钢珠；树杈做弹弓，去打邻家的鸽子……

我们那时候所玩的东西都是不用花钱的。弹弓架是树上砍的，弹弓绳是自己裤衩里抽的橡皮筋儿，弹子是路边捡的小石头。但是，现在的小孩子，他们玩的纯粹是钱。卡纸、沙画、橡皮泥、石膏模，都得去买，就连折纸都得买文具店里带包装的成品。书店里有《折纸大全》，我们买来了照着折，折出了小乌龟、小青蛙、小桃子。

女儿拿到幼儿园里，老师看到了，问："谁给你折的呀？"

"我爸爸。"小家伙回答。

"呀，你爸爸手这么巧呀！"

书店里有《儿童立体剪纸》，我们买回家，照着剪，拼出了一个个飞机、轮船、跑车、闹钟……

记得在一家超市里，我们还涂过一幅胶画。先把画的轮廓粘在一块铝板上，涂上各种颜色的涂料，然后放入烤箱就成型了。

对于孩子在手工制作方面的兴趣，我们一直采取鼓励的态度，从来不横加干涉。因为我总觉得，一个人在一个方面有所专注，必定会占据另一方面的时间。粘粘贴贴，剪剪画画，总比整日窝在电脑跟前强。

我们小时候玩得最疯的时候，摔泥巴、跳房子、挑棒子，都是在小学。因为我们大都没上过幼儿园，只好把幼儿园的一些杂耍拖延到了小学。但是，这势必会跟我们的学业产生冲突。所以说，对于幼儿园的孩子，就应该督促他们玩、引导他们玩、教唆他们玩，让他们玩得尽兴。等他们上了学之后，才会安心去学习。

在小学里，有的孩子依然对机器人、陀螺、啪啪圈乐此不疲。有的孩子对此却不感兴趣。不是因为他们没有童真，而是他们早早就已经玩过了。

家里一片狼藉，一地的碎纸，一桌子的橡皮泥，一书架的玩偶、石膏模、折纸花，连门把手上都挂满了各种各样的面具、头饰和贺卡。不过，对此我们很少有过怨言。因为我坚信，人生的各个阶段，各有分工，该玩的时候玩，该学的时候学。玩的时候没有尽兴，等到学的时候就无法专心。其实，学和玩都是大人的说法，孩子生来在学，只是阶段不同方式迥异而已！

你们怎么都不要我

中二班的教室里，大家欢聚一堂，一场别开生面的亲子活动正在这里进行。徐老师极具主持人天分，在她的推动之下，气氛异常热烈，不时爆发出小小的高潮。

活动由一个个小游戏组成，有的游戏是大人孩子一起玩，也有的是专门为大人准备的，目的也是让孩子欣赏一下大人们为之努力的一面。在两位老师的精心设计之下，教室里嬉闹不断，笑声此起彼伏。

我参加了"抢篮球"的游戏。爸爸们站在各自的圈里，圈里放着几个篮球，然后他抢我的、我抢你的、你再抢他的。侯老师一声哨响，爸爸们开始激烈地拼抢。我的速度明显比别人要快。但是发现别人都不守规矩，居然一次抱两球。你不仁，别怪我不义，咱也抱俩球。女儿在边上一个劲儿喊"爸爸加油，爸爸加油！"一轮拼抢下来，我圈里的篮球最多。

跟抢篮球恰恰相反，有一个游戏是考验人的定力的。划定一个只能放下一双脚的位置，一家三口全都站上去，看看谁能坚持到最后。这个游戏只能一家三口全部到场才能够参加，于是有的落单了的家长便问："可以搭伙吗？"

徐老师赶紧跟上一句："可以搭伙，完全可以！"惹来大家一阵哄笑。

玩笑归玩笑，这游戏却根本没法搭伙。因为游戏稍稍有些难度，一家三口要紧紧抱在一起。有的孩子挤在父母中间，有的孩子骑在爸爸背上。这个游戏我们参加过，具体赢没赢现在记不得了。

最热闹的游戏是"抢孩子"。几位妈妈站在各自的圈子里排成一排。孩子们站在妈妈们对面，相距不到20米的位置。哨子一响，妈妈们便跑过去抢孩子，抢回来放进自己的圈子里，然后再去抢。规定时间内谁抢得最多便是优胜者。小家伙们一个个都被抢走了，可就是没人理我们家宝贝。小家伙挓挲着手，急得直跳。对于妈妈们来说，这是个体力活儿。为了节省体力，提高效率，那些个儿小的孩子便成了优先选择。像我女儿这样的就难免会受到冷落。恰好刘子义妈妈跑过来，小家伙急了，径直朝她跑去："阿姨，阿姨！"于是看在我们更相熟的分上，刘子义妈妈不得不选择我女儿，可又担心抱不动她，毕竟她也不是属于身高体壮的那种，于是便牵着我女儿的手往回跑。跑到半路一撒手，我女儿便自己跑到了那个圈儿里，小脸儿上一副满足的样子：看，谁说没人要我！

恰好女儿参加的那一组，没有自己的妈妈。否则，自己的妈妈首先便会抢自己的孩子。自己的孩子从小抱到大，所以也不会觉得有多重的。

为什么还没轮到我

六一儿童节，幼儿园举办了一次亲子运动会，规模十分盛大。恰好在礼拜六，运动会借用了区二中的操场。那里有塑胶的跑道和整齐的草坪。

吃完早饭，给孩子带上水和小点心，拿上小板凳，一家三口来到二中的操场。孩子们统一着装，穿着刚刚发放的夏季校服。因为是初夏，天气还有些凉，我们便在校服里面套了一身小秋衣。二中离我们家很近，就在我们小区隔壁。

首先是园长讲话和家长代表发言，都是充满希望和激情的演讲。随后运动员入场。先是家长的队伍，后是小朋友们的。每一支队伍都有两个鼓手，一名举牌手，大家走在塑胶跑道上，不时喊出令人振奋的口号。运动会举办得相当隆重，那架势丝毫不亚于全运会。

运动员入场之后，便是小朋友们的集体表演。先是由老师带操，然后表演跳绳、拍球。集体表演之后，比赛正式开始。

妻子问女儿："你想得第一吗？"

宝宝回答说："不想。"

"好，只要不想得第一就行！"妈妈松口气，她生怕孩子太要强，万一得不了第一，又哭又闹。

小家伙虽然说不重名利，但是却急于表现。

看着别人一拨又一拨地跑着，这家伙按捺不住了，跑来问我："爸爸，怎么还没到我们呀？"

我告诉她，这个得按照顺序来，我们抽的号比较靠后。

小家伙不干，冲我大声嚷："我要去，我就要去！"

正好我们楼下一位邻居碰见此景，问我："孩子怎么了？"

"没怎么，欠揍！"我小声跟他说。

终于等到我们了，赶紧拉着宝宝披挂上阵。那是一个口袋游戏。一家三口钻进一个大口袋里往前跳。我们三个套进口袋，我和妻子一手牵着宝宝，一手捏着口袋的一角。哨声一响，我们便使劲儿往前跳。宝宝跟我们配合得比较默契，一去一来，中间没出现过任何差错。有的家庭没跳几步便摔倒在地，惹来一阵哄笑。这轮比赛结束之后，小家伙终于心满意足，甩着小胳膊跑一边玩去了。我在旁边琢磨，这家伙性格也挺好，急于参与却不问名次。这不就是那些口是心非的体育解说员嘴里常念叨的"重在参与"嘛！

接下来，我们家又参与了好多的项目：两人手臂搭在一起，驮着孩子往前跑；爸爸背上驮着孩子从一头拿球跑到另一头再把球放进篮子里，然后往回跑；三人接力，宝宝第一棒，妈妈第二棒，爸爸第三棒。听侯老师跟我女儿说："哇，你爸跑得好快啊！"那是！虽然咱身材不济，但是比起速度和力量来，绝不比别人差。所有的项目当中，我们家好像拿了两个第一。反正，重在参与，小家伙不在乎什么第一不第一，我们也不在乎。不过，老师颁发的奖品，小家伙还是蛮喜欢的。这帮小家伙只要是参加活动的，大都有奖品。在他们嘴里，都是"老师给我的！"其实花的都是爸爸妈妈的钱。

丢孩子的故事

　　以前的儿童公园就像是一个游乐场，里面有摩天轮、淘气堡、碰碰车、旋转木马、疯狂老鼠……女儿是那里的常客，这些项目都曾经为我们的娱乐事业做出过不小的贡献。

　　有一天晚上，妻子带女儿去了儿童公园，我跟孩子奶奶在家坐镇。大约八点，妻子打来一个电话。

　　"你来公园吧！"她在电话里急匆匆地说。

　　我觉得奇怪："这个点儿，叫我去那儿干什么？"问了几声，没有回音。

　　又过了一会儿，那女人又在电话里说："哦，你不用来了！"然后就挂了。

　　我寻思："她有毛病吗？真是！"当时也没太在意。

　　当娘儿俩回来了，我这才知道，原来那个莫名其妙的电话里隐藏着一个惊心动魄的丢孩子的故事。

　　公园里有一排新安装的儿童摇椅，有大公鸡、米老鼠、小松鼠、小老虎、灰太狼。孩子们都喜欢去那里玩，既没有危险，又不用花钱。几个孩子聚在一起，便会制造出欢乐温馨的氛围。孩子们彼此玩耍，妈妈们在一旁聊天。女人有一种天赋，男人永远都比不了，就是同性之间超强的沟通能力，特别是年轻的妈妈们。彼此不用预先相识，只要聊上两分钟，在外人眼里看起来就像是亲姐妹一样。聊天是好事，能够促进信息的沟通,但有时候也会耽误事。

等妻子跟人聊完了,回头再一看,摇椅上哪还有自己的孩子呀!周围望一望,也没有。

她去问一个年龄较大的男孩:"你看见刚才跟你一起玩的那个小妹妹了吗?"

男孩说:"是不是刚才跟一个穿红衣服的阿姨在一起的小妹妹呀?"

穿红衣服?孩子妈妈心里"咯噔"一下,没注意这里有穿红衣服的啊!难道是偷孩子的吗?一到这种时候,大人往往便会用自己超强的想象力来吓唬自己。她问:"小男孩,你看到她去哪儿了吗?"

男孩说:"没看见。"

妻子越想越害怕,便开始到处找。她觉得,如果是偷孩子的,这会儿肯定还没有走远,现在追还来得及。搜罗了一圈,也没见一个所谓穿红衣服的阿姨。几个小区里的熟人见状,便安慰她:"咱这里不会有偷孩子的,肯定是自己不知跑哪儿玩去了。别着急,咱帮你一起找。"搜寻范围渐渐放宽,终于到了旋转木马附近。那里是电动游乐项目聚集的地方。

她就是在这个时候给我打的电话。她本想让我也到公园里去,参加到这场轰轰烈烈的找孩子的运动当中。可正打着电话,就在一个打地鼠的机器旁边发现了孩子的身影。小家伙正站在一旁看别的小朋友打地鼠。孩子找到了,就谢天谢地了,妻子哪里还会舍得埋怨她呢,又陪她玩了一会儿打地鼠,便牵着她的小手回了家。

其实,小男孩嘴里那个穿红衣服的阿姨,就是我妻子。她那晚穿的是一件深色的衣服,因为光线较暗,小男孩便误以为是红色。小家伙,不是叔叔说你,你这颜色辨别能力也忒差了点儿,你这一判断失误不要紧,差点把你阿姨三魂七魄都吓没了。

类似的事情还有过一次,只不过跨度有点儿大,是在女儿上三年级的时候。我们一家三口去蓬莱阁极地海洋公园,看完美人鱼表演,广播里说,10分钟后二楼有海豚表演。大家一听,赶忙风风火火往二楼奔去。从电动扶梯上往后看,人太多了,就像被海豚驱赶的沙丁鱼一样。那时候觉得孩子大了,就没拉着她的小手,可一眨眼的工夫就不见人影了。我们赶紧大声地喊,却没有回音。不一会儿,人都散了,孩子还没有找到。妻子让我去观演大厅里面找,她在外面找。我进了大厅,里面人太多。我在里面转了一圈，喊了几声，没找着便又出来了。妻子在外面也没有找着。顺着二楼的入口一直往外走，是一架电梯。小家伙不会顺着电梯下去了吧？——可能性很小。这个时候妻子脸色铁青，都快哭了，不停地拿出手机来看。我知道，她希望孩子会借别人手机给她打电话。我也急，这是在外地，离家300多公里呢，人生地不熟的，万一孩子丢了，到哪儿找去！不过，越是紧急关头越要冷静。我冷静下来仔细想想，孩子这个时候也会在到处找我们吗？我觉得不会。她最关心的应该是海豚表演，那么现在最大的可能就是在大厅里。大厅里人那么多，她会挤在哪里呢？——小孩子什么事都喜欢往前凑，肯定是坐在最前面。

于是我跟妻子再次进了大厅，从最近的一条通道一直走到最前排，然后沿着水池的边沿往前走。这个时候，观众的脸是朝向我们的，看得格外清楚。

走没几步，突然听到有人喊："妈妈！"

低头一看，哎哟我的妈呀，这熊孩子真在这儿呢！

小家伙旁边儿还有空位，我们一边一个坐下，生怕她跑了似的。

"你们去哪了？"她还埋怨我们。

"你刚才丢了，你知道吗？"我说。

"我没丢，我就在这里。"

"没丢，没丢！"孩子妈妈说，"丢了还得了啊！"

这次我们没有任何埋怨，孩子没有任何过错，错在大人。说好来看海豚表演，你俩到处瞎转悠什么！

这时恰好来了一个卖爆米花的服务员。

"我要吃爆米花。"小家伙说。

"吃吃吃！"我赶紧说，"多少钱一桶？"

"10块。"

"便宜啊，太便宜了！"

惊得那小姑娘还以为遇到了大款。

其实，刚发生这种事情的时候，小孩子并不会认为自己丢了。当然，也不会认为妈妈丢了。所以，她根本不会去找妈妈，更不会问别人借手机。她最有可能去的，是一个

232

对她具有极大吸引力的地方。所以，妻子一开始寻找的方向是错误的。她之所以去二楼的入口，是因为她觉得，妈妈找孩子，孩子也一定在找妈妈。知女莫如父，看来一点也不假。话又说回来，如果孩子知道自己丢了，事情反而好办了，她只要一哭就会引起众人的关注。"智者千虑，必有一失"，以后还是要小心谨慎得好。小孩子跟大人出去，最好找根绳系在他的腰上，要么弄个跟踪器装在他的鞋子里。小心驶得万年船。

我要学

关于幼儿学特长好不好,不同家长有不同的看法。有的认为学特长是一件好事,将来发展的道路会更宽。有的认为给孩子太多的压力,容易让他们产生厌学情绪。我的看法很简单,自主权全在孩子,只要她积极要求的东西,我一般不拦着。当然,我作为家长也有自己的想法。我的想法不如其他家长那样远大,什么一技之长,什么将来的发展,这些我基本没有想过。我支持孩子学习特长目的有三个:一个是让孩子长长见识,增加一些人生阅历;一个是用这种手段渐渐缩短她玩耍的时间;再一个就是,让孩子从小培养吃苦耐劳的品质。

我认为,学特长并不一定是为了一技之长。听好多人对我说过,万一孩子将来学习不好,可以凭一技之长去报考一个艺术院校。我没有这么远大的抱负。我只想让孩子多学点东西,长长见识,开阔一下眼界。有人说人生短暂,该吃就吃,该喝就喝,该玩就玩。那你为什么不说,人生短暂,得多学些东西呢?古人说,朝闻夕死,不为晚矣;古人也说过,宁愿花下死,做鬼也风流。不同的人,三观也不同,永远无法苟同。就像跟一个蚂蚱讨论一年有四季一样没有意义。一个人的时间终究有限,有目的的学习的时间渐渐增多,无目的的玩耍的时间必定会减少。我想通过这种手段,慢慢将孩子引上专科学习的道路。吃苦是福,我长大了终于明白了这样一个道理。但是现在的孩子哪有吃苦的机会呢?特长班和辅导班给了他们机会。别人家的孩子在尽情玩耍的时候,他们却要听老师讲课。休息日里背着书包东跑西颠、四处求学，说实在的，很辛苦。对，要的就是这样的辛苦。小时候受过辛苦的人，长大了才会懂得拼搏，这是毫无疑问的因果关系。现在学生的负担让人咂舌，提早让孩子受一点儿辛苦，也是为他将来能够适应学校的氛围做一下小小的铺垫。

这画从哪儿买的

美术班的常老师经常到各班去做动员，鼓励孩子们学画画。

小家伙回家说："妈妈，我要学画画。"

想学东西，当然是好事，我们给小家伙报了名，买了蜡笔和图画本。

女儿在美术班画的第一幅画是小金鱼，尽显孩童的天真与稚嫩。但是一看就知道是金鱼。美术课一周一节，每逢那天去接孩子，我的兴致就会特别高昂。我很想知道，她今天又画了一幅什么样的画，技法有没有提高。女儿对画画一直保持着很高的兴致，一见到我便拿出她的画："爸爸，你看！"

"不错，不错，画得不错！"我赶紧表扬。

我从来都没有想过要挖掘孩子的艺术天赋，以便将来把她培养成一名画家。但我认为，人不论做什么事情，都要持之以恒、认真对待，而且一定要有模有样。如果没有这种品质，将来不论做什么，都很难会有前途。

常老师一直都很喜欢我女儿，小家伙的表现在同一期学生里一直都是出类拔萃的。随着不断学习，绘画的难度不断增加，从蜡笔到水粉，到刮画，又到后来的国画。学画画已经很自然地融入女儿的生活当中，她早就习以为常，从来没有产生过厌学的情绪。

有一次，女儿画了一幅水粉画，我们拿着回家。那时候，女儿的创作工具已经从16开的图画本换成了4开的白色卡纸。由于纸太大，颜料又不太干，所以我们只好一路提着。遇到小区里一位女士，问我们："你们这是买了一幅画吗？"

孩子妈妈觉得有些不好意思，心里想："没你这么恭维人的。"

"这是她画的呀。"孩子妈妈说。

"啊，是吗？"女士备感惊讶，拿过来仔细地瞧，"画得这么好啊"！

画上是一只大狮子，涂得五颜六色的，有点印象派的风格。孩子的画，尽管歪歪扭扭，却是自然的天真与浪漫，给人一种舒服、可爱的感觉。

幼儿园的墙壁，几乎全部用来做了宣传园地。楼梯两边的墙上贴满了美术班孩子们的画，都是大班小朋友的作品，用来展现素质教育的成果。等女儿升到了大班，她的画也被选出来贴在了墙上。有一天，我接她放学，下楼梯的时候，她指着墙上，骄傲地对我说："爸爸，我画的！"

我一看，可不是吗，一幅水粉画，上面的名字和年龄都是她自己写的。那个时候，孩子们已经都会写自己的名字了。那幅画的内容我依稀还记得，蓝色的湖面，白色的天鹅，湖边还有绿树。孩子们的画，色彩很鲜艳，对比很强烈，具有很强的装饰效果。

女儿学国画的时候，正好单位向职工索要子女的书法、绘画作品，用来装饰网站，展现职工家庭生活。我拿了女儿的两幅国画。拿的时候，娘儿俩好一阵挑，不能挑最好的，怕一去不回，也不能挑最差的，怕拿出去丢人。那几天在单位，经常有人见了我就说："你闺女画画好好啊！"我心里免不了沾沾自喜。记得因为那幅画，单位还给了一个小奖品，好像是个相册。

孩子的画不在于好坏，而在于心。她怀着一颗爱心去作画，注定会打动你的心。如果她老琢磨着这画能卖多少钱，那看起来就会觉得别扭。欣赏艺术，看的不完全是技法，最重要的是与作者的心灵交流。

孩子的歪歪扭扭、浓淡不均，带给人们的却是天真烂漫的感觉。但是，如果大人的画缺少功底，看起来就会显得别扭。如果画家的功力达到一定程度之后，很可能就会返璞归真，重现孩童的烂漫与天真。这样的作品寥寥无几，而往往可以卖出天价。

难舍的泰迪熊

一天接孩子放学，在前院碰见"剑桥少儿英语"的人来幼儿园招生。小家伙好奇，便凑过去看。

"你学吗？"我问她。

她说："我学。"

于是给她报了名，领了一套教材，装在一个印着品牌标志的手提袋里。另外，人家还送了我们一个小毛绒玩具。小家伙提着袋子，拿着玩具，高高兴兴回了家。

我家宝宝对英语并不陌生，以前有所接触。上幼儿园之前，我曾经教过她一句两句。刚入园那会儿，正赶上手足口病盛行，保健老师每天都要在门口检查孩子们的小手。

小家伙指着自己怀里的小猪，跟保健老师说："What's this？"

保健老师大感惊讶，这小孩会说英语啊！会说什么呀，只会那么一句两句。

英语课安排在星期五下午。到了时间，"剑桥少儿英语"的老师便会来各个教室领孩子，然后到三楼的一间教室里去上课。等下了课，幼儿园也恰好放学。

于是以后再接孩子，她不一定就在教室里。老师会告诉我们，去学画画了，或者，去学英语了。我常常摸到三楼那间教室的门口，从门上的玻璃往里偷窥，看看小家伙的学习状态如何。十几个孩子坐在各自的小板凳上听老师讲课。女儿极其认真，手放在腿上一动不动，瞪着眼儿望着老师，偶尔举一下手回答老师的问题。相比之下，其他的几个孩子显得不太安静，有的摇头晃脑，有的东张西望，有的还在板凳上练习一字马。我暗暗觉得欣慰，最起码小家伙没有浪费我的钱。

回到家，小家伙让我放光碟给她看。她站在电视机前面，一边做着手势，一边跟着画面大声地念："Go to bed. Go to bed. Come to here. Come to here."那样子既滑稽又可爱，十分讨人喜欢。

有一次，英语老师对孩子妈妈说："你家宝贝好厉害呀，她认识单词！"

孩子妈妈一头雾水："不可能呀，又没人教过她。"

原来，老师给小朋友们放光碟，只要单词一出现，碟子里还没读，小家伙便开始读了，而且每一句读得都十分准确。于是老师便断定孩子认识单词。我也不相信孩子能认识单词，她可能是凭借音乐节奏判断的，也可能是别的什么，反正孩子的方法，大人们是想不到的。

"剑桥少儿英语"只开了两期，然后就不知去向了。不过中二班自己又加了英语课，由侯老师现学现教。为了让自己的教学更加生动，侯老师拿来一些小动物玩偶，摆在教室前面的桌子上。

一天去接孩子，小家伙赖着不肯走，一直等到其他小朋友都被接走了，这才抱着一个小泰迪熊跑到我跟前："爸爸，我可以把小熊带回家吗？"

我一看，这是侯老师的教学道具，便跟她说："这个不可以带回家的。"

"我想带回家！"

看着小家伙，我心里埋怨她净给爸爸出难题。我跟她说："你去问老师让不让你带。"

"你去问。"她支使我。

我脸皮可没那么厚，便耐心地跟她解释："宝宝现在长大了，一些问题得学会自己去解决。"

女儿后来终于鼓起勇气，去问侯老师："老师，我可以把小熊带回家吗？"

"你要把小熊带回家呀？"侯老师问。

"嗯！"

"明天不要忘记带回来，我们上课还要用。"侯老师说。

于是小家伙怀抱着泰迪熊，高高兴兴回了家。从那天开始，每次放学小家伙总要磨蹭到最后，等别人都走了，然后抱着小熊回家。没过多久，其他小朋友发现了这个秘密，便纷纷去找侯老师：老师我要这个，老师我要那个。

侯老师急了："好啦，谁也别拿了！"

一个星期五的下午，别的小朋友都走了，小家伙依然抱着小熊在玩。她想，既然不能把你带回家了，那我就多陪你玩一会儿吧。侯老师见她那恋恋不舍的样子，便又动了恻隐之心，跟她说："这样吧，你今天把小熊带回家，跟它玩两天，以后就不要再带了，好不好？"

"好！"小家伙愉快地答应了。

不要跟陌生人说话

  现在的孩子，远不如我小时候自由。我小时候那会儿，刚脱下开裆裤，就整天在外面疯跑，到了点儿自然就回家吃饭，家长也从来不用出去找孩子。但是等我有了孩子，发现时代忽然变了。10岁之前绝不敢让她自己出门，要么把她圈在家里，要么牵着她的小手跟她一起出去。其实，孩子若只是走丢了，那么无论如何都能找得回来，就怕遇上人贩子。只要碰上一次，就可能永远都找不回来了。

  我听说过无数个拐卖儿童的故事，也不止一次幻想过，如果故事发生在自己头上，结果会如何。对于普通家庭来说，孩子就是全部，如果孩子丢了，这个家也就毁了。

  妻子一个女同事常跟她讲，她儿子的爷爷常骑一辆三轮车带孩子出去玩。这让她在单位提心吊胆。万一有人从背后把孩子抱走了，可怎么办呀！不怪大人自己吓唬自己，实在是真实案例太多了。

  现在的家长，防范意识有所增强，从孩子会说话起就开始了安全方面的专业训练。我们家这方面的起步算是比较晚的。女儿3岁的时候，妻子开始教她记一些东西，父母的名字、妈妈的电话、住哪个小区。只要记住这些东西，万一孩子走丢了，遇上好心人，或者警察一问，就能找到家。

  妻子在单位接到宝宝第一个电话的时候，心情相当激动："哟，宝宝呀，会给妈妈打电话了，宝贝真聪明！"

但是没过多久,她就激动不起来了。小家伙有时候没完没了总给她打电话。

"妈妈,你在哪儿呀?"

"妈妈当然在班上了,宝宝在家听奶奶话吗?"

"听奶奶话。"

……

电话挂断没多久,铃声又响了,还是宝宝。

"妈妈,你在哪儿呀?"

"在班上,不是刚才跟你说了吗?"

"妈妈你什么时候回来?"

"妈妈在上班,等下了班才能回家。宝宝乖,去玩吧。"

终于有一天,老婆忍不住偷偷跟我抱怨:"哎哟,我都后悔告诉她我的电话了,一会儿一个电话,一会儿一个电话。不接吧,又怕她不高兴。真烦死了!"

我跟她说,别不识抬举,有一天宝宝不屑于理你了,你就找个凉快地方哭去吧。

有一天,宝宝给妈妈打电话,我按下免提,在一边听。

"宝贝,什么事啊?"现在的妈妈已经没有了当初的热情。

"妈妈,你回来给我买个玩具。"小家伙说。

"怎么又买玩具啊?宝贝都有那么多玩具了。"

"我就要你买,你要不买的话,回来给我小心点!"

妈妈也急了:"你这是怎么跟妈妈说话呢?"

"哼!"小家伙挂了电话。

我在一旁忍不住乐,小家伙方才那句威胁人的话是从哪儿学的呢?跟妈妈学的?有可能。要么就是跟动画片里学的。反正我是从来没有那么张狂过。

等孩子再大一些,我们又会告诉她,这个世界上有一种"畜生"叫作人贩子,长得跟人一模一样。这种"畜生"专偷小孩子。然后嘱咐她,不要跟陌生人说话。如果家里只有她一个人,谁敲门也不要开。女儿上学之前,独自在家的情况也有,但是一般不会超过一个小时。有时候我出去有点事情,会单独把她放在家里一小会儿。等我回来,故意敲了敲门。手指头都敲肿了,也没人理我。

开门后,我假装生气:"爸爸回来,怎么也不开门!"

小家伙冲我嬉皮笑脸:"嘻嘻,就是不开。"

行啊,孺子可教,我心里说。看来平时的教导她还是能够往心里去的。

说起拐卖儿童,只要是家长,都会咬牙切齿。有人说,拐卖儿童罪,应该算是最严重的罪行,它的量刑应该超过杀人和贩毒。枪毙太轻,得凌迟,或者五马分尸才够解气。这话不无道理,但是我觉得大可不必。法律中如果再加上一条,犯这种罪行的人或许就会大幅度减少。凡属被拐儿童,买者与卖者同罪!没有买的,自然就没有卖的。偷了孩子卖不出去,自然也就没有偷的了。

幼儿园的想法有时会和家长不谋而合。年轻的老师们,从孩子入园开始就不停地给他们灌输一些防偷、防丢、防拐之类的知识。等到孩子上了大班,成了幼儿园的元老,老师对孩子们又多出了一句叮咛,居然比家长想得更加复杂。

那天徐老师跟家长说:"我今天跟女孩们说了,如果在外面让人看了不该看的、摸了不该摸的,回来跟老师说。"我当然很佩服老师的责任心,但是也忍不住觉得好笑。这么丁点儿孩子,什么都还没长全呢,有什么好看,有什么好摸的呀。不过老师的话自有道理,他们的叮嘱肯定是有出处的。也就是说,这样的事情肯定发生过。就像火灾之后,我们要号召大家防火,地震之后我们必然向社会宣传防震。唉,这个世界真是复杂,看来除了人贩子,长得像人的"畜生"还不只一类。老师的叮咛表达了她们对孩子的爱与责任,想想就让人感动。

听了老师的话,我们觉得,一直没给宝贝扎小辫子,还是很有远见卓识的。

我一个同事,他有一个女儿,上幼儿园的时候就敢自己在家过夜。小学二年级的时候可以自己在家待一整天,叫她去爷爷奶奶家,也不去。那同事说,孩子胆子小,其实都是大人在吓唬孩子。对于这种说法,我一直无法理解。非常时代,非常时期,应该给孩子传授一点生活常识,怎么能是吓唬呢。虚张声势,没有的事,那才叫吓唬。单位有制度,迟到扣奖金,不是吓唬,真扣。什么也不跟孩子说,孩子就会认为,这个世界无比完美,没有骗子、人贩子,所有"畜生"都跟人一样善良。真实的情况是这样吗?

楼下那帮狂徒

我家楼房的后面还有一座楼，两座楼之间隔一条小路。那座楼最西边的一间地上储藏室被人装修改造后，开了一个小卖部。小卖部为了招揽生意，为过路人准备了马扎、小圆桌、象棋和扑克。每逢夏天，一过九点，小卖部门前便会聚集起好多人在打扑克。那帮打牌的人毫无作息观念，从九点一直打到半夜两点。

一到晚上上床睡觉的时候，我就开始犯愁。因为我必须以巨大的意志力克服楼下传来的喧闹声，才能够慢慢睡着。声音是往上走的，我家住六楼，再加上两座楼之间的回音，楼下传来的笑声、争吵声、摔扑克发出的"啪啪"声，听上去就像是在耳边。

对于他们这种搅扰四邻的行为，我同楼的邻居们也是怨声载道。他们偶尔聚在一起议论这事，但是对此大家毫无办法。很难让人理解，这帮人难道就没家没业，白天不用上班？

一天晚上，我半夜被吵醒，因为我听到有人在我耳边肆无忌惮地放声大笑。人若是上了几岁年纪，睡眠就变得尤其宝贵，醒了之后，会很长时间都睡不着。我强迫自己重新闭上眼睛，极力屏蔽楼下传来的声响，却再也难以入睡。一股无名怒火不觉从心头燃起，我跑到厨房，抄起一个啤酒瓶来到阳台，悄悄打开西面一扇窗便把酒瓶扔了出去。酒瓶落在两楼之间的那条小路上，传来玻璃碎裂的声音。争吵声、笑声渐渐小了下来。我回到卧室不久便又睡着了。

但是，一个啤酒瓶只管一晚上的事。到了第二天晚上，喧闹声依旧。于是，我接二连三地又扔出了不少的啤酒瓶。开始还管点用，到了最后，玻璃碎裂声过后不久，纵声大笑便又来得更猛烈一些。一个酒瓶就是三毛钱，我渐渐开始心疼。我扔酒瓶是有难度的，距离远，我胳膊伸到窗外抡不开，所以很难扔到对面楼下，大多散落在了路上。当然，我并不想伤人，只是略微做一下警告，告诉他们：你们这种行为已经严重影响到附近居民休息了。可是，我没想到的是，这帮家伙并非一般常人可比，他们面对潜在的危险毫不畏惧，渐渐地根本不把我放在眼里。

随着这帮家伙的日益猖獗，我的愤怒也逐渐升级。我接二连三被人在半夜吵醒，直到有一天晚上，临睡前，女儿躺在床上跟妈妈说："妈妈，我睡不着，外面那些人太吵了。"

终于，我再也忍无可忍，穿上一件长袖外衣，奋力把酒瓶朝着楼下的人堆扔去。我心想，别怪哥哥手下无情，只怪尔等太没有道德。随着酒瓶落地，咒骂声顿起。我从窗户往外一看，有六个人站在那条小路上，朝着我们这栋楼叫骂。这帮家伙骂得非常难听，连家里的女人都牵扯上了。我当时恨得直咬牙，真想到地下室牵出我的乌骓马，提上我的青龙偃月刀，去砍下这帮狂徒的头颅。只是，我的那匹马已经好几天没喂了，这会儿恐怕已经饿得站不起来了。我的那把刀也好几年没磨了，估计现在都砍不动了。不过，这帮家伙没朝着我骂，似乎针对一户亮灯的人家。一帮傻子，这事能开着灯干啊！算了，让尔等去骂吧，我先去卫生间抽根烟。等这帮狂徒骂完了，都散了，整个世界也都安静下来了。那天晚上，我睡得特别踏实。

第二天晚上，狂徒却丝毫没有收敛的意思，依然扑克摔得"啪啪"响，依然放声大笑。我时不时还会听到他们叫喊一句："扔啊，你怎么不扔了！"

说实话，坚持到现在，我已经快要缴械了，因为我没有想到会遇到如此强硬的对手。我也没有想到，在这场保卫小区居民安宁的战斗中如此孤立无援。但是，我却不可以停手，因为如果我现在停手，他们会以为我是被他们昨天的吼叫给震慑住了。这样一来，正义的尊严何在！我们这座楼的脸面何在！不过，为了保险起见，这几天我最好按兵不动，以观后效。因为，我也害怕暴露，不想找麻烦。

三天之后，我又开始行动，动作不是很大，也没有再引起那帮人的叫嚣和咒骂。我只是想让他们明白，这里没人惧怕他们，如果继续下去，那他们的健康和生命存在潜在的危险。正当我策划着实行一次更加猛烈的计划时，忽然有一天晚上，我听到楼外的声音比往常小了许多，躺在床上睡觉，基本再不受什么影响。我来到窗前往外一看，原来那帮家伙换了地方，离开了小卖部，来到那座楼西面路边的一盏路灯底下。

行啊，我心里想，这年代，就算是正义消灭不了邪恶，他们能让一步，也算是可以了。好啦，我的那些酒瓶还是继续留着换钱吧！

虽然这事做得并不怎么光彩，但是此举实属无奈。另外，我在这里还想警告某些人，这个社会在发展，人们的思维模式也在变化，不要再以为好人必定懦弱、胆怯，天生就要隐忍别人的欺凌。为人处世不可以过于猖狂。

幼儿园里的生日庆典

常听女儿回家说:"我又在幼儿园里吃蛋糕了。"

我们便问:"又是哪位小朋友过生日啊?"

那时候,时常有家长把蛋糕送进幼儿园,让孩子在那里过生日。想想是个不错的主意,快乐要与人分享才更有意思嘛。

说话间,时光飞快,转眼到了女儿5岁生日。我们问小家伙:"你要在家里过呀,还是在幼儿园过?"

小家伙说:"要在幼儿园过。"

我们说:"行啊,以前总吃别人的,也该买个大蛋糕请请小朋友们了。"

可是翻翻日历,那天是礼拜天。怎么办呢?老一辈有个讲究。老人的生日不可提前,但能延后。小孩的生日不能延后,但可提前。其中的寓意不外乎期望老人永葆青春,孩子快快长大。按照这样的原则,我们把宝宝的生日提前到星期五,恰好五月一号。

五一那天,幼儿园可热闹了,拉起条幅,搭起舞台,敲锣打鼓,这是为我女儿庆贺生日吗?我一看也吓一跳,难道幼儿园对小朋友的生日都这般看重吗?搭建舞台的钱谁出啊?仔细一打听,原来不是,幼儿园要在五一这天举行一场名为"星光宝贝"的演出。我说呢,虽说我家宝贝表现略微优秀一点,也不至于弄这么大场面啊!太不符合我

245

一贯低调的风格了。

那天上午，我特意早早去蛋糕店订了一个大蛋糕。以前的蛋糕没这么大，但是这次享用的可是20多个小朋友还有两位老师。我送蛋糕的时候，小朋友们正在前院热热闹闹地进行演出，吸引了不少路人的围观。老师们特意把女孩们打扮了一番，在她们小辫子上绕上了一圈粉红色彩纸。那时候，女儿班里的小女生都绑着小辫子，就她还是一头短发。不过那天老师也特意给她扎了一个朝天辫儿，看着有几分滑稽。

侯老师眼尖，冲我跑过来。我把蛋糕和相机一起递给她，然后就离开了。

从下午拿回来的照片上看，女儿的生日宴会举办得相当隆重，小朋友们玩得也相当happy！

首先，徐老师为大家隆重介绍今天的寿星宝贝。侯老师把蛋糕摆在小桌上，然后给孩子们照相。蛋糕上有一个奶油和巧克力做成的小猴子。先给小寿星来个单人照。小家伙头戴寿星帽，坐在小桌后面，摆出一个可爱的pose。随后，全体女孩站在女儿后面，来一张，全体男孩站在后面也来一张，全体的全体再来一张。接着，老师跟小朋友一起唱起了生日歌。唱完歌之后，先用奶油把小寿星抹成小花脸，再开始切蛋糕。有一张女儿切蛋糕的照片，不过那只是让她做一做样子，动刀的事情她还没有学过。接下来则是老师代劳的。蛋糕切成小块，盛进小朋友平时吃饭用的不锈钢小碗里，女儿端着碗一个个分给小朋友。小朋友们端着碗心里不住地想："这个月还有谁过生日啊！"

那天，去接女儿的时候，小家伙头上还扎着那个朝天小辫。徐老师还特意嘱咐我说，以后要给孩子扎小辫子，让她有个小女孩的样子。我对孩子扎小辫子这类事情从来不太感冒。扎起小辫子，倒是好看，可要是被人揪住了可怎么办！不过，我们还是听老师的。从那时候起，小家伙就留起了头发，等长起来以后，扎了一个马尾辫。

我上电视啦

我家宝宝在幼儿园里，不仅学过画画，学过英语，还上过舞蹈班，反正幼儿园所有的特长班差不多都照顾到了。说起来，园方也太不把家长的钱当钱了。女儿在美术班、英语班都属于佼佼者，但是到了舞蹈班完全显不出优势。可能小家伙不具备这方面的天分，成绩一直不上不下，游走不定。尽管这家伙在舞蹈艺术上没有做出多少成就，但是舞蹈班给她带来两次上电视的机会。

2010年春节，本地电视台要举办一台"百姓春晚"，大年三十央视春晚之前播放，历时两个小时。春节来临之前，电视台早早推出了春晚海选特别节目，占据每晚的黄金档。全市各地文艺精英和民间高手闻风而动，纷纷前来应征。该节目由电视台资深主持人主持，邀请本地文艺界知名人士担当评委。

当我们听说儿童活动中心要编排节目参加春晚海选的时候，心情相当激动。幼儿园的节目肯定是少儿舞蹈，而且得从大班里选那些学过舞蹈的小朋友，我女儿明显就在备选人之中。能不能上百姓春晚咱先别说，最起码能够参加海选。每次的海选都要现场直播，那也是上电视的机会。我跟孩子妈从小没见过什么世面，总觉得上电视是好事。

其实我更看重的是给孩子一个舞台，让她有一个展现的机会，丰富一下阅历，增长一些见识；也让她能够知道电视台什么样，真正的舞台什么样，主持人长得是不是也跟普通人一样。

那一阵子，舞蹈班的孩子们异常忙碌，经常牺牲休息时间，加紧排练。不仅如此，新年临近，幼儿园有许多演出任务，净是各领域的慰问演出、幼儿园之间的联谊会演，反正闲不住。

忽然有一天，宝宝回家异常沮丧地说："妈妈，舞蹈老师不要我了！"

我们一愣，赶紧问："宝宝，何出此言哪？"

宝宝说老师不让她上春晚了。

我们问："为什么呀？"

小家伙啰里啰唆地讲了半天，我们终于听明白了。舞蹈老师把小演员们叫去排练，可是不多会儿又让她回了教室。同班其他几个同学，有的留下，有的跟她一起回来。于是小家伙寻思，自己肯定被淘汰了，再也上不了海选了。

我们听了之后，心里也跟被浇了一盆凉水似的。唉，本想给孩子一次出去"嘚瑟"的机会，没想到人算不如天算，希望最终渺茫。谁叫咱这方面表现的确不怎么突出呢！作为家长，还能怎样！开导，劝慰，最后的结果是，小家伙落下了伤心的眼泪。眼泪能感动父母，能感动电视台吗！想想，我也觉得心酸，希望越大失望越大，这道理谁都明白。

后来，孩子妈实在看不下去："闺女，先别哭了，我打电话问问你老师，到底怎么回事！"

"徐老师，你好！怎么王静怡不上我们的海选节目了呢？"

"没有啊，我没听说呀！"

"她今天回家说，刘老师本来叫她去排练，后来又让她回来了，好像是不让孩子上了。其实我觉得吧，既然不让她上，那干脆别叫她嘛，什么事也没有。这样叫她去了又回来，她会觉得很没面子的，呵呵！"

妈妈一句话，又勾起了小家伙的伤心事。这家伙气呼呼地在妈妈跟前走来走去，还使劲儿跺脚，嘴里说："哼，舞蹈老师很坏！"

"哈哈！"孩子妈电话里说，"这还在发脾气呢！"然后故作姿态对女儿说，"王静怡，怎么这样说老师呢！"

经过跟徐老师一番悉心交流，我们才知道，女儿对事情真相的理解有所偏颇。

那天下午，刘老师带几个孩子出去搞一个小演出，所以就没有排练。我家宝宝只是没有入选当天的演出，但是春晚海选照常参加。

哦，原来是这样啊！其他的演出都无关痛痒，只要能上海选就行。小家伙得知自己还有去电视台"嘚瑟"的机会，终于拨云见日、喜笑颜开。

海选那天，叮嘱我妈七点准时收看，我妈那时还不会找频道，所以我们得先把电视机频道固定好。随后我们一家三口去了广电大厦。广电，那可不是闲杂人等进得去的地方。我们夫妻俩得以来此参观，都是沾了小家伙的光，沾了幼儿园的光。老师把孩子们召集起来，清点人数之后，便带她们去了后台的更衣室。海选将在演播大厅举行，家长们则被带入另一个大厅。这里驻扎着此次所有海选演员的亲友团，整个海选过程都会通过前面的大屏幕逐一展现，说起来跟奶奶在家看电视的待遇也差不多。

节目一个个上演，有歌曲、舞蹈、小品、相声、戏曲、民间武术等，评委们耐心点评，主持人卖力调侃。儿童活动中心的亲友团则在心里不住地嘀咕：下一个，下一个。上台的都是我们的竞争对手，除非特别出彩，否则我们不会轻易给别人鼓掌。

当主持人报出儿童活动中心名号的时候，大厅里响起雷鸣般的掌声。我们的亲友团人数还真的不少呢！这时候再看他们，各忙各的，有的拿相机，有的掏手机，有的不顾一切顺着过道直冲到最前排。我听身后阿朵妈妈给孩子爸爸打电话："叫你的朋友们帮忙投投票，节目已经开始了。"

哦，我这才明白，敢情还有线上投票这一环节呢！晋级不晋级都不重要，只要能够让奶奶在电视上看到自己的孙女，咱就已经满足了。

一群身穿绿色舞蹈衣的小朋友登上舞台，手拿两支向阳花，跳起欢快的舞蹈。随后，一男一女领着阿朵上场。阿朵是班里最漂亮的小姑娘，扮演她妈妈的是一名幼儿园老师，扮演阿朵爸爸的是另一位孩子的家长。阿朵唱起了《我有一个家》，三人边走边唱，漫步在"回家的路上"，孩子们在他们周围翩翩起舞。

我有一个家，
幸福的家，
爸爸妈妈还有我，

从来不吵架。

爸爸去挣钱，

妈妈管着家，

三人相爱一样深，

我最最听话。

稚嫩的歌声和舞台上温馨的氛围深深地打动了每一位家长。

"我闺女呢，我闺女呢？"我一个劲儿问孩子妈。别说，这都穿上一样的衣服，蹦跶起来，还真就不好找。

"最后边，最右边。"妻子眼神儿比我好使。

没错，我找到了她。女儿每次总被安排在最后面，没办法，谁让她个子最高呢！小家伙的动作很到位，而且伴随着音符的节奏，跟别的小朋友配合得相当默契。她在舞台上不算特别出彩，但也不拖后腿。

孩子们转了一圈儿，我又找不到她了。于是我又问："哪儿去了，哪儿去了？"

妻子总在一边儿耐心给我指点："在那儿呢！"

孩子们的表演结束了，我咂吧咂吧嘴，行啊，幼儿园能够拿出这样的节目真是不简单呀，有情调，有韵律，有内涵，服装颜色的搭配也特别养眼。这样的节目再不晋级，评委老师你们还想站着回家吗？我们这亲友团可不少人呢！

评委老师听说这帮小家伙背后站着那么多性情中人，不得不作出积极的评价。其中最关键的一句就是："有内容！"

当主持人宣布晋级的时候，幼儿园的亲友团都没个样儿了，有吆喝的，有吹口哨的，有跺脚的，连鼓掌都忘了，真是平时的斯文都抛到脑后了。别人一个劲儿往这儿看。不过人家也不跟我们一般见识。不论什么事情，只要牵扯上孩子，似乎一切都可以理解。

等到所有节目都表演完了，孩子们才来到我们这边。她们都换了衣服，脸上还画着油彩。那时候的幼儿园园长刚刚换届。新园长那天也高兴得跟孩子似的，跑到大厅前面的舞台上，一个劲儿招呼孩子们照相，左一张，右一张，前一张，后一张。这次晋级之后，孩子们铁定可以上"百姓春晚"了。对幼儿园来说，这也是不小的业绩。

对于孩子们来说，走到哪里都是玩，但是我们也要去寻找那些更高档次的场合去"嘚瑟"才好。

回到家里，一进门我就问："看到您孙女在哪儿了吗？"

"怎么没看见呀，她在这里。"我妈指着电视机的右上角说。

一点儿没错，我们看的时候，她也在那里。

"百姓春晚"

接下来,"百姓春晚"成了我们家茶余饭后喜闻乐见的话题。一想到女儿将要登上全市最大的舞台尽情地"嘚瑟",我就难以抑制内心的激动。说真的,我是很看重这个的,其实这跟我的个人经历和性格有关。

我是一个很木讷的人,虽说从小没摸过锄头,但是也没怎么见过世面。从小不记得受到过大人的肯定与鼓励,长大后也没怎么得到朋友和家人的鼓励与肯定,所以不管走到哪里,都缺乏自信。我害怕出现在公共场合,宁愿龟缩在家里。如果不得已必须出现在众人面前,我也会选择一个最不起眼的角落。就连坐公交车,我也会待在一个最偏僻的旮旯儿。记得有一次家长会,徐老师让我在众多家长面前讲一讲育儿经验,我整个过程都没敢抬头。难得后来徐老师在我漫无头绪的演讲之中捕捉到一句她认为比较有用的话——"读书并不是什么高雅的修为,却可以作为一种生活方式,一个爱读书的人,他的孩子自然也爱读书。"

我是一个拿不上台面的人,具有强烈的心理障碍。一个人最不希望将自己的弱势遗传给孩子,尽管这种弱势并非天生。当我还没有成家之前,单位的一位领导就曾经不怀善意,拐弯抹角地跟我提过,说我将来的孩子也会跟我一样的性格。所以当我有了孩子之后,对孩子这方面的成长格外关注。为人父母,首先要发现自己身上那些根深蒂固的毛病,比如木讷、懒惰,提前做出预防,以免会像一个模子一样扣在自己孩子身上。

孩子随大人，但是在我这里产生了扭转。我的孩子，活泼、外向、乐于表现，因为她不是在一个模子里成长的，而是按照我希望的那样长大。我珍惜每一次让孩子出去表现的机会，也感谢那些给她机会的人。

有一次，我问女儿："你们那个《我有一个家》的节目准备得怎么样了？"

她说："不演那个了，换成小老虎的那个了。"

我心里疑惑，小老虎的那个又是哪个呢？

"甭管什么呀，老师的决定不会错的，只要我们能上就行啊。"

虎年"百姓春晚"录制的那天终于到了。为了提前适应舞台，老师们带着孩子们下午两点就去了广电大厦。家长们被通知六点之前到达。那天孩子们不能回家吃晚饭了，而是有幸跟其他演员一起享用广电大厦的工作餐。

匆匆在家吃完晚饭，我和妻子赶往广电大厦。晚会在广电大剧院举行，这里是全市最豪华的剧场，旋转舞台、升降台、制烟机、LED大屏、追光灯、频闪灯、摇头灯，设施齐备、绚丽多彩。

舞台分为两层，主台是一个巨大的旋转舞台，高出地面大约1米。副台在主台前面，高出地面十几厘米，可以升降，一高兴了便可以把自己升到主台的高度。大屏幕显示"百姓春晚"四个大字，尽显节日气氛。舞台上没有人，估计主持人和演员们此时正在后台积极地准备着。

我正琢磨，孩子们在哪儿呢？忽然看见副台右侧跑出几只小老虎。妻子赶紧喊："她们在那儿呢！"于是家长们赶紧都往那里跑去。

孩子们浓妆艳抹，身穿套头连身的小老虎服装，简直都认不出谁是谁。

妻子率先找到女儿，我故意煞有介事地说："这不是我闺女，我闺女不长这样。"然后做出另外找寻的样子。

小家伙拉着我一个劲儿喊："爸爸，爸爸！"孩子就是孩子，还以为我真不认得她了呢！

我故意又仔细看看，"哦，还真是我闺女哩，你怎么成这样了？"一脸的粉，还亮晶晶的，眼睛大得吓人。

"吃饭了吗？"这是妈妈最关心的问题。

"吃了。"

"吃的什么？"

"包子。"

"吃了几个？"

"一个半。"

"可以啊！"

其实小家伙说的是一整个的一半，她的理解就是一个半。小孩子吃饭，心情不好吃不下去，心情太好了也吃不下去。满世界的新奇，满脑子的牵挂——俺们这接下来要干什么去呢？

不一会儿小老虎们都跑到副台来了，在光滑的木板地面上爬来爬去，就地翻滚。滚就滚吧，这又不是咱自己家衣服。家长们擎着相机，小家伙们摆出各种萌态让他们拍照。

很快，演出时间到了，剧场一片肃静，观众各就各位。

领导讲话和主持人的开场白之后，演出终于开始了。因为我们坐在剧场的前排，歪歪头就能够看到副台旁边准备出场的演员。我看到副台的两侧、幕布的后面，小老虎们已经"蠢蠢欲动"了。很可能他们第一个出场！

晚会以开场舞的形式开始。随着音乐响起，小老虎们齐声呐喊，冲上了舞台。与此同时，一拨拨演员奔向小老虎们身后的主台，各显身手，尽显其能，有健美操，有街舞，有双节棍，有说唱，热闹非凡，悦人耳目。

"我闺女呢，我闺女呢？"我一个劲儿问妻子。

"那不！"妻子拿手一指。

没错是她，在我左前方的位置。原来这就是小家伙说的"小老虎"的舞蹈啊。我本以为是一个单独的节目呢。不过能够率先出场，引领整台晚会，那也是责任重大、意义非凡。不论央视还是地方，春晚都这样，通常会把各种表演综合在一起，先弄个大杂烩，既热闹又好看。关键是，能够让更多的演员有活干。

小老虎们这次不用四处转圈儿了，基本固定在各自的位置，随着音乐的节奏，做着各自的动作。女儿的动作还是比较规范、协调、跟节奏的，但是欠缺丰富的表情。她们这个年纪就能够看得出来,对舞蹈感觉特好的孩子,他的表情都是很吸引人的。

开场舞结束了,演员们在台上暂时还没有离去。主持人全部上场,给全市观众献上虎年的祝福。音乐结束了,这个时候孩子们的最后一个动作,是面对观众跪坐在舞台上。因为他们的位置在舞台的最前面,跪下来显得较为和谐。但是别的孩子都跪下来了,女儿却还站着,我这刚一着急,小家伙也跪了下来,耽搁了也就一秒钟工夫。我松了一口气,心里说,反应还不算慢。女儿旁边的司淑倩却依然站着。哦,我说小家伙慢一拍儿呢,原来是受同学影响。最前排坐着一位评委,赶紧往前靠近一步,弯下腰,向司淑倩招手示意。我看见女儿还抬起小"爪子"拍了拍身边的同学。终于小司淑倩也跪了下来。

我心里说,这大过年的,让孩子们跪在这里,也没给压岁钱的!

孩子们终于可以"平身"了,呼啦啦跑后台去了。我们这心里也安稳了,可以踏踏实实看节目了。孩子们在后台,跟众多老师在一起,自然有人照顾。

有生以来,我还是第一次被人请来现场观看如此盛大的演出。说起来都是沾了小家伙的光。那晚的演出的确不错,舞蹈、小品、杂技、戏曲、摇滚乐、流行风,虽说大都非职业选手,但是却具备相当的水平。有一位七十岁的大妈,演唱《青藏高原》,高音一点儿不打折扣。那晚,我毫不吝啬自己的掌声,工作人员发给每个人的手拍子都拍断了。

徐老师和侯老师今晚不只是看孩子,后来也都上了台。儿童活动中心二十多位老师为大家献上一个喜庆优美的集体舞蹈。这样算来,整个幼儿园几乎算是全体出动。

演出持续了两个小时。晚会结束的时候,全体演员再次亮相。小老虎们也来了。我不禁纳闷,难道这两个小时,她们那身小老虎的行头一直穿在身上吗?那可是连体的,去卫生间可怎么办呢?

在主持人的祝福声中,晚会圆满结束。演员们回到后台,准备换衣服回家。家长们赶紧朝后台奔去,领自己的孩子。后台异常热闹,依旧充斥着欢乐的气氛,到处可以看到彩色的裙裾和涂了荧光粉的脸蛋儿。我们给孩子换好衣服,出了广电大厦,去拦出租车。

天刚刚降过一场大雪,出租车的生意好得出奇,一辆一辆从眼前而过,里面都载满

255

了人。路边站久了会冷，我们沿着马路一边走，一边找车。走着走着，看见侯老师，她跟一个同伴也在等车。显然，她们出来得比我们要早。

小家伙此时已经困了，小脑袋直往下耷拉。难怪，这么小的孩子，哪经得起这大半夜的折腾。这个时候如果把她抱起来，肯定会睡着。但是，在这大冷天里，又怕她睡着了会冻着。我跟妻子一人牵着她一只小手拽着往前走。到后来小家伙实在困得厉害，耷拉着小脑袋，一边闭着眼睛，一边向前迈着小腿。没办法，我把她抱起来，想睡就睡吧。

侯老师她们拦了一辆车，先走了。马路上只剩下我们孤零零一家三口。我看着睡在肩头的小家伙，不禁短叹一声，不论大人小孩，做什么都不容易。

等车耗费了二十多分钟的时间，我们到家已经十点多了。小家伙到家之后，好像再没有睁过眼，被大人抱在怀里简单洗了洗就上床睡了。

"百姓春晚"在5：30播放，恰好跟央视春晚的时间错开。那年的大年三十，我忘记了当时在忙什么东西，偏偏错过了时间。家里的两个女人，一个在不顾一切地和面，一个在不顾一切地调馅儿，预备晚上包饺子。等我忽然想了起来，却错过了开场。小老虎们刚好下场，我只看到了他们的小尾巴。把我悔得，恨不得给广电打电话，让他们再放一遍。

凡是女儿留下过足迹的地方，都会勾起我一串回忆。从那以后，广电虽然再没有邀请过我，但是每当路过那里，我都会情不自禁地想起，我女儿的小脚丫曾经踩过那里的舞台。

言传不如身教

据说，释迦牟尼成佛以后，从没说过一句话，却收了三千弟子。那他是怎样教学生的呢？身教。两个人在一起待得久了，其中一个人的品行和学识便会慢慢转移到另外一个人身上，这就是身教的过程。

身教来源于潜在记忆对人类的影响，这是一种被动学习的过程。

跟一些人接触久了，往往就能够从他们身上习得一些品行或习性。这其中有积极的也有消极的，而偏偏那些消极的东西更容易让人保留下来。消极的因素是往下的，而积极的是往上的，往上容易还是往下容易，可想而知。对一个不懂事的小孩子来说，父母的影响是最大的，因为他们跟孩子在一起的时间最多，孩子们对他们保留的记忆也最多。比如，他们的言行举止，生活习惯，或者某一种人生态度。这些多多少少都会像种子一样种在孩子的某些记忆里，在某一特定的环境下就会生根发芽，甚至开花结果。

孩子出生之前，我选了一门大学课程进修。同事问我："偌大年纪为什么还要学习？"

我说："为了将来教一教孩子。"

于是一系列不屑的言论像炸弹一样向我抛来。其中最常见的言论就是："孩子学不学习，跟大人的文化修养毫无干系。爱学习的孩子都是天生的，摊上一个不爱学习的孩子，谁管也白搭。"

许多年过去了，我们的孩子都长大了，然而没人再跟我谈论这个问题。当时那些对我不屑一顾的人，他们的孩子没有一个学习好的，上了高中便打了进专科的主意。而我的另外两个同事，他们的孩子一直在班里名列前茅。他们也爱读书，我也常常跟他们在一起谈论文学与艺术。难道这仅仅是巧合吗？

在家里，孩子常来抢我的书。

"爸爸在学习。"我说。

她便向我嚷："我也要学习，我也要学习。"

所以，老早在她脑子里便有了"学习"这个概念。读书学习这种事情自然而然地就能够融入小家伙的生活之中。读书可以作为一种生活方式，不过，这并不像吃喝玩乐可以作为某些人的生活方式那样更容易让人理解。

一个对别人宣扬读书无用论的人，同样也希望自己的孩子好好学习。这样的人，不相信别人的孩子学习好就会有出息，但是相信自己的孩子好好学习就一定有前途。这样的人，不相信别人家有钱就过得好，但是相信自己家有了钱就一定过得好。如果有人跟你说，孩子学不学都是他自己的事情，大人管不管毫无用处，其实他是不怀好意的。他们同样也会教育自己的孩子，但是他们的教育仅限于说教。心里装不下读书人，却口口声声让自己的孩子努力学习。这样的家长在孩子面前其实就是一个骗子。但是，这样的伎俩骗不了孩子，因为每一个孩子都是聪明的，或者说自作聪明。久而久之，孩子也会成为一个骗子，口口声声说要努力学习，心里的想法却恰恰相反。其实，这就是潜在记忆对人的影响，这也是身教。

人做了父母之后，对待生活的态度应该有所转变。你不应该只称赞那些有钱人了，你还要尊重知识、重视教育。你不应该只顾巴结单位领导，你还要学会亲近有学识的人。你不应该只会吃喝玩乐，除此之外你要懂得欣赏艺术。真的，有些时候，一些事情你不一定非得做到不可，但是你要知道。很多情况下，仅仅当你知道了的时候，其实世界就已经不一样了。

孩子只有一种

孩子没有生来爱学的,也没有生来不爱学的,孩子天生的禀性只有一种,就是求知欲旺盛。一个生命来到这个世界,他首先要了解周围的环境,以便让自己生存下去。其实人类学习的本意就是为了生存。我们常说的七情六欲,或者诸如自私自利、趋利避害之类的本能,说的其实都是成人,而对一个刚出生不久的孩子来说,这些东西在他们身上表现出来的少之又少,甚至有些根本是没有的。只有一种本能在他们身上体现得最为突出,就是求知欲旺盛。所以说,从某一个角度来讲,求知欲旺盛是孩子唯一的天性。只不过,人们更习惯用另外一个词来描述它,就是"好奇"。

所有的孩子都有求知的天性,或许在表现上会略有差别。或许孩子的天性本来相同,只是后来受到了不同程度的压抑,才渐渐变得不同。求知的天性往往会被大人忽视,因为他们总认为孩子什么也不懂。

每个孩子都有这种天性,而且表现出来也特别强烈,只要你仔细观察就一定会发觉。不过此时他还缺乏判断力,对一些事情无法做出选择。如果你对他稍加引导,比如给他一本书,陪他一起读,慢慢地他就会越来越爱读书。可是如果你懒得管他,只让他自己玩,那么他只能按照自己幼稚的思维去选择一些简单的东西,比如泥土、石头、电动玩具。人类惰性的本能随着他年龄的增长,在身体里慢慢根深蒂固,久而久之,他便会只对一些简单的东西感兴趣。当然,一样东西玩得久了会感到厌烦,但是他也只会从一种玩具更换到另一种玩具,而不会把玩具换成一本书。

人类的本能不只一种,但是都与人的年龄密切相关。其中绝大部分是在他开始衰老之前,随着年龄的增长而渐渐地加强,只有求知欲例外。随着其他本能在身体里渐渐壮大,它会慢慢减弱,甚至消失,惰性是它的死敌。如果想让它保留下来,就要去培养它。如果求知欲的本能能够保留,那么其他的本能就会受到压制,这对一个人的成长是有利的。

至于如何培养孩子求知欲的本能,不外乎两个途径,体验生活和阅读书籍,缺一不可。

大多数孩子过着衣来伸手饭来张口的日子,家务劳动被完全排斥在他们的生活之外,大人们认为他们因此而幸福。但是你有没有问过,这样的生活是他们所希望的吗?有些事情你可能忘了。在孩子很小的时候,见你扫地,他会来跟你抢笤帚。他还曾吧嗒吧嗒跑进厨房,抓案板上的菜。每当这个时候,大人们都会委婉地把孩子赶走,毫不犹豫。理由是:"这不是小孩子应该做的事情。"久而久之,孩子们在我们的家里便成为一个十足的访客。其实,孩子有权利,也应该了解自己的生活、了解自己的家。你应该告诉他哪儿是客厅,哪儿是卧室,哪儿是厨房,家里的那些摆设都叫什么名字。他跟你抢笤帚,你就给他嘛,教他扫地也不是一件难事。他想来厨房帮忙,你可以让他帮你递一只碗,或者从冰箱里拿一只鸡蛋、一块冻肉。千万不要怕他会摔碎东西,相信他下一次一定会做得更好。

孩子不仅需要了解自己的家,还要了解我们的城市和乡村,走进大自然。你应该跟他出去看看拥挤的街道,告诉他交通规则。你应该带他去看一看高山、看一看大海,告诉他每一种树木花草还有野生动物的名字。只有了解了我们生存的世界,生活才会更加美好。当然,最直接的好处就是,将来孩子的作文里不会没有东西可写。他不只是单调地描述,天上有鸟,地上有花,路边有树,还会告诉你那是什么鸟、什么花、什么树。

书对孩子的吸引力是大人们难以想象的。当初人猿泰山发现父亲留下的那间小木屋的时候,最吸引他的便是那一箱书。根据识字课本上的图画和文字,他渐渐学会了阅读。从书里,他发现了这个世界的许多秘密,他知道了自己是人而不是猿。

孩子在说话之前、走路之前,你就可以把他放进书堆里了。如果你有时间,就给他讲一讲；如果你没有时间，他也会自己看。不要总以为孩子什么也不懂，他们根本不需要懂，其实你扔给他一张《工人日报》，他也会扒拉半天。孩子看书上的图画，也会琢磨上面的文字。当然，有你教他更好。随着孩子的成长，书上的图画慢慢减少，文字渐渐增多。如果有一天他可以看一本没有图画的书，说不定就已经开始做学问了呢，呵呵！

返还的信息费

我家的网络业务是一个亲情套餐，网费65元加座机话费23元，一个月88元。有一次，我交了两个月的网费，可是到了下个月底，联通便打来电话催缴费用。我觉得纳闷，两个月这么快就过去了？我还是去了营业厅，带着宝贝一块儿去的。营业员说要交99元，我又纳闷，不过还是交了，我不相信人家会弄错。可是拿过单子一看，上面只有一项，代收信息费99元。咨询台的服务员给我查了一下，说我家的座机在本月的某天某时打过一个电视台综艺频道的互动信息台，1分钟3元，33分钟，总共99元。没错，账都对得起来。可是我一头雾水、满腹狐疑。

"不可能。"我说。

服务员说："肯定是孩子打的。因为那是一个儿童节目。"

当时，我对这种信息台一无所知，更不相信我家那个刚刚6岁的小女孩会从电视上记下号码再去打电话。不过，我还是照着那个日期推算一下，那天是星期六。没错，女儿休息，没上幼儿园。尽管她具备作案时间，可是我不认为她有此种动机，而且更不相信她具备这样的作案能力。

我要求打个详单，服务员说，优惠业务不可打详单。我就带着女儿走了。路上我随意问了一句："是你打的电话吗？"

"不是。"女儿回答。

回到家里，这件事情遭到家里的一致怀疑，于是，我拨通10010投诉台，反映了一下。

第二天，市联通客服给我打电话，当时我正在上班。是位女士，她说先打我家座机，知道我女儿在家，便跟她交流了一下，小家伙已经承认了，电话是她打的。

我当时暗暗生气，居然从我背后下手！卑鄙！我以小孩子的话不可信为由，依然对这笔费用表示怀疑。

说来说去，联通女士一改最初的谦逊，对我说："你报警吧！"同样一句话，对我说了两遍。我没接她的话，因为那样很可能两个人在电话里就吵起来了。

我说："你们可以给我打个详单吗？"

她说："完全可以。"

我说："那好，再见！"

下班回到家里，一进门，我妈妈笑呵呵地说："你闺女承认了，是她打的。"

我问小家伙："你打了吗？"

"打了！"小家伙说完就跑一边去了。

我追她，她躲我。我便笑嘻嘻地说她如何如何聪明，如何如何可爱，好哄歹哄，这才告诉我说，她在电话里做游戏了。

我问："游戏怎么做？"

"打灰太狼。"

"怎么打？"

"按数字。还回答问题。"

"回答对了吗？"

"回答对了。"奶奶在旁边说，"她是想得奖"。

我问："你得奖了吗？"

"没有。"

"什么奖？"

"会说话的灰太狼。"

我还是觉得奇怪，那个时间是上午九点到十点之间。

"你打电话，奶奶没看见？"

"奶奶去菜地了。"小家伙说。

在我家楼后面，我妈妈开垦了一小块菜地，有时候她会去摆弄一番。小家伙跟着，有时候也会自己在家待上一小会儿，因为奶奶马上就会回来。

噢，我终于明白了，原来这家伙不仅有作案时间、作案动机、作案能力，而且，还有预谋。真是人心叵测，世事难料！

好啦，案子到现在终于算是真相大白。我没有生气，没有责怪孩子，也没有再去心疼那99元钱。看到孩子那么滑稽、那么可爱，相反，我觉得很开心。当时，那笔信息费我已经有意承担。我的想法是，再去打个详单，这事就算结束。以后在家里多加小心就是。

可是详单还是打不出来，我便说："如果打不出详单，这只能说明联通公司在这方面的管理有漏洞。"

咨询台的服务员大概不爱听这话："好，我给你打详单。"

单子打出来了，跟我的缴费单一样，上面只有一项，代收信息费：99元。

我说："这不是详单。"

她说："这就是详单。"

当时我胸中的积怨便有点蠢蠢欲动的意思。

又过了一天，上午，我又拨通了10010投诉台，我告诉接线员："市联通的工作人员做过了回访，具体是不是联通的人，只是客户的猜测，因为，电话里的人自始至终从没有表明过身份。我们的谈话虽算不上愉快，但勉强和谐，只是有句话令我费解，希望在这里能够得到解释。你们的人让我报警，同样一句话说了两遍。可是，据我所知，公民遇上小偷、流氓、抢劫、杀人的时候需要报警，可是联通公司既不是小偷，也不是流氓；既没有抢劫，也没有杀人，我报的哪门子警？另外，我说明我对这件事的态度，我的要求只有一个，就是详单！详单打出来，我就表示接受。"噢，我没忘记把那个提醒我报警的工作人员所用的电话号码提供了一下。

我打这个电话，充其量只是想找人出出气，拐弯抹角骂骂人，别的也没什么指望。

中午，不到十一点，市联通客服打来电话，号码虽然陌生，声音似曾相识。她首先问我："有没有做信息台屏蔽？"

我说："屏蔽掉了。"

她又说："这个电话确实是你女儿打的，她也已经承认，但是为了增加我们的顾客满意度，我们这次给你做退费处理，仅此一次。"

"好，谢谢！"我说。

没错，钱退回来了，是咨询台的服务员给我的，跟以前见过的那个不是同一个人。女孩给我100元，我找她1元。

钱刚拿回来，10010便打来电话，问我："事情处理过了吗？"

我说："处理过了。"

结果令人满意。当然，人家没问别的，我也没有多说。最后，我对接待过我的人工台表示感谢，小姑娘也表示愉快地接受。

是的，联通公司的前台服务有些地方不尽如人意。不过，就我个人经历来说，后台的监管力度还比较让人放心。在这里表示一下支持，希望再接再厉。只是代理信息费这样的事还是少做一些为好，尤其是那些针对孩子的。

后来我特意留意了一下那个广告，是在《喜羊羊与灰太狼》剧集之间播出的。那是一个含有一连串重复数字的电话号码，极其好记，而且重复播放，怪不得小家伙能够记住号码，然后去拨电话。

我们毕业了

转眼女儿在幼儿园度过了愉快的三年。在这三年中，她学会了画画，学会了唱歌、跳舞，学会了100以内的加减法，认识500个汉字，会背《三字经》和几十首唐诗。这三年当中，她知道了，世界上除了亲人外，还有老师和同学。她知道了，这个世界上不仅仅只有机器人和毛绒娃娃，有趣的东西还有很多很多。她还知道了，这个世界有规有矩、有圆有缺，最完美的恰恰是不完美的。世界不只是你一个人的。老师们常常跟他们讲，离开了幼儿园，他们会上小学、中学，一直到大学，然后用自己的智慧把世界变得更加美丽。来的时候，小家伙胖乎乎的，留着短发，像个假小子；离开的时候，小家伙长高了，苗条了，扎起了马尾辫，变成了小美女。

暑假前夕，迎来了孩子们毕业的日子。幼儿园为学前班的小朋友安排了一场隆重的毕业典礼。毕业典礼借用了柳泉艺术小学的大礼堂，其实就是一场汇报演出。

演出由三个小主持人主持，其中一个是女儿班里的何文清。小姑娘人长得漂亮，而且聪明。三位小主持人训练有素，落落大方，有模有样，虽然偶尔磕磕绊绊，但是从没有忘过词儿。

园长讲话，家长致辞，接下来以班级为单位献上一个个节目。徐老师率领自己的宝贝们表演了大合唱。孩子们穿着整齐的夏季园服，女孩们是粉红色T恤和粉红色裙子。左边男孩，右边女孩，从中间到两边，按个儿的高矮排列。女儿这次终于站到了最前面、最中间。可是徐老师站在中间做指挥，正好把她藏了起来，又害我找了半天。

合唱之后，每个班的男孩、女孩各自表演了一个集体舞蹈。女儿那天穿的是红色舞蹈衣、白色小丝袜，头上还有一顶水兵帽。

妈妈们也走上台去，尽情挥洒。一班的妈妈们表演舞台走秀，我们二班的妈妈们则跳了一支欢快的舞蹈。我大吃一惊，老师们从哪里一下挖出这么多会跳舞的妈妈呀！这些妈妈平素里朴实无华、谦虚谨慎，忽然扭起来，居然也尽显女性的风韵。演出结束之后，幼儿园送来了毕业蛋糕，这是我见过的最有感染力的午餐。吃完蛋糕之后，孩子们也该回家了。

幼儿园本来有一个温情的计划。毕业典礼之后，所有的孩子返回幼儿园，今晚在那里过夜，第二天上午正式离园。这个计划得到孩子们的积极响应，因为他们长这么大，都没有单独在外过夜的经历，所以都觉得是好事。大人们也高兴，让孩子跟老师们、同学们加深一夜的感情，那将是多么浪漫的一个夜晚啊。另外，从家长自身这方面考虑，把孩子撒手放出去不管，自己在家舒舒服服睡一晚上，这样的待遇以前好像也没有过。

遗憾的是，这个计划最终没有实现，让小家伙们不免有一些遗憾。说来也巧，女儿入园的时候，正赶上手足口病盛行，毕业的时候没想到它又卷土重来。幼儿园为了孩子们的健康着想，不得已取消了这次计划。过夜的计划虽然取消，但是孩子们第二天可以去幼儿园再待上一天，作为跟同学和老师们最后的相聚时光。

第二天，孩子们穿着整整齐齐的园服，被家长送到幼儿园。幼儿园特意聘请了专业摄影师，把孩子们在幼儿园最后一天的生活录制下来，做成了一张光碟，取名"快乐的一天"，作为留念。

清早，三位幼儿园领导站在门口，侯老师领着孩子们步入园门。孩子们两两一组，手拉着手，依次从园门进来，抬手跟园长打一声招呼："老师好！"

"小朋友好！"园长依次回应。

到了教室，徐老师带领大家做早操、做游戏。教室的另一端，生活老师已经摆好了餐桌和餐具。晨练结束，开始用早餐。早餐是猪肉火烧和小米稀粥。小家伙们一边吃饭一边好奇地去看摄像机的镜头。

接下来，户外活动、讲故事、做游戏、午餐和午休。那天侯老师给大家讲的是月亮姐姐阴晴圆缺的故事。我觉得,那天讲这样一个故事是富有深意的。"月有阴晴圆缺,人有悲欢离合,此事古难全。"

下午加餐的时候,老师给孩子们端上了果盘,西瓜、香蕉、苹果、葡萄、草莓、油桃。徐老师、侯老师、生活老师站在孩子们面前,气氛渐渐显得凝重。徐老师告诉孩子们,这是他们在幼儿园待的最后一天。等到暑假结束,他们就要去上小学了,再也不会回到这里来了。

"将来你们到了小学,一定要好好学习,听老师的话,听爸妈的话,做一个好孩子。虽然你们将要离开了,但是以后,老师跟你们的爸爸妈妈永远都是好朋友……呜呜呜!"

徐老师说着说着,已经泣不成声。

侯老师又简单讲了几句,然后便眼泪汪汪地招呼孩子们吃水果。

此情此景,孩子们早已哭成了一片,忘记了摆在眼前的是水果还是面包。于是乎,老师哭,孩子哭,侯老师抽抽搭搭地挨个给小朋友们发放抽纸。6岁的孩子已经懂事了。这三年当中,在他们那纯洁、幼小的心里,跟幼儿园和老师已经建立起深深的感情。幼儿园就是他们的家,老师就像他们的妈妈。

徐老师一边哭,一边来到小朋友的桌前,不停地安慰他们——"别哭了,以后到了学校要好好学习,听老师话。"

记得刚送孩子入园的时候,我最常跟孩子说的就是,听老师话。其实多半的意思是,听话能让你不让人讨厌、不让人欺负、不让人难为。孩子离开自己身边,没有人会像父母那样宠她、爱她、呵护她,生怕她在外面会过得不好,受冷落、受欺负。

徐老师现在的心情跟我们做父母的是一样的。这些孩子从3岁跟了她,3年了,孩子们跟她在一起的时间并不比跟父母的少。她了解每一个孩子的性格、脾气,甚至比某些父母还要了解。在感情上,她已经不知不觉把他们当成了自己的孩子。所以孩子们突然要离去的时候,她的担心跟父母一样,怕他们到了一个生疏的地方,会受欺负、受冷落,会过得不好。

唉,人生能够经得起几多长叹。成长无法避免,分别屡屡重现。孩子们,你们唯一能够做到的,就是好好照顾自己,努力学习,不要让那些曾经对你们寄予希望的人抱有遗憾。

我下午去接孩子的时候，还没到门口就听到了哭声。进去之后，看到女孩们都在哭。我没有打扰她们，只在一边默默地等着。其他家长也都在旁边默默地等，没有一个上前劝阻。她们不是在淘气，是在释放感情。她们是在用自己的哭声来表达对幼儿园的眷恋、对老师的不舍。让她们哭去吧，因为这哭声是值得的。孩子的成长离不开哭声。当初他们哇哇哭着来，现在又哇哇哭着离开。当初他们不愿意来，现在却不舍得走。

家长把孩子一个个接走了，拿走了孩子的被褥和喝水的小杯子。我将前一天汇报演出的录像拷在教室的电脑里，连同我写的一篇《孩子如何才会爱学》的文章。我为两位老师做不了什么，只希望她们的孩子将来成为成绩优异的好学生。

我时常感到庆幸，女儿在人生的初级阶段就遇到了两位好老师。虽然，我没有当面说一声感谢，但是，我永远记得她们；虽然我没有哭，但是，我会把她们写进我的文字里。

暑假期间，骑车载女儿路过幼儿园，我问她："想你的幼儿园老师吗？"

她说："不想。"

当初她哭得稀里哗啦的，难道才不多久就把两位老师给忘了？

于是，我问她："为什么？"

她说："我到了小学，就会有小学老师，到了中学就会有中学老师，到了大学就会有大学老师。"

哦，她的意思是，反正我什么时候都不缺老师。孩子的感情就像七月的雨，来得快，去得也快。不过，这家伙说得也在理。人不应该总沉浸在过去里，而应该往前看。孩子，大胆地往前走吧，你的那些老师，爸爸都给你记着呢！

谁是第一责任人

孩子毕业了，马上就要进入小学。在本书的结尾，我想谈一谈学校。学校跟孩子们到底是一种什么关系，对孩子们都有哪些责任？

听我这样一说，可能有人会笑。

我总是在解答一些看似不用解答，但又无人能够回答的傻问题。

以前，有人见我捧着本书埋头在看，问我："你学这个有什么用？"

我回答说："没什么用，也就是将来教一教孩子。"

于是，有人极其不屑地说："孩子还用你教！那学校是做什么用的呢？"

我有些蒙，一时不知如何回答，而终究也没有回答，就像有人问我"兔子有几只眼睛、几只耳朵"我同样不屑回答一样。

我弄不明白，明明是一些根本不需要回答的问题，为什么还有人要问。为什么那些根本无人回答的问题，却从没有人问。孩子还用我教？当然，我说的是我自己的孩子，别人的孩子当然不用我教。学校是干什么用的？听到这个问题我一下想起了另外一个类似的问题。对我来说这两个问题同样不难理解，但对某些人来说，大概只能理解其中的一个。

为什么你要去做兼职，把自己弄得如此辛苦？

你肯定会说："是为了多挣点钱。"

"那你的工作是做什么用的呢?"

你肯定会不屑,笑着回答说:"就那几个钱够干什么用!"

对啊,毕竟你还够聪明,当跟你谈到钱的时候。那么你的意思是说,钱永远都不够用,而孩子的教育却可以点到为止。

可是我怎么觉得,真正的答案却恰恰相反,或者至少应该相同。如果钱无止境,那么学也应该没有止境,这就叫作"学无止境"吧。没想到一不小心造出的词竟然与古人雷同。

有太多的家长把自己孩子的教育一股脑儿全推给了学校和老师,比太极推手还要更加倾注全力。那么,老师和学校对这种责任到底能负担多少百分比呢?寥寥无几,我认为。听我慢慢地解释。正规学校的招生简章里,会说他们的师资力量如何雄厚,教学环境如何优越,教师水平如何高超,可就是不敢保证孩子的成绩。不看我也知道。为什么?因为那根本就不是他们的责任所在。老师最常教导自己学生的就是:"师父领进门,修行在个人。"这其实就已经很明确地告诉了你,他们的工作到底是一种什么样的性质,他们到底负有哪些责任。他们能向你保证什么呢?认真做好本职工作,按时批改作业,不迟到,不早退……都是些类似于安全操作规程的东西。一个老师能够对自己的学生肩负起多大的责任,只有真正做过老师的人才最清楚。

把自己的一点儿积蓄投资去做生意,你会反复衡量将来的得失和其中的风险,甚至连将来的退路都已经想好。可是,当你一股脑儿把孩子推向学校和老师的时候,却又为何如此地义无反顾!

老师没有推卸责任,但是毕竟他们的精力有限。老师的责任是在课堂上,而教育的大部分工作是在课堂之外。孩子需要从小培养一个健康的心理环境,对家庭、对社会的信任和安全感;要培养一个良好的生活习惯,安排好读书学习和休闲娱乐的时间;还需要引导他们求知的天性,逐渐建立一种人生态度。而这些,老师都做不到,因为孩子不是他从小带大的,也不跟他生活在一起。那么,是谁从小把孩子带大,现在一直跟他生活在一起呢?是孩子的父母。那么,能做到这些的也只有孩子的父母。

教育最终要落实到个人,就是要根据孩子不同的禀性、不同的资质、不同的兴趣和品行来制定不同的教育方案。举个简单的例子,比如说,可以分不同的进度,布置不同的作业，运用不同的讲述方式。再举个例子，有的学生喜欢论述，你可以给他单独立题，叫他去写一篇杂谈；有的学生擅长描述，你可以启发他去写一篇小说。这些，老师无法做到。因为，他有一百多个学生呢，毕竟精力有限。

两千年前，孔子便提出"因材施教"。这里的"材"多半为现代人解释成为专长、兴趣，而我认为他的这句话说的其实就是教育要落实到个人。他可以做到，不仅因为他负责任，还因为他那时教的学生少，而且他的学馆就在他的家里，学生们跟他每天都生活在一起。而现在的老师呢，他们教的学生要多得多，有时都上了一个月的课，教室里还分不清谁是谁。学生们见到老师的时间也少，仅是每天课堂上那一个多小时。现在的老师无法把教育落实到个人，只能把所有的学生当成一个人来教。单从这方面来讲，他们的教学质量就远没法跟孔老夫子相比。这个工作既然做老师的做不了，那么只好也只能由父母来做了。

既然孩子教育的大部分工作是由父母来做的，那么顺理成章，孩子教育的第一责任人就是孩子的父母。我只能够这么说。当然，我可以找一百个理由把这个责任推给老师，单从"教师"这两个字的字面含义引申出去，我就能够做到。可是没有用，他们负不起这个责任，也没人愿负。我也不想做这种自欺欺人、毫无意义的事情。

面对老师时，我的话不多，要求也不多。我只求自己的孩子在学校里能够得到关爱，能够得到鼓励。如果有一天她那求知的萤火忽然熄灭，从此无法安心学习，这个责任由我来负。

后　记

　　我从小不是一个好学生，不记得得到过哪位老师的鼓励。做了好事，没人肯定；做了坏事，肯定挨批。所以，我的整个学生时代，过得都不怎么快乐。也正因为如此，老师在我的心目中一直都不够伟岸。但是这种状况并没有伴随我一生。正当教师这个职业地位被渐渐提高，人们对他们的污点评价也随之增多的时候，我对他们的看法却突然发生了逆转。这个转变恰恰就是从我女儿上幼儿园开始的。幼儿园的两位老师，是我女儿人生的第一任老师。随后她上了小学、中学，不论走到哪里，她都会遇到一些让我意想不到的好老师。

　　我上学的时候，不喜欢去学校，总觉得在校园外面才会更自由。我总幻想，晚上教室里没有人的时候，突然一颗炸弹从天上落下，把房子炸塌。然而我的女儿，每逢开学的前一天，一想到明天就要见到自己的同学和老师，就会激动得睡不着觉。

　　她喜欢她的每一位老师，而几乎每一位老师也都喜欢她。老师们乐意跟孩子妈妈聊天，分析孩子的进步与缺憾。孩子们不是老鼠，老师也不是猫。他们在老师面前可以开怀大笑，还敢去办公室抢老师放在那里的水果。也可能您以为我跟老师们之间的关系很好，其实，她的那些老师大多我都没见过，家门朝哪儿更无从得知。

　　我不止一次地听同事说，现在的老师是如何如何不负责任。在别人嘴里，几乎从没有听说过有关老师正面的消息。但是奇怪，他们所说的那样的人，我女儿居然从来也没有遇到过。不得不说,这小家伙比我幸运。我没有的,希望她能够有;我失去的,希望从她的身上能够补回来。

孩子从出生到现在,我的确给予了她很多,但是她也给予了我很多。在我的耐心教育之下,她逐渐成长。不过,这句话反过来也同样成立。在她极其不耐心的教育之下,我也更加成熟。我告诉她的都是我所知道的,而她让我懂得的,都是我以前不知道的。她的到来给我们家带来了欢乐,让一个家庭的意义更加完整。她一口一个"爸爸",让我有了更多的尊严,也为我增添了拼搏的勇气。更何况,她还给了我诸多的素材,让我写了这本书。在这里不想啰唆太多,只想再说一句:"我的孩子,从来不欠我的。"